U0083232

民國文化與文學研究文叢

十二編

李 怡 主編

第 10 冊

民國文學與基督教文化
——從東京到上海的一個片斷觀察

曾陽晴 著

國家圖書館出版品預行編目資料

民國文學與基督教文化——從東京到上海的一個片斷觀察／
曾陽晴 著 -- 初版 -- 新北市：花木蘭文化事業有限公司，
2020〔民109〕
序 2+ 目 2+182 面；19×26 公分
（民國文化與文學研究文叢 十二編；第 10 冊）
ISBN 978-986-518-245-8（精裝）
1. 宗教文學 2. 基督教 3. 文學評論
820.9   109011000

特邀編委（以姓氏筆畫為序）：

ISBN-978-986-518-245-8

9 789865 182458

丁　帆	王德威	宋如珊
岩佐昌暲	奚　密	張中良
張堂錡	張福貴	須文蔚
馮　鐵	劉秀美	

民國文化與文學研究文叢
十二編　第 十 冊   ISBN：978-986-518-245-8

民國文學與基督教文化
——從東京到上海的一個片斷觀察

作　　者　曾陽晴
主　　編　李　怡
企　　劃　四川大學中國詩歌研究院
總 編 輯　杜潔祥
副總編輯　楊嘉樂
編　　輯　許郁翎、張雅淋　美術編輯　陳逸婷
出　　版　花木蘭文化事業有限公司
發 行 人　高小娟
聯絡地址　235 新北市中和區中安街七二號十三樓
　　　　　電話：02-2923-1455／傳真：02-2923-1452
網　　址　http://www.huamulan.tw 信箱 hml810518@gmail.com
印　　刷　普羅文化出版廣告事業
初　　版　2020 年 9 月
全書字數　164708 字
定　　價　十二編 14 冊（精裝）台幣 36,000 元
版權所有　·　請勿翻印

民國文學與基督教文化
——從東京到上海的一個片斷觀察

曾陽晴　著

作者簡介

曾陽晴，中原大學通識教育中心副教授。

提　　要

　　從 1921 年東京的創造社（郭沫若、郁達夫、張資平三位二十嘟噹歲的新生作家），到上海的創造社（剛剛滿二十歲的葉靈鳳剛加入，也初試啼聲寫起小說），再到上海基督教知識菁英的文社與專為女性基督徒創辦的女鐸報社；從東京留學生的愛戀故事、情慾掙扎，到上海的年輕作家的多元嘗試與書寫，再到基督教知識菁英急於與世俗世界的對話與創作，最後一群基督教女性書寫屬於他們的小說與文學……這一切串聯起來的縷縷絲線就是基督教題材、生活、信仰與聖經文本。

民國時期新文學史料的保存與整理
——《民國文化與文學》第十二編引言

李　怡

　　與過去的中國現代文學研究相比，作為新框架的民國文學研究尤其強調豐富的文獻史料。因此，如何延續中國文學在民國時期的文獻工作就顯得十分必要了。

　　中國現代文學自民國時期一路走來，浩浩蕩蕩，波瀾壯闊，這百年歷程中的一切文學現象——作家作品、文學運動、思潮、論爭之種種信息，乃至影響文學發展的各種社會法規、制度、文化流俗等等都可以被稱作是不可或缺的「史料」，對百年中國文學發展歷程的所有總結回顧，首先就得立足於對「史料」的勘定和梳理。史料與闡釋，可以說是文學研究的兩翼，前者是基礎，後者則是我們的目標；而文學研究的興起則大體上經歷了這樣的過程：先是對文學新作於文學現象的急切的解讀闡釋，然後轉入對史料文獻的仔細梳理和考辨，再後可能是又一輪的再闡釋與再解讀。

　　民國創立，這是中國現代文學發生發展的最重要的時代，伴隨著現代文學影響的逐步擴大，除了宣示性推介或者批評性的闡釋之外，作品的結集、特定文獻的輯錄也日顯重要，這其實就是史料工作的開始。

　　史料意識的興起，反映著一個時代的知識分子對其所遭遇歷史的重視程度和估價敏感度。在這個意義上看，中國現代文學的史料意識大約是在它出現之後的數年就已經顯露，在十多年之後逐漸強化起來，反映速度也還是頗為可觀的。

　　如果暫不考慮個人文集的出版，那麼對特定主題或特定年代的文學作品

的彙編則肯定已經體現了一種保存文獻、收藏歷史的「史料意識」。

1920 年，在現代文學創立的第四個年頭，中國出版界就出現了對不同文學文體的總結性結集。

《新詩集》（第一編），由新詩社編輯部編輯，新詩社出版部 1920 年 1 月出版，收入胡適、劉半農、沈玄廬、康白情、周作人、俞平伯等人的初期白話新詩 103 首，分「寫實」、「寫景」、「寫意」、「寫情」四類編排。在序文《吾們為什麼要印新詩集》中，編者闡述了編輯工作的四大目的：一、彙集幾年試驗的成績，打消懷疑派的懷疑；二、提供一個寫新詩的範本；三、編輯起來便於閱讀新詩；四、便於對新詩進行批評。〔註 1〕這樣的目的已經體現出了清晰的史料意識。正如劉福春所指出的那樣：「這是我國出版的第一部新詩集。如果將發表在 1918 年 1 月 15 日《新青年》上胡適、沈尹默、劉半農的 9 首白話詩看作是第一次發表的新詩的話，至此詩集出版才兩年的時間，不能不說編者確是很有眼光。」「從詩集所注明的作品出處看，103 首詩共錄自 20 餘種報刊，這些報刊除《新青年》、《新潮》等影響較大的之外，有不少現今已很難見到，像《新空氣》、《黑潮》、《女界鐘》等。很多詩作因這本詩集不是『選』而得到了保存，使得我們今天重新回顧這段歷史的時候，可以較真實、完整地看到新詩最初的足跡。」〔註 2〕也在這一年，許德鄰編《分類白話詩選》由上海崇文書局於 1920 年 8 月出版，收入初期白話新詩 230 餘首，同樣按「寫景」、「寫實」、「寫情」與「寫意」四類編排。

在散文方面則有《白話文苑》（第一冊）與《白話文苑》（第二冊），洪北平編，上海商務印書館 1920 年 5 月出版，分別收入胡適、錢玄同、梁啟超、蔡元培等人白話散文作品 33 篇和 16 篇；同年，《白話文趣》由苕溪孤雛編，群英 1921 年出版，收入蔡元培、陳獨秀、錢玄同、梁啟超、魯迅等人白話的雜文、記敘文共 17 篇。

小說方面，止水編《小說》第一集由北京晨報社出版部 1920 年 11 月出版，編入止水、冰心、大悲、魯迅、晨曦等人的白話短篇小說共 25 篇，1922 年 5 月，「文學研究會叢書」推出《小說彙刊》，由上海商務印書館出版。匯輯葉紹鈞、朱自清、盧隱、許地山等人的短篇小說共 16 篇。

〔註 1〕 《吾們為什麼要印新詩集？》，《新詩集》第 1 頁，上海新詩社出版部 1920 年
　　　　1 月初版。
〔註 2〕 劉福春《尋詩散錄》第 5 頁，廣西師範大學出版社 2008 年。

　　戲劇方面，1924 年 2 月，淩夢痕編《綠湖第一集》由民智書局出版，收入淩夢痕、侯曜、尤福謂等人的獨幕劇本 6 部；1925 年 3 月，上海戲劇協社編《劇本彙刊第一集》在上海商務印書館出版，收入歐陽予倩、汪仲賢、洪深等人的獨幕劇共 3 部。

　　由以上的簡述我們大體可以知道，隨著現代文學的傳播，史料保存意識也迅速發展起來，無論是為了自我的宣傳、討論還是提供新文體的寫作範本，各種文學樣式的匯輯整理工作都很快展開了，從現代文學誕生直到新中國的建立，這種依循時代發展而出現的各種文學年選、文體彙編持續不斷，成為民國時期中國現代文學史料保存的主要方式。與新中國建立以後日益發展起來的強烈的「著史」追求不同，民國時期的文學史料的保存常常在以鑒賞、批評為主要功能的文學選本之中：

　　以文體和時間歸集的選本，例如 1923 年《中國創作小說選》（第一集），1924 年《中國創作小說選》（第二集），1925 年《彌灑社創作集》，1926 年《戀歌（中國近代戀歌集）》，1928 年《中國近代短篇小說傑作集》，1929 年《中國近十年散文集》，1930 年《現代中國散文選》，1931 年《當代文粹》、《新劇本》，1932 年《當代小說讀本》、《現代中國小說選》，1933 年《現代中國詩歌選》、《初期白話詩稿》、《現代小品文選》、、《現代散文選》、《模範散文選注》，1935 年《中華現代文學選》、《現代青年傑作文庫》、《注釋現代詩歌選》、《注釋現代戲劇選》，1936 年《現代新詩選》、《現代創作新詩選》、《幽默小品文選》，1938 年《時代劇選》，1939 年《現代最佳劇選》，1944 年《戰前中國新詩選》，1947 年《歷史短劇》、1949 年《獨幕劇選》等等。

　　以作家性別結集的選本，例如 1932 年《現代中國女作家創作選》，1933 年《女作家小品選》、《女作家隨筆選》，1934 年《女作家詩歌選》、《女作家戲劇選》，1935 年《當代女作家小說》，1936 年《現代女作家詩歌選》、《現代女作家戲劇選》等。

　　抗戰是民國時期最為重大的國家民族事件，我們也可以見到大量關於這一主題的文學選集，例如 1932 年《上海事變與報告文學》，1933 年《抗日救國詩歌》、《滬戰文藝評選》、1937 年《抗戰頌》、《戰時詩歌選》、1938 年《抗戰詩選》、《抗戰詩歌集》、《抗戰獨幕劇集》、《抗戰劇本選集》、《國防話劇初選》、《戰時兒童獨幕劇選》、《街頭劇創作集》、1939 年《抗戰文藝選》、、1941 年《抗戰劇選》等等。從中透露出了文學界與出版界強烈的時代意識和民族

意識，或者也可以說，是特殊時代的民族情感強化人們對現代文學的文獻價值的認定。

就作家個人史料的整理出版方面，最值得一提的是魯迅逝世引發的悼念潮與全集出版。早在魯迅生前，就有回憶文字見諸報端（如 1924 年曾秋士《關於魯迅先生》，〔註 3〕1934 年王森然撰寫第一個魯迅評傳〔註 4〕），魯迅逝後，報刊雜誌上發表了大量歷史回憶，親朋舊友開始撰寫出版紀念著作（如許廣平、許壽裳、蔡元培、周作人、許欽文、孫伏園、郁達夫等），包括魯迅先生紀念委員會編《魯迅先生紀念集》等著述〔註 5〕匯成了現代文學有史以來最大規模的個人史料，《魯迅全集》在 1938 年的編輯出版（上海復社版），是魯迅先生逝世之後，中國文學界一次前所未有的對當代作家文獻的搜集彙編工程，編輯委員會由蔡元培、馬裕藻、許壽裳、沈兼士、茅盾、周作人、許廣平等組成，參與編輯的有近百人。胡愈之、張宗麟總攬全域並籌措經費，許廣平與王任叔（巴人）為編校，參與校對的還包括金性堯、唐弢、柯靈、王任叔等一大批人，黃幼雄、胡仲持負責出版，徐鶴、吳阿盛、陳熬生分別聯繫排版、印刷與裝訂事宜，陳明負責發行。搜集、整理、編輯、出版乃至序跋、題籤等由一代文化界精英承擔，盡顯現代文學作為時代文化主流的強大力量。

到作家選集的編輯出版已經成為「常態」的今天，人們格外注意搜集選編的「史料」又包括了那些影響文學史整體發展的思潮、流派、論爭的文字，其實，這方面的整理、呈現工作也始於民國時期，那些文學運動、文學論爭的當事人和富有歷史眼光的學人都十分在意這方面材料的保存。據我掌握的材料看，早在 1921 年 1 月，新文學運動的開展、白話新詩的倡導才剛剛 3、4 年，胡懷琛就編輯出版了《嘗試集的批評與討論》，〔註 6〕到 1920 年代後期的「革命文學」論爭之時，又有錢杏邨編輯的《現代中國文學作家》（上海泰東圖書局，1928 年），霽樓編輯的《革命文學論爭集》（生路社，1928），它們都收錄多位論爭參與人的言論。之後，我們還可以讀到各種的文學論爭資料，包括李何麟編的《中國文藝論戰》（中國書店 1929 年）、蘇汶編《文藝自由論

〔註 3〕 曾秋士《關於魯迅先生》，《晨報副刊》1924 年 1 月 12 日，曾秋士即孫伏園。
〔註 4〕 王森然：《周樹人先生評傳》，收入《近代二十家評傳》，北平杏岩書屋 1934 年 6 月版。
〔註 5〕 北新書局 1936 年 12 月初版。
〔註 6〕 胡懷琛：《嘗試集的批評與討論》，上海泰東書局 1921 年 3 月。

辨集》(現代書局 1933 年)、吳原編《民族文藝論文集》(正中書局 1934 年)、胡懷琛編《詩學討論集》、胡風編《民族形式討論集》(華中圖書公司 1941)等。

1930 年代，在現代文學發展進入第二個十年之後，文學的歷史意識也有所加強，「新文壇」、「新文學史」這樣的歷史概括也出現在學者的筆下，值得注意的是，這些對「新文壇」、「新文學」的記錄都努力保存各種文獻史料。1933 年，王哲甫編撰出版了《中國新文學運動史》(北平傑成印書局)，除了對現代文學運動的描述、評論外，著作還列有「新文學作家傳略」、「作家圖片」、「著作目錄」等，皆有史論與史料彙編的雙重功能。同年阮無名《中國新文壇秘錄》(上海南強書局)出版，雖然「秘錄」一語帶有明顯的商業意味，但全書卻體現了頗為嚴謹的文獻意識，正如今人所評，該書「一方面為了保存歷史的真實和完整，對資料不輕易摘引、節錄；一方面更注意搜集容易被人忽略的零碎資料，前後加以串聯，詳加說明，使之條理分明，獨成系統。雖然，他聲明在組織這些材料時，儘量不加評論，當然在編輯過程中也無法掩飾自己的觀點，只要暗示幾筆也就夠了。」[註7] 阮無名即阿英(錢杏邨)，他是中國現代文學史上最早具有自覺的史料文獻意識的學人。1934 年，阿英再編輯出版了《中國新文學運動史資料》(上海光明書局，署名張若英)，這部著作雖然以新文學運動的發展為線索安排專題性的章節，但卻不是編者的評論，而是在每一專題下收羅了相關的歷史文獻，可謂是現代文學發展演變的史料大彙編。對讀今日出版的現代文學著作，我們不難見出，阿英這些最早的文獻工作足以構建起了歷史景觀的主要骨架。

在民國時期，現代文學史料整理工作最具規模也最具有影響力的成果是《中國新文學大系》的出版。

1935 年，良友圖書公司隆重推出趙家璧主編《中國新文學大系》10 大卷，其中「創作」的 7 卷，共收小說 81 家的 153 篇作品，散文 33 家的 202 篇作品，新詩 59 家的 441 首詩作，話劇 18 家的 18 個劇本，「理論」與「論爭」兩卷，「史料‧索引」一卷，加以「創作」各卷的「導言」，收錄的理論文章也有近 200 篇，可以說是全方位彙集、展示了現代文學創立以來的全貌。從文學發展的角度來說，這是推動新文學作品「經典化」的重要努力，從現代文學歷史的梳理來說，則可以說是第一次文學文獻的大彙輯。《史料‧索引》

〔註7〕 姜德明：《書邊草山》第 176 頁，杭州：浙江人民出版社，1982 年。

由阿英主持，在編輯中，他注意到了現代文學的版本流變問題，又將「史料」分作作家作品史料、理論論爭史料、文學會社史料、官方關於文藝的公文、翻譯作品史料、雜誌目錄等十一類，我們可以認為，這是中國現代文學史料學的第一次自覺的建構。

不過，即便良友圖書公司和史家阿英有著這樣自覺的史料學的追求與建構，在當時歸根結底也屬於民間的和學者個人的愛好與選擇，而不是國家事業的組成部分，甚至也沒有成為學科發展、學科建設的工作願景。由此觀之，我們可以發現，民國時期中國現代文學史料的保存、整理與出版工作的顯著特點。

就如同中國現代文學本身在整體上屬於作家個人、同人群體的創造活動一樣，在整個民國時期，這些文獻史料的搜集、保存和整理出版工作的主要動力還在民間的趣味和熱情，在國家政府一方面，幾乎就沒有獲得過太多的直接支持，當然，也就因為尚未被納入國家大計而最終淪為國家政府意志的附庸。這樣的現實有兩個值得注意的結果：

其一，由於缺乏來自國家層面的頂層學科規劃，現代文學的文獻史料工作的民間發展受到了種種物質和制度上的限制，長遠的學科發展方略遲遲未能成型，文學史料工作在學術規範、學理探究、思想交流等方面建樹不多。

其二，同樣道理，由於國家政府放棄了對文史工作的強力介入，更由於現代文學陣營本身對民國專制政府的從未停止的抵抗和鬥爭，各種類型的文學著作不斷撕開書報檢查的縫隙，持續為我們揭示歷史的真相，因而，在總體上我們又可以認為，民國時期的文獻史料是豐富和多樣的，如果我們將所有的文學出版物都視作必不可少的「史料」，那麼，這些風格各異、思想多元的民國文學——包括作家個人的文集、選集、全集以及各種思潮、流派、運動、論爭的文字留存，共同構築了現代文學文獻史料的巍峨大廈，足以為後世的研究提供源源不絕的資源和靈感。

2020 年 2 月改於成都

序：一個關於民國時期基督教文學的片面研究——從東京到上海

　　一百年前的東京，1921 年，一群來自中國的留學生，他們同樣都對文學滿懷熱情，聚在一起成立了「創造社」，其中郭沫若、郁達夫、張資平三位都在那個時期寫下了他們創作初期的重要作品，有意思的是他們都使用了基督教語言進行創作。1925 年，當時才 20 歲出頭的上海小伙子葉靈鳳加入了創造社，在他的上海時期（1924～1937）十三年間，寫了四十二篇小說（他的小說也只在此一時期書寫），有趣的是超過 40% 運用到基督教文本與典故，或是改寫聖經故事。

　　一百年前的上海灘，不僅是熱鬧非凡的十里洋場，對於 20 世紀 20 年代的那一群基督的門徒來說，也即將面臨一連串的巨大挑戰，來自民間、學界、共產黨等等的反教勢力一波波襲來，衝著 1922 年在華召開「第 11 屆世界基督教學生同盟會議」而成立的「非基督教學生同盟」可為代表。他們的宣言，認為基督教與資本主義掛勾，助紂為虐，決意與之決一死戰，宣言中充分運用馬列主義著作的語言，這當然與當時才於 1921 年成立的共產黨有密切關聯。

　　於是，有一群基督教知識菁英希望透過文字工作，進行基督教思想在中國的本色化（contextualization），成立了「文社」，1925 年出版了機關刊物《文社月刊》，運用聖經題材進行創作；他們也嘗試運用當時政治界、學界最先進的語言與概念，與基督教外界的知識份子就基督教最核心人物「耶穌」進行溝通；他們也就當時上海都會最流行的性別議題（女性的出路）進行熱議。

在中國與在上海都一樣，基督教代表著進步力量，而女性議題當然少不了基督教女性的參與，廣學會轄下的女鐸報社出版的女鐸報可以說是最具代表性、也是出版時間最長的月刊，剛好跨整個民國時期共 40 年，他們也非常重視文學創作，期間於 30 年代出版的三集《女鐸小說集》細膩地描繪出了上海都會（基督教徒）女性的現代形象。

於是，有了我這一本論文集的誕生，從東京的創造社，到上海的創造社，再到上海的文社與女鐸報社；從東京留學生的愛戀故事、情慾掙扎，到上海的年輕作家的多元嘗試與書寫，再到基督教知識菁英急於與世俗世界的對話與創作，最後一群基督教女性書寫屬於他們的小說與文學……這一切串聯起來的縷縷絲線就是基督教題材、信仰與聖經文本。

1920 年到 2020 年，一百年過去了，上海與東京上演著不同的繁華與故事，書寫、詮釋編織與基督教各式各樣的文本，也以更加多元的方式繼續進行著。

中原大學通識教育中心副教授曾陽晴
2020.04.03 冠狀病毒肆虐世界時

目

次

郭沫若自敘性小說中聖經經文之挪用
——以〈漂流三部曲〉、〈聖者〉、〈落葉〉為例分析

一、前言

　　郭沫若算是一位滿全面的中國作家，創作的文類多，另外論述涉入社會、政治多重領域，一般而言，他的文學作品以戲劇、詩歌的成就最高，被研究的也最多；然而小說卻遭到相當的忽略，應該算是他最不被看好的文類。就《郭沫若全集》裡所編輯的小說來看，1924 年算是一個重要的年份，許多重要的作品，要不是這一年刊出，要不就是在這一年起草的。

　　在郭沫若他自己編纂的〈五十年譜〉〔註 1〕裡，特別在這一年標示了三部小說集與一篇重要小說的起草〔註 2〕，而這些小說中有一個值得注意的現象，就是在其中一些篇章裡引用了，或者精確一點說，「挪用」（appropriate）了《聖經》經文，以及使用了許多基督宗教的語言，置入他的創作中，使其小說煥發出一種特殊的宗教性色彩。本文將分析他的三篇自敘性小說〔註 3〕，包括〈漂

〔註 1〕郭沫若全集，文學編第十四卷，北京人民出版社，1985，pp.539～51。

〔註 2〕郭沫若在其〈五十年譜〉裡，1924 年標示出最多的小說創作集及小說篇名，說這一年是他自己認定的小說創作年也不為過。事實上，郭沫若在「年譜」中，記載小說處不多，1918 年的〈牧羊哀話〉可以說是他的處女作，1930 年的《武漢之五月》是長篇小說之外，他記載有關文學的作品，一般而言，最多是詩集、劇本、與翻譯作品。

〔註 3〕所謂的自敘性小說，在本論文中的定義是大量使用作者自己的「傳記材料」（這就當然不只包括作者，且與作者有關的人物的材料）做為小說創作、書寫的內容主體的小說。

流三部曲〉、〈聖者〉、〈落葉〉，其中「挪用」〔註4〕的《聖經》經文所具有的現代性與宗教性。

二、離開耶穌的淫婦

小說〈落葉〉，按照郭沫若自己在引言中的說法，乃友人洪師武與其戀人日本的菊子小姐互通的情書，在死前交給作者，希望他改寫成詩或小說，而作者認為最好的呈現方式就是直譯菊子小姐的41封信，於是就構成了這一篇小說。其實大家都知道，正如郭沫若在〈五十年譜〉裡說的：「暑期中在東京與安娜相識，發生戀愛，作長期之日文通信，並開始寫新詩。」〔註5〕小說真正的基礎就是兩人長期通信後，握在郭沫若手中的安娜方面的來信，稍加改寫變成現在的風貌。

我們知道郭沫若的第二任夫人安娜是一位虔誠的基督徒，她與郭沫若的交往深刻地影響了郭沫若對基督宗教的態度。在他1936年的小說〈雙簧〉裡，說了這麼一段話：「我說，我自己是深能瞭解耶穌基督和他的教義的人，《新舊約全書》我都是讀過的，而且有一個時期很喜歡讀，自己更幾乎到了要決心去受洗禮的程度。」雖然是帶著一點嘲諷地寫在了小說裡，但是仍然不失真地表達了一個事實：亦即因著與安娜的交往，郭沫若的生命中出現了一段「信仰期」。就是這段「信仰期」，使得郭沫若熱愛讀《聖經》，並且差一點受了洗，而他也在之後的創作中不斷地將《聖經》經文與基督宗教語言鎔鑄進他的小說裡。

郭沫若與安娜通信期間集中在1916年前後，然而小說〈落葉〉卻遲至1924年才動筆書寫。整篇小說若要說嚴格意義上真正引述《聖經》經文的地方，大約只有一處，亦即第四封信中，菊子對於自己與戀人洪師武發生婚前性關係（在古海岸），有很深的罪咎感，一直向上帝祈禱認罪。然後她在信中告訴男友，在禱告中，她心中浮現一段《聖經》經文，亦即《約翰福音》第八章3～11節。雖然菊子在信中並沒有真正寫出來這段文本，但是我們知道這就是非常有名的「一個行淫時被拿的婦人」的故事〔註6〕。

〔註4〕本文所分析的對象，僅止於引述或改寫的《聖經》經文，而非廣泛的基督宗教的語言。

〔註5〕〈五十年譜〉的「民五年（1916）」條目，參看郭沫若全集，文學編第十四卷，1985，pp.545。

〔註6〕和合本《聖經》，「約翰福音」8:3～11。

文士和法利賽人帶著一個行淫時被拿的婦人來，叫他站在當中，就對耶穌說：「夫子，這婦人是正行淫之時被拿的。摩西在律法上吩咐我們把這樣的婦人用石頭打死。你說該把他怎麼樣呢？」他們說這話，乃試探耶穌，要得著告他的把柄。耶穌卻彎著腰，用指頭在地上畫字。他們還是不住的問他，耶穌就直起腰來，對他們說：「你們中間誰是沒有罪的，誰就可以先拿石頭打他。」於是又彎著腰，用指頭在地上畫字。他們聽見這話，就從老到少，一個一個的都出去了，只剩下耶穌一人，還有那婦人仍然站在當中。耶穌就直起腰來，對他說：「婦人，那些人在哪裡呢？沒有人定你的罪嗎？」他說：「主啊，沒有。」耶穌說：「我也不定你的罪。去吧，從此不要再犯罪了！」

毫無疑問地，菊子對於在古海岸與情人三天的繾綣，是帶著深深的罪咎感的。很有意思的是在她引述的聖經經文裡，最後的第 11 節是：「耶穌說：『我也不定妳的罪』」，可是菊子顯然並沒有因此如釋重負。第四封信的深重罪惡感，到了第八封信依然如此，她說：「那古海岸的恐怖之一夜永遠把我的命運判決了！」〔註 7〕那一份罪惡感深深地抓住了她！行淫的婦人的故事，應用在菊子的信裡，竟然指涉一個結果：菊子自己就是捉拿她自己的人，換句話說，她既是那一位婦人，也扮演那一群捉姦者「文士和法利賽人」；她既是被告，又是控告者；她既是犯人，又是警察。然而扮演法官的耶穌已經撤銷了審判，可是她卻把自己的命運不只「起訴」，且兼而「判決」了，換言之，她根本無視於法官的審判權，自己反而扮演起了法官。

顯然地，菊子，或者安娜（？），又或者作者（改編者？）郭沫若，使用此一段《聖經》經文詮釋菊子的生命現況。菊子在第四封信裡是這麼說的〔註 8〕：

我心中所浮上來的話是有名的《聖經》上寫著的一段話。耶穌基督是怎樣慈悲深厚，怎樣富於同情的人，在那段話中是表現得萬分盡致了。

我們看到兩個層次的挪用：菊子認為在這個《聖經》故事裡耶穌充滿慈愛與同情，而她自己就是《聖經》文本中那一位被拿的婦人，她將自己置入《聖經》故事裡，使自己成為其中一個角色——這是第一個層次的挪用；第二個層次的挪用是郭沫若將《聖經》經文剪下，將之置入小說文本之中，於

〔註 7〕郭沫若全集，文學編第九卷，北京人民出版社，1985，pp.88。
〔註 8〕郭沫若全集，文學編第九卷，北京人民出版社，1985，pp.80。

是，我們看到一個「相互置入」的挪用現象。

這會產生兩種形式的閱讀與認知：第一種是《聖經》故事保留了原來文本的理解空間，與小說文本構成辯證性的對話關係，亦即我們可以回到〈約翰福音〉的神學詮釋學傳統，宗教領袖們文士和法利賽人為什麼、又是如何「試探」耶穌的，而耶穌又為什麼不回答、只一味地「彎著腰，用指頭在地上畫字」，這些又與小說中菊子的書信產生什麼樣的對話效果？第二種是《聖經》故事被剪輯置入小說文本裡，《聖經》的 text 成為小說的 text，與上、下文構成一種 context 的關係。很有意思的是就在這一段《聖經》章節的引述之後，菊子告訴讀者的是她必須中斷寫信〔註 9〕：「——出了重病患者，以後要忙到清早，不能再寫下去了。——」

一個偶然的插曲，使得書寫被迫中斷，於是原本極端嚴肅的宗教情懷（認罪悔改），忽然跳開，進入醫院現實界的急救過程。本來的情況是菊子這一位靈魂犯罪的女子需要耶穌的慈悲與同情的救贖臨到，此時卻經歷了一個大翻轉，菊子翻身成為一位救助者，由《聖經》經文所帶來的那樣的淨化經驗中斷了，換句話說，《聖經》經文所展現的內在靈魂醫治過程，被硬生生切斷，將女主角脫離了現場。

然而最有趣的狀況是其中產生的奇異對話效果，亦即在《聖經》故事中「行淫時被拿的婦人」被拖離犯罪現場來見耶穌，罪得到赦免（進入救贖）；而〈落葉〉的女主角卻是原本正處在一種透過《聖經》經文所引發的特殊信仰潔淨經驗裡（書寫情書、援引經文、引發內在心靈轉變），此時從信仰經驗來看，她可以說正與耶穌同在，可是反諷的是卻被一個緊急狀況拖離耶穌同在的情境（離開救贖的發生場域）。原本引述《聖經》，是要進入信仰活動；卻因為 con-text 的作用，離開了宗教場域。

但是，離開了那樣的宗教救贖場域，難道饒恕與救贖就因此消失了嗎？耶穌身為審判者與饒恕者的身份，還有效嗎？我們來看看菊子在急救「重病患者，以後要忙到清早」之後，她的心境如何：

> 我得了無限的感謝、喜樂、安心，不怕就忙到今天早晨，但我也滿
> 足地工作著。無論是什麼罪過，假如我們以由赤心發出的悲嘆與眼
> 淚，沒有絲毫隱蔽地認真懺悔的時候，我們可以玩味到完全得救，
> 完全得被容赦的恩澤上來，我真正由衷感謝了。我們應該把過去忘

〔註 9〕郭沫若全集，文學編第九卷，北京人民出版社，1985，pp.80。

記了吧！我們從今是新生了。我們要不愧為人，認真地、誠實地對
於我們的新生努力。這其間多少的誘惑不免是會有的。倒了我們立
起來，立起來又倒下去，我們兩人總要達到我們的目的最高最高的
峰頂。

菊子可以說一心感謝耶穌已寬恕了她，使她獲得了新生，所以她說：「認
真懺悔的時候，我們可以玩味到完全得救，完全得被容赦的恩澤上來，我真
正由衷感謝了。我們應該把過去忘記了吧」。沒錯！「完全得救」，所以可以
「忘記過去」，而且還要邁向「達到我們的目的最高最高的峰頂」，看起來確
實是一個充滿盼望的光明未來。

但是真的可以完全忘記過去嗎？我認為這個「罪惡」會一直回來找她，
縈繞（haunted）在她身旁。我們知道在第八封信中，她之所以稱該夜為「恐
怖之一夜」，不是因為她不愛他，或被施暴，乃因當夜發生了她自覺影響她一
生的重大情節，因此影響了她與父親之間的絕裂，不肯聽命回家接受父母所
安排的婚姻，而選擇了走上未來充滿不可知的孤獨之旅；並且倘若她又被情
人拋棄的話，在那個時代，便真的是無限「恐怖」之事了。

即使我就有被我哥哥拋棄了的一天，那也不是我的罪過。但假如我
縱有被你永遠拋絕的一天，除你而外，我是不能再愛別人。我這個
肉體，我這個靈魂，除你而外，是不許為任何人所有，這就是我自
己造就了的命運了。……現在我處在這樣的迷途之中，我在上帝的
面前懺悔。……我祈禱我們兩個人，在上帝的祝福中，能同得幸福。

由文本中，可以看見出她仍是對上帝充滿了虔信，希望在祈禱中，蒙祂
之助祐，獲得幸福。然而問題就在於「愛情」與「親情」之間所存在的巨大
衝突與張力，其間的矛盾是無法解決的，最後問題終究會回到那一個無法令
她忘懷的「罪惡」根源——古海岸「恐怖之一夜」。

我們來看 10 月 29 日的第 23 封信（離 9 月 10 日第四封信之後約一個半
月），信的內容大約是菊子因為在電車上看到一個像男友的人，聯想到「古海
岸」的甜蜜時光；然而筆鋒一轉，由於一位臨終的中年婦人被送進醫院，讓
女主角又被那一夜的罪惡感所困擾（粗黑體的強調是筆者所加）：

一個中年的婦人得了病進院來。她是經過了多少世面的女子。聽說
她是換過五六個男子了。到她死的時候，來的人一個也沒有。我看
著她這無父無母，無兄無弟，就嫁過五六次的丈夫，而到這最終的

一刹那竟一人也沒有來弔唁的慘淡的情狀，我不禁索索地戰慄起來。……

我竟也不能不想到我自己的身上來。**我的最後呢……又是怎樣的喲！我受著強烈的強烈的良心的苛責，我是怎樣難過的呀，哥哥！……我自己真是罪人。犯著這不可容恕的罪惡的我，我的臨終呢？**哥哥，我就無論死在什麼地方，無論是怎樣的死，我都不要緊。我就無論過著怎麼悲慘的一生，死著怎樣慘淡的死，我都不要緊。哥哥，但是我要滿足著才能死去。我要在那一刹那自己回顧自己的一生，可以由衷地滿足著，才能歡喜地死去。但是今日的我，要想被授與以那樣的幸福，罪是太深了呀！

菊子到了這個時候，不僅還在自責，被深深的罪惡感綑綁，甚至要把這樣的罪惡帶進死亡裡去，連最後的「愛情」盼望都只會再加深一層罪惡感，所以她才說：「要想被授與以那樣的幸福，罪是太深了呀」。我們再看 11 月 19 日的第 34 封信，距之前的第 23 封信又過了一個多月（粗黑體的強調是筆者所加）：

出於意外的是我哥哥這回成了基督教信徒，你更是怎樣地把**我的罪惡也認得很分明了的喲。像我一樣就算墮落了，也還知道自己的罪惡。我是已經不能獲救的，那樣的希望我已經拋棄了。**我哥哥得了救渡，入了幸福的平安的生活，我是怎樣地欣喜喲！……哥哥，我深深願你，真不要再把那救渡失卻了喲！**我是已經無望的了。我要見救恕怕也是不容易的事情。**但是這都是自己造就的命運，我也滿足著走去。但是一旦這樣造就了的命運便**再也不能把自己恢復到往日**，這是怎樣傷心的喲！以後我會成為怎樣，我一想起來，**自己的暗黑的未來真是可怕呀！**……但是上帝是隨時都在等著我們回去的罷，永久的呢。我們真的是回去的時候，上帝要迎接我們怕比迎接義人入天國的還要懷著更多的喜悅罷。但是，啊，我！我這迷失了的羊兒，我這離開了羊牢迷走出來的羔羊，我自己還有走回那可戀的舊巢的時候嗎？**假使是有**，上帝是怎樣地喜悅的喲！

菊子認為「再也不能把自己恢復到往日」，原因很簡單，不只是與家庭的關係完全撕裂，更深刻的原因是她與洪師武之間的愛情所帶來的那樣逾越信仰界線的婚外性行為，以及揮之不去的「罪惡感」——她根深蒂固地認為：「我

是已經不能獲救的，那樣的希望我已經拋棄了……我是已經無望的了。我要見赦恕怕也是不容易的事情」。讓我們回到「被拿的淫婦」的故事，審判者耶穌已經撤銷了審判，而且是充滿慈愛的，就像菊子自己說的「上帝是隨時都在等著我們回去的」，上帝張開雙手歡迎迷羊回家，但是問題是她仍然不相信上帝的饒恕恩典，所以才用「假使是有」那樣的假設語氣。

　　因此我才說，她根本無視於法官的審判權與已然宣告的饒恕，自己反而扮演起了法官，或者更確切地說：扮演起了審判者神子耶穌。

　　女主角堅持對自己的嚴苛控訴，強迫自己記憶罪惡的存在，這樣帶著自虐的折磨，或許是她證明這一場「情人不在場」的愛情存在的最後證據。

三、十字架上復活的強盜

　　另一篇小說〈漂流三部曲〉裡所書寫的故事情節，提及愛牟夫人攜三子赴日，男主角愛牟則希望在雜誌滿一週年時與家人會合，他說：〔註10〕

> 你請不要悲哀，我是定要回來，我們的雜誌快要滿一周年了，我同
> 朋友們說過，我只擔負一年的全責，還只有三、四十天了，把這三、
> 四十天的有期徒刑住滿之後，無論續辦與否，我是定要回來的。

　　小說每一部的結尾，自注完成的時間是在 1924 年 2 月 17 日、3 月 7 日、3 月 18 日三個日期〔註11〕，我們比對郭沫若的〈五十年譜〉1924 年條說的：〔註12〕

> 草《歧路三部曲》，週報滿一年停刊，渡日，譯《社會組織與社會革
> 命》及《新時代》，《橄欖》、《落葉集》及《塔》……九月回國。

　　《歧路三部曲》就是我們現在在討論的《漂流三部曲》，郭沫若用第一部的篇名取代。〈五十年譜〉雖然是郭沫若自己編纂的簡單年譜，但是常有一些小的誤差，此其一。光是 1924 年這一條裡，就還有另一個誤差，據〈創作十年續篇〉，他是十一月才歸國，此處又說九月返國。然而非常清楚的，《漂流三部曲》裡所敘述的情節與〈五十年譜〉若合符節，因此我們也將之視為郭沫若的自敘性小說應不為過。

　　第一部「歧路」寫自日本習醫歸國、落腳上海的愛牟，拒絕了四川 S 城紅十字會醫院去當院長的邀約，也不願懸壺濟世，只願意和友人刊行出版文

〔註10〕郭沫若全集，文學編第九卷，1985，pp.280。
〔註11〕郭沫若全集，文學編第九卷，1985，pp241，參考篇名的編者注。
〔註12〕郭沫若全集，文學編第十四卷，1985，pp.547。

學性雜誌，根本無法養活家人，於是只好讓妻子帶著三個孩子回日本，學習婦科技能，盼望未來有助生計。第二部「煉獄」寫他一人在家、思念遠方家人以及與友人遊太湖的情節，也許就是這樣的憂鬱情緒的煎熬，因此命名為「煉獄」。關於「煉獄」的命名，郭沫若自己寫了一個附註〔註13〕：

> 作者原注：外文為 Purgatory。基督教的說法：不完全的信徒，在進
> 入天國之前，要先在地獄裏鍛煉靈魂，洗滌生前罪愆。這地獄就叫
> 做「煉獄」。但丁的《神曲》，詩人魂遊三界，其第二界即為「煉獄」。
> 這篇的用意略取於此。

有關「煉獄」的觀念，事實上天主教是根據〈瑪加伯書下〉十二章38～45節〔註14〕所發展出來的，認為其間清楚指出，人死後，仍有煉淨靈魂的可能性，世界上仍活著的人，可以藉由代禱，幫助去世的煉靈，早日脫離煉苦，得升天堂。而基督教所用的《聖經》，並無對應的〈瑪加伯書〉，所以在基督教這方面，則以為聖經中未直接論及煉獄，而否認煉獄的觀念。

郭沫若的自註援引自西方說法，一方面說是「基督教的說法」，另一方面又引「但丁的《神曲》」為證，而我們知道但丁是義大利人，屬天主教。事實上當時中國人，對基督教、天主教的觀念多混為一談，此處郭沫若的觀念想必是來自天主教的說法。天主教對於能入煉獄（而非直墮地獄）者，也限定為生前所犯為小罪，且死後有心做補償，洗淨自己靈魂者。但是天主教主張，煉獄中靈魂若要得救，須靠「在世的人」為他們祈禱，否則煉靈自己是無力完成「煉淨」功果的。因此，活在「煉獄」中的處境就有如生活在困境

〔註13〕郭沫若全集，文學編第九卷，1985，pp.255。

〔註14〕〈瑪加伯書下〉十二章38～45節原文：「事後，猶大率領兵馬，到了阿杜藍城；因為已到第七日，他們就在那裏照例自潔，過了安息日。第二天，由於事不宜遲，猶大的部隊便出去收殮陣亡的屍體，好把他們安葬在祖墳裏，與親族在一起。當時在每個死者的內衣下，發現都有雅木尼雅偶像的符籙，這原是法律禁止佩帶的；眾人便都明白這正是他們陣亡的原因。於是眾人稱讚秉公審判及揭示隱密的上主，同心哀禱，求使所犯過惡，得以完全赦免。隨後，英勇的猶大勸勉民眾避免犯罪，因為人都親眼看見這些陣亡者因罪所受的罰。於是大眾募集了二千銀「達瑪」，送到耶路撒冷作贖罪祭的獻儀：他作的是一件很美妙高超的事，因為他想念著復活；如果他不希望那些死過的人還要復活，為亡者祈禱，便是一種多餘而糊塗的事。何況，他還想到為那些善終的人保留下的超等報酬：這實在是一個聖善而虔誠的思想。為此，他為亡者獻贖罪祭，是為叫他們獲得罪赦。」參考思高本《聖經》，1968 香港思高聖經學會譯釋版，2003 年台 17 版，pp.789～790。

中，心靈反反覆覆，矛盾衝突，身心忍受煎熬的痛苦狀，此所以稱為「煉獄」。

從這樣的觀點來理解郭沫若的「煉獄」，似乎若合符節，但是我們更應該根據郭沫若自己的意見來分析他的作品，他說：「不完全的信徒，在進入天國之前，要先在地獄裏鍛鍊靈魂，洗滌生前罪愆。這地獄就叫做『煉獄』。」對郭沫若而言，沒有所謂「在世的人」的代禱，這些不完全的信徒必須（靠自己？）洗滌生前罪愆。因此我認為小說中愛牟所處的景況、所經歷的思念之情的煎熬，基本上是一個自我（顯然沒有代禱者的出現之）洗滌罪愆的過程。小說的前兩部並沒有真正引用《聖經》經文。第三部「十字架」，則不只篇名引自《聖經》，末了更是以一段《聖經》經文的改寫作為結束。

「十字架」大約是《新約聖經》中，除了「耶穌基督」之外，出現最多的一個名詞，也是貫穿《新約聖經》的一個最具象徵性意義的意象，它既是羅馬時期執行死刑最殘酷的刑具之一（釘死罪犯），也是基督宗教充滿「愛」的象徵（釘死背負人類罪惡的神的兒子）。

郭沫若在「十字架」中，敘述了愛牟為何有經濟負擔，卻又不願回四川接任紅十字會院長一職的原因。原來他有一個不是經由自由戀愛的原配在故鄉，就離紅十字會醫院不遠，他不願意年老的父母因此為難傷心，也不願意背叛現在的家庭，就選擇放棄高薪院長一職（甚至將一千兩銀票踩在腳下蹂躪，以示決心），寧可在文學雜誌一週年後赴日本與家人、妻子會合（甚至有輕生——殺死孩子、再與妻子自殺——的念頭），說完了原委之後，作者如此結束這一部小說：〔註15〕

> 一千八百九十一年前同著耶穌釘死在 Golgotha 山上的兩個強盜中的
> 一個，復活在上海市上了。

耶穌死於三十三歲，加上一千八百九十一年就正好是一千九百二十四年，亦即公元 1924 年，就是郭沫若創作此一小說的日期。Golgotha 在和合本《新約聖經》〈路加福音〉裡翻譯為「髑髏地」。

小說的這一段結尾是一個極豐富的收尾，具有多層次的意義，算是郭沫若此一叨叨絮絮的小說的一個漂亮的結束。我們一定要將兩段文字排比並觀，才可以看出郭沫若此處改寫的精妙。對於《聖經》經文中記載這兩個與耶穌同釘十字架的強盜有三處〔註16〕，其中〈路加福音〉記載最為詳盡（基本上

〔註15〕郭沫若全集，文學編第十四卷，1985，pp.281。
〔註16〕分佈在《新約聖經》的前三個福音書，至於最後的〈約翰福音〉所記的僅止於有「兩個人」與耶穌同釘十字架，並未言明其「強盜」的罪犯身份。

可以概括其他兩處的經文），而且也只有從〈路加福音〉的經文才可以看出郭沫若改寫〈路加福音〉經文的妙處。經文出處在〈路加福音〉二十三章的 32～33，39～43 六節裡：

> 又有兩個犯人，和耶穌一同帶來處死。到了一個地方，名叫髑髏地，就在那裡把耶穌釘在十字架上，又釘了兩個犯人：一個在左邊，一個在右邊。（32～33）……那同釘的兩個犯人有一個譏誚他，說：「你不是基督嗎？可以救自己和我們吧！」那一個就應聲責備他，說：「你既是一樣受刑的，還不怕神嗎？我們是應該的，因我們所受的與我們所做的相稱，但這個人沒有做過一件不好的事。」就說：「耶穌啊，你得國降臨的時候，求你記念我！」耶穌對他說：「我實在告訴你，今日你要同我在樂園裡了。」（39～43）

與上一篇小說〈落葉〉引述經文以列出《聖經》章節的方式來比較，此處的作法算是另一種形式的挪用，亦即郭沫若「改寫」了《聖經》經文，《聖經》成為他創作時所引用的一個「典故」。我們還可以找到郭沫若其他著作中類似的情形，例如發表於 1925 年的〈行路難〉，得了急性腸胃炎的愛车休養中想道：「田地裡的百合花賽得過所羅門的榮華」〔註17〕，同樣也預設了他的讀者們可以懂得他所使用的「典故」。當然，各樣的文獻、經典、文本都可以變成為典故，但是《聖經》經文成為典故，除了其高度的宗教性外，更重要的是在五四那一個時代擁有特殊意義，亦即「現代性」的問題（這一點我們將在下一節「天國裡的小孩子」裡詳論）。

以〈落葉〉、〈聖者〉兩篇小說中，郭沫若所引述的《聖經》經文或者章名來看，無疑地郭沫若採用的《聖經》版本是 1919 年翻譯完成的「和合本」中文《聖經》，這一年恰巧又正是五四的年份。和合本《聖經》的譯畢、出版究竟對於風起雲湧的新文學運動有沒有影響，當然是一個見仁見智的問題〔註18〕，但

〔註17〕此處典故出自〈馬太福音〉6:28～29（和合本）：「你想野地裡的百合花……就是所羅門極榮華的時候，他所穿戴的，還不如這一朵花呢！」參考郭沫若全集，文學編第九卷，1985，pp341。

〔註18〕代表性的意見：認為有一定影響力的是周作人，他 1920 年在燕京大學所做的演講指出和合本《聖經》：「在中國語及文學的改造上也必然可以得到許多幫助與便利。」胡適則說：「據我所知《官話聖經》在預備白話文為現代的文字媒介的事情上，沒有絲毫的功績。」關於此一問題的大致狀況可以參考海恩波（Marshall Broomhall），《道在神州──聖經在中國的翻譯與流傳》，蔡錦圖翻譯，香港國際聖經協會，2000，pp.12～4；尤思德（Jost Oliver Zetzsche）《和合本與中文聖經翻譯》，蔡錦圖翻譯，香港漢語聖經協會，2002，pp.331。

是絕對肯定的是至少對郭沫若而言，和合本《聖經》的出版對於他的創作產生了實質的影響，至少我們在〈漂流三部曲〉的結尾裡，看到了一個挪用、改寫《聖經》經文的高度表現的示範。

郭沫若寫的「兩個強盜中的一個」，指的就是男主角愛牟。這兩個強盜，一個是譏諷耶穌，認為祂應該可以救自己和他們，然而祂卻被釘在十字架上；另一個強盜則是指責第一個強盜的態度，認為他們倆是罪有應得，但耶穌是無罪卻受刑罰，因此他求耶穌「得國降臨的時候」，請記得他。耶穌的救贖可以說立刻臨到，答應他說：「今日你要同我在樂園裡了」。

最有意思的問題點是：愛牟，他是哪一個強盜？

從整篇小說來看，表面上結構相當清楚簡單。在「煉獄」中，愛牟（強盜）滌清了罪惡之後，就像那一個懇求耶穌紀念他的強盜一樣，是可以待在樂園裡的！但是小說〈漂流三部曲〉最後一部並不是「樂園」或「天國」，而是「十字架」，這就更耐人尋味了。

為什麼是「十字架」？

其實我們回到「煉獄」來看，就篇名而言，應該是煉淨罪惡之處，然而小說中，愛牟來回一趟太湖之後，再度匆匆逃回上海的寓所，完全看不出有任何「洗滌罪愆」的效果，依然是一個無力、落寞、備受親情煎熬的憂鬱男子而已。有意思就在這裡，雖名之為「煉獄」卻不見洗淨靈魂的效應，所以最終還是得效法耶穌上十字架，至少耶穌對信徒們的旨意是如此[註19]。信徒們雖然不必真的被釘死在十字架上，但是必須象徵意義上的將罪惡釘死、自我中心釘死、舊的自我釘死（耶穌所謂的「捨己」）。愛牟有將自己釘十字架嗎？至少我們從郭沫若的小說結構來看，答案應該是肯定的，看起來他在小說末了寫給妻子的那一封信表述了一定程度上的「捨己」[註20]：

> 我把所有的野心，所有的奢望，通通懺悔了。我對於文學是毫無些兒天才，我現在也全無一點留戀。……我有解決它的一個最後的手段，等我到日本後再向你說罷。……我到日本去後，在生理學教室當個助手總可以罷，再不然我便送新聞也可以，送牛奶也可以，再不然，我便要採取我最後的手段了。到日本後再說。

[註19] 耶穌又對眾人說：「若有人要跟從我，就當捨己，天天背起他的十字架來跟從我。」見〈路加福音〉9:23，其他福音書也都有相似的句子，除了〈約翰福音〉之外。

[註20] 郭沫若全集，文學編第九卷，1985，pp.280。

　　似乎是徹底的懺悔，之後就是新的人生的開始。於是愛牟可以放下知識份子的身段、作家的驕傲，送報、送牛奶都行！他要實實在在像一個人活下去，不再虛幻。如果真的行不通，他一直強調有一個解決方案。信的最後重複說道「最後的手段」，其實就是「十字架」中紅十字會的工作人員送來鉅款之前，愛牟覺悟人生必須放下虛榮，恢復他真實的身份——作一個丈夫與父親的角色〔註21〕：

> 什麼叫藝術，什麼叫文學，什麼叫名譽，什麼叫事業喲！這些鍍金的套狗圈，我是什麼都不要了。我不要丟去了我的人性做個什麼藝術家，我只要赤裸裸的做著一個人。我就當討口子也可以，我就死在海外也可以，我是要做我愛人的丈夫，做我愛子的慈父。

之後，他似乎下定決心採取某種行動〔註22〕：

> 實在不能活的時候，我們把三個兒子殺死，然後緊緊抱著跳進博多灣裏去吧！

他甚至寫了一首詩，更加清楚地透露了他所謂的「最後的手段」〔註23〕：

> 去喲！去喲！／死向海外去喲！／家國也不要，／事業也不要，／我只要做一個殉情的乞兒，／任人們要罵我是禽獸，／我也死心塌地甘受。／海外去！海外去！／死向海外去！／去喲！去喲！／死向海外去喲！／火山也不論！／鐵道也不論！／我們把可憐的兒子先殺死！／緊緊地擁抱著一跳，／把彌天的悲痛同消。

　　看起來男主角愛牟是有一些新的決定沒錯，但是原先他是被自我的虛榮、或者理想所迫造成的妻離子散煎熬著，然而他「最後的手段」竟然是全家同歸於盡式的自殺行動。此時我們再回到〈路加福音〉二十三章的「兩個強盜」的故事，一個強盜是死不認錯，還嘲笑耶穌無法救自己；另一個強盜自認罪有應得，尋求神的兒子的救贖，求耶穌得國降臨時紀念他。對比來看看，此時的愛牟比較接近哪一個強盜？

　　可能是第一個。因為愛牟並沒有真正的覺悟，雖然才痛悟文學生涯的虛榮，卻立刻又提筆為詩作詞。愛牟自己已然覺察此一問題〔註24〕：

〔註21〕郭沫若全集，文學編第九卷，1985，pp.270。
〔註22〕郭沫若全集，文學編第九卷，1985，pp.270。
〔註23〕郭沫若全集，文學編第九卷，1985，pp.272～3。
〔註24〕郭沫若全集，文學編第九卷，1985，pp.273。

不怕他的心中，他的歌中，對于文藝正起了無限的反抗，但他卻從
衣包中搜出了一枝鉛筆來，俯就桌上，把他夫人的來信翻過背面來，
便寫上了他這首歌詞。

他依然深陷在老舊的、虛榮的自我中，並未爬出此一泥淖結構，所以一
旦經濟無法維持家人所需，他不是取努力找到出路，卻是放棄生命與努力（嘲
笑自己無法救自己？），要無辜的家人陪葬他的虛幻尊嚴。

但也可能是第二個。愛牟確實想要從新來過，盡作丈夫、父親的責任，
他承認之前的他罪有應得，勇敢承認過去虛榮的錯誤，僅此一念，愛牟就算
是復活了、重生了！他不僅不讓文學的虛榮繼續戕害他，也不容許金錢主宰
他的生命。他在最後一封信裡說道〔註25〕：

最痛快的事情是我今天把一千兩銀子的匯票來蹂躪了一次——真個
是用腳來蹂躪了一次。金錢喲！我是永不讓你在我頭上作威作福
了！

於是，我們想他現下是一個新的人了，有新的想法與體悟，因此之前波瀾
起伏的情緒所引發的一連串黑暗想法（與家人共赴黃泉），已經不作准了。他確
實有一個「最後的手段」，而且是我們無法得知的（因為他是一個復活的新人），
甚至連作者也無法得知。我們用法國文學思想家羅蘭巴特（Roland Barthes）的
話來說〔註26〕：這是這一篇小說的「鈍義」（the obtuse meaning）、「第三意義」
（the third meaning）是本篇小說最為神秘的一個部分，一個意義的模糊地帶！
充滿無限的可能性！一個復活的人不就是應該如此令人期待嗎？

我們看到了一個不斷對話的過程：小說與《聖經》故事之間來回的辯證，
使得二者互相鎔鑄在一起，成為密不可分的一體。

事實上，我們可以用一個更大的架構來看郭沫若在此篇小說中挪用《聖經》
故事的改寫模式，亦即從《聖經》的翻譯歷史來考察此一問題。之前我們提過
和合本《聖經》翻譯完成的年代 1919 年，正好發生了五四新文學運動，對於
當時與後來的讀者而言，和合本《聖經》都具有某種程度的權威地位〔註27〕，

〔註25〕郭沫若全集，文學編第九卷，1985，pp.273。

〔註26〕參考 "The Third Meaning" 一文，Barthes, Roland（羅藍巴特），*Image, Music, Text*, English trans. by Stephen Heath, Noonday Press, N.Y. 1993, pp.51～68。

〔註27〕參考莊柔玉《基督教中文聖經譯本權威現象研究》第二章「中文聖經權威現象的界說」。莊柔玉，《基督教中文聖經譯本權威現象研究》，香港國際聖經協會，2000，pp.19～34。

甚至連散文大師周作人都願意為其背書，給予極高的評價：「到得現在，又覺得白話的譯本（和合本）實在很好，在文學上也有很大的價值……但可以說在現今是少見的好白話文。」〔註28〕《聖經》的漢語翻譯，在此時可以說進入一個比較成熟的階段。因此作家在引述、改寫、挪用《聖經》經文上方便許多。

然而我們回到基督宗教剛剛進入中國的唐代，唐太宗大開方便之門，給了景教傳教士一個翻譯經典之處：「貞觀九祀，至於長安，帝使宰臣房公玄齡總仗西郊，賓迎入內，翻經書殿。」〔註29〕根據〈尊經〉記載，翻譯了不少《聖經》章節〔註30〕。然而今天留下來的景教經典與《聖經》翻譯關係密切的就屬〈序聽迷詩所經〉與〈一神論〉中的「世尊布施論第三」，其中所翻譯的《聖經》經文主要是耶穌行傳（初生到受難）與登山寶訓（只翻譯其中的「馬太福音」6:3～7:12）。我認為當時的翻譯原則有一個非常重要的特點：「絕不是一對一忠實對應地譯出過程，而是根據特殊讀者群體的需要，依照譯者的自我判斷，或縮減、或增添，甚至於重新書寫，為了要讓不熟悉基督教教義的讀者可以在極其有限的篇幅中得到（相對上）比較整體與全面的教導。」〔註31〕

景教所翻譯的《聖經》福音書與郭沫若的小說寫作比較起來，雖然目的不一樣，一個是要使當時中國的讀者認識基督教教義，一個是要使用《聖經》經文使得讀者得以領略更臻完美的文字藝術與意境，然而兩者不約而同地都運用「改寫」的策略，可是放置在不同歷史時空，其生發的歷史情境作用也大有不同。景教的翻譯者借用大量的佛、道教語言（雖然也自創了不少新術語），其實還掙扎深陷在教義引介初期的泥沼之中，連一般讀者的回應都極為難得（至今幾乎讀不到當時任何有關景教經典翻譯的讀者意見）。可是郭沫若的挪用改寫，顯然是經過數百年的接觸、衝突、討論、流通（從明朝的利瑪竇入華到民國初年五四期間，近350年），終於進入一個取得合法地位的跨語際實踐的開花結果，誠如劉禾所說的：「研究跨語際的實踐，就是考察新的詞語、意義、話語以及表述的模式，由於或儘管主方語言與客方語言的接觸／

〔註28〕 此為周作人在 1920 年於燕京大學所做的一場演講的稿子。轉引自尤思德（Jost Oliver Zetzsche）《和合本與中文聖經翻譯》，蔡錦圖翻譯，2002 香港漢語聖經協會，pp.334。

〔註29〕 翁紹軍，《漢語景教文典詮釋》，香港漢語基督教文化研究所，1995，pp.54。

〔註30〕 〈尊經〉中記載譯寫了三十五部經典，其中八部應該是《聖經》經文，今日還流存的大約是「福音書（四福音合參）之類的〈阿思瞿利容經〉（evangelion）。參考曾陽晴，《唐朝漢語景教文獻研究》，台北花木蘭出版社，2005，pp.128。

〔註31〕 參考曾陽晴，《唐朝漢語景教文獻研究》，台北花木蘭出版社，2005，pp.151。

衝突,而在主方語言中興起、流通,並獲得合法性的過程。」〔註32〕

　　郭沫若的〈漂流三部曲〉的「十字架」,末了談到他(愛牟)將在一個多月之後赴日與妻子相聚,後來果然是在四月時去了日本。在日本時收到《獅吼》雜誌後,給「若渠」寫了一封信,信後來登在 1924.7.15 上海版《獅吼》雜誌第三期,名為「再上一次十字架」〔註33〕,與「十字架」完成日期(3.18)只差四個月。顯然郭沫若已經將「十字架」當作是一個相當熟悉的小說創作書寫語言,我認為一個小說家會一而再、再而三使用某種語言,一方面也許是要建立個人風格,另一方面是他執著於這樣的語言所帶出來的語意魅力,這樣的魅力也是他無法拒絕的,而當然地,他也要讀者無法拒絕他的創作語言。

　　於是這樣的《聖經》語言因著作品的出版(作品集子、雜誌等),進入了現代的漢語創作市場,成為文學建制的一個環節,滲透進讀者的閱讀活動之中。至少從郭沫若這樣一個重要作家的作品研究中,我們可以下一個不太過份的結論:《聖經》語言的引述、挪用、改寫,確實地影響了現代華語文學的創作語言。

四、天國裡的小孩子

　　我們討論的第三篇自敘性小說是〈聖者〉,標示的日期是 1924.2.22,在三篇小說中是最早完成的。小說的主角一樣是愛牟,故事說的是愛牟在歲末年終與甫自德國的歸國學人朋友談天,朋友說的天花亂墜,他的心緒卻完全在家人身上。傍晚回家時分,本來答應孩子要買糖點的,卻臨時起意買了花炮想與孩子同樂。沒想到卻發生意外,花炮衝射到老二的右眼上,還好沒傷及眼球,但是腫的如石榴一般。奇妙的是孩子第二天起床後,一點怨望、悲觀的情緒都沒有,反而是愛牟懊悔不已(其夫人倒是抱著《聖經》讀了一整夜)。

　　〈聖者〉中《聖經》經文是一開始就出場的,亦即被放置於「引言」的位置,所引用的是《新約聖經》「馬太福音」十八章的一段經文:

〔註32〕劉禾(Lydia H. Liu),《跨語際實踐——文學、民族文化與被譯介的現代性(中國 1900～1937)》(*Translingual Practice: Litearture, National Culture, and Translated Modernity China, 1900～1937*)宋偉杰翻譯,北京三聯書店,2002,pp.36。

〔註33〕肖斌如、伍家倫、王錦厚編,《郭沫若佚文集(1906～1949)上、下》,成都四川大學出版社,1988,pp.126～7。

Tial, Kiu humiligos sin, Kiel tiu infano, tiu estas la Plej granda en la regno de la Cielo.　　　　　　　　　　　　《St. Mat.》XVIII-4〔註34〕

這引言裡有幾個值得注意的地方，首先是放在篇首，這當然對故事的詮釋與閱讀方向是有一定的影響。但問題是：如何影響？

郭沫若是有學問的，他引用的《聖經》經文應該屬於拉丁語系〔註35〕，如果不是讀過天主教神學院的讀者，大約很難理解，不過還好他自己加了註解，大概他也知道沒有這一段中文對照，對於一般的中文讀者而言，這段《聖經》經文是白引了。那為什麼他還要如此引述？特別是引述拉丁語系《聖經》經文，不如直接引用希臘文版本，因為我們都知道《新約聖經》最早寫成的時候用的是希臘文。

當然，不用希臘文，最可能是因為他不懂希臘文。而他用拉丁語系，主要應該是因為他手邊有天主教的拉丁語系《聖經》，而且他又懂此語言。而內在最重要的原因，我認為是牽涉到中國「現代化」的課題。劉禾在他重要著作《跨語際實踐——文學、民族文化與被譯介的現代性（中國 1900～1937）》中說道〔註36〕：

> 知識從本源語言進入譯體語言時，不可避免地要在譯體語言的歷史
> 環境中發生新的意義。譯文與原文之間的關係，往往只剩下隱喻層
> 面的對應，其餘的意義則服從於譯體語言使用者的實際需要。

所謂「服從於譯體語言使用者的實際需要」，以引用《聖經》經文為例來看，亦即為了符合書寫者的各種目的，而挪用、改寫成各式各樣的文本。相反地，郭沫若於此處捨和合本中文《聖經》，而引用拉丁語系原文《聖經》，且將之置於比譯體語言（此處指中文）更重要的位置（本文 vs.註解的位置），背後可能具有多重複雜的意義，而這樣的意義是與小說的主旨緊緊結合的。

愛牟在孩子受傷之後，以極端的不滿思考著自己孩子的處境，另一方面以沈痛的心境批判上海兒童的教育與社會問題：

〔註34〕郭沫若加了中文註解：「凡是自己謙卑，像這小孩子的，他在天國裡就是最大的。」（《馬太福音》第 18 章 4 節），郭沫若全集，文學編第九卷，1985，pp.55。

〔註35〕郭沫若所引的經文既非武加大本 Vulgate（我所對照的是 1969 年出版的第四版武加大《聖經》the fourth edition of the Biblia Sacra iuxta vulgatam versionem，可參考 Biblegateway.com 網站的 1994 版本），亦非一般的法文、西班牙文、葡萄牙語《聖經》經文，極有可能是義大利文版本。

〔註36〕曾陽晴，《唐朝漢語景教文獻研究》，台北花木蘭文化出版社，2005，pp.88。

他們室居在家裏就好象坐著囚籠，他們的朋友只是些殘破的玩具，
他們的慰安只是些一年前從東洋帶回的畫報。朋友說：中國人的生
活是乞丐生活，不錯，真是不錯……西洋人的公園既不許他們進去，
中國人的精神只是醜惡的名利欲的結晶，誰也還顧不到兒童的娛樂，
兒童的精神教育上來。在上海受難的兒童倒不僅我的幾個，但我今
天卻為什麼要買些下等的娛樂品來謊騙他們呢？假使我不買花炮，
怎麼會燒傷他的眼睛？……在東洋的時候，孩子們日日在海上玩耍，
身體也強健得多，性情也活潑得多，如今是被我誤了。

　　看來看去，無論是西洋、是東洋都好，唯一不好的就是與當時中國人的
在地文化。此時愛牟「中國人的生活是乞丐生活」的意見，竟然與小說一開
始他內心暗暗反對的友人的意見一致了：

新回國的朋友說道：「柏林真好，柏林真好，簡直要算是天國呀！房
屋又如何華麗，女人又如何嫣妍，歌舞又如何，酒食又如何。」一
面說，一面閉閉眼睛，好像要忘卻這眼前的塵濁，去追尋他遺失了
的樂園的光景。朋友的結論是：「中國人的生活完全是乞丐的生活。」

　　當時所使用的關鍵字眼「天國」、「樂園」，我們注意到全都是《新約聖經》
裡慣常使用的語言。然而無論是柏林或東京，西方或東洋，代表的是當時的
現代化文明，而無可否認地，日本的現代化基本上是學習自西方的，而西方
的現代文明中，基督宗教文化是有著主導性地位的。於是我們再度回到〈聖
者〉的拉丁語系引言，郭沫若引用原文《聖經》經文，真正的目的似乎是要
透露一個訊息，亦即：「西方拼音語言」與《聖經》經文的結合的雙重性，其
實表徵一種「更深刻的現代性符號」，因此郭沫若寧捨中文而取拉丁語系原文。
在此我們發現一個有趣的事實，亦即不只在翻譯的跨語際實踐中，譯文與原
文之間的關係，會服從於譯體語言使用者的實際需要，事實上，不需要翻譯
而直接使用《聖經》原文，一樣可以在其語意之外，尋找到一種符合使用者
當時語境的需要的挪用。

　　因此，在小說書寫中挪用「聖經」語言（而不是其他經典的語言或典故），
還有另一個層面的意義，亦即與中國現代化的密切關聯，換句話說，五四時
期的知識份子會使用聖經語言來塑造一種「現代性」的語意氛圍。郭沫若在
他的自傳第二卷「學生時代」中的「創造十年」說道〔註37〕：

〔註37〕郭沫若，《沫若自傳》第二卷「學生時代」pp.55。

五四運動的風潮便澎湃了起來……實質上是中國自受資本主義的影
響以來所培植成的資本主義文化，對於舊有的封建社會作決死的鬥
爭。自從那次運動以後，中國的文化便呈出了一個劃時期的外觀。

而那個劃時期的外觀，其實就是追求「現代化」的外觀，其中有關論述
現代化此一重要課題的「一種」新的語言，就是翻譯自「聖經」的語言，此
正劉禾所說的：「服從於譯體語言使用者的實際需要」。這個「實際需要」，對
於五四以來的知識份子就是「現代化」。郭沫若在「創造十年續編」中，論到
「洪水」半月刊的刊名時說道〔註38〕：

雜誌之所以命名為「洪水」者，本是出於周全平的心裁。他這心裁
我知道得最確，是醞釀於他在當年替某教會校對過一次《聖經》，上
帝要用洪水來洗蕩人間的罪惡。《聖經》上有這意思的話，這便是那
心裁的母胎了。

「《聖經》上有這意思的話」（不只於「洪水」），構成了一種特殊的語言
體系，在五四年代的一些特定的知識份子群體裡，形成一種論述「現代性」
的語言。

然而我們再回到小說〈聖者〉之中，為什麼要命名為「聖者」？當然跟
小說的結尾有密切關連〔註39〕：

愛牟夫人常說：兒童的心情終竟是偉大。假使大人受了傷時，不知
道是如何怨言嘖嘖呢。一種虔敬的心緒支配著愛牟的全身，使他感
謝得想流眼淚。愛牟對著他的孩子，就好像瞻仰著許多捨身成仁的
聖者。

為什麼看著自己的孩子會生出「捨身成仁的聖者」那樣的感覺？其實在
愛牟的心中，這一些孩子們是可以視為中國現代化被犧牲的烈士〔註40〕：

孩子們……如今是被我誤了，……我是罪過！我是十分罪過！但我
為什麼一定要到這都市上來呢？我同他們隱居在何處的鄉下，不是
很理想的生活嗎？啊，但是，……許多的同胞都在患難之中，我又
怎麼能夠獨善呢？我總應該替社會做一番事情，我這一生才可以不
算白費。

〔註38〕郭沫若，《沫若自傳》第二卷「學生時代」之「創造十年續編」pp.241。
〔註39〕郭沫若全集，文學編第九卷，1985，pp.63。
〔註40〕郭沫若全集，文學編第九卷，1985，pp.61。

愛牟不想獨善其身，可是卻犧牲了孩子的成長與教育，然而孩子們卻無怨無悔地接受。小說的結尾其實是呼應著一開頭的《聖經》經文，還好郭沫若除了拉丁語系原文之外，還提供當時中國讀者和合本《聖經》翻譯：「凡是自己謙卑，像這小孩子的，他在天國裡就是最大的。」「天國」在這一篇小說裡，一方面似乎指涉著進步的、符合人性的、現代化的西方社會，然而另一方面在這樣的社會中，好像還有東西是更加重要的，其重要性的層級似乎對當時中國問題的出路還要比「現代化」此一課題更高一階。我們在看一段孩子們的歡樂與天真無邪所帶來的極大力量〔註41〕的書寫：

> 硫黃的煙霧滿了一庭，兒童的歡聲也滿了一庭，假使有能說這兒並
> 不是天國的人，縱有天國，恐怕孩兒們也不願意進去的呢。

原來孩子們的笑聲與歡樂，對於愛牟（或者郭沫若）而言，才是「天國」的真諦；孩子們無怨無悔地接受安排與犧牲精神，才是「聖者」的表現。孩子們——下一代——是未來的希望：這些聖者，就是天國。

而另一方面，最重要的是陪伴著那聖者一般受傷的孩子度過漫漫長夜的是愛牟夫人與她手中的那一本《聖經》：「房中的靜穆，也伴著他的女人讀了一夜的《聖經》。」〔註42〕也許，這就是在五四那一個偉大的時代，郭沫若所懷抱的浪漫主義的理想：中國的未來就是「高尚的人性」與「現代化文明」的結合吧！

五、結語

我們從郭沫若的這三篇小說引用《聖經》經文的小說，得知他或在小說之先（〈聖者〉），或在小說之中（〈落葉〉），或在小說之末（〈漂流三部曲〉）；或引述、或改寫《聖經》經文或語言，一方面我們可以斷言在五四那一個年代確實有它時代的特殊意義，另一方面至少在我們上述的解讀過程中（當然我們一直是把焦點放在基督宗教的《聖經》文本上〔註43〕），「改寫文本或引

〔註41〕郭沫若全集，文學編第九卷，1985，pp.58。
〔註42〕郭沫若全集，文學編第九卷，1985，pp.62。
〔註43〕我基本上對於詮釋的方法論，並不怕被批評會落入一個循環論證的錯謬裡。畢竟以〈落葉〉來看，就是一篇不折不扣的圍繞基督宗教「認罪悔改」主題的小說；至於〈漂流三部曲〉與〈聖者〉，無論篇首或篇尾的《聖經》引文或改寫文本，基本上都應該是詮釋上的一個關鍵點，應該不會引起太大爭論才是。

述經文」似乎在小說的閱讀、詮釋中佔著一個關鍵性的位置。

我們如果從一個讀者的角度,再來看郭沫若的這幾篇小說,其中挪用《聖經》經文之處,亦即「改寫文本或引述經文」,其實某個程度上都和小說的故事主軸與內容有一個巨大的鴻溝(gap),就像〈聖者〉的拉丁語系「原文」引言與〈漂流三部曲〉的兩個強盜的故事(如果不回查《聖經》,且一定要查《新約聖經》的〈路加福音〉才行,但,如果沒有這樣的最低限度的《聖經》知識,又該當如何?閱讀行為如何完成?);或者至少也是不小的縫隙(rupture),就像基督宗教味道如此濃厚的〈落葉〉標示出〈約翰福音〉第八章3~11節的故事,可是同樣的問題又出現了,這只是一個章節號碼的標示,實際的經文故事對當時的中國一般讀者而言,依然付之闕如。那又該怎麼辦?

辦法很簡單,回查《聖經》即可,然而,這又回到原點了。當複查《聖經》之時,讀者是在讀一個什麼故事?

第一個層次應該是《聖經》故事,要對這個《聖經》故事有一個深刻的理解,必須像詮釋學者所說的,進入一個詮釋循環當中。牛津學者伊果頓(Terry Eagleton)說道:「詮釋學的方法試圖將文本的每項因素調合成完整的整體,其過程一般稱為『詮釋循環』(hermeneutical circle):個別特點得根據全文的角度才可理解,而且通過個別特點才可理解全文。」〔註44〕這個意思就是如果我們想完全讀懂「被拿的淫婦」的故事的意義,最好我們可以充分掌握《聖經》全本的神學。

可是第二個層次的閱讀,將是從「充分掌握《聖經》全本的神學」的《聖經》「改寫文本或引述經文」的觀點,從新來閱讀放在郭沫若小說中的這些「改寫文本或引述經文」,因為它們已經成為小說的一部份,於是它們會產生兩部分的功效:一是對於小說主體故事產生催化作用,發生化學變化,其中〈漂流三部曲〉的兩個強盜的故事是一個典型例子;其二是它們也融入小說主體故事,其焦點意義中心被吸附過去,其原先屬於《聖經》文本一部份的主體性近乎喪失。因為在此同時,另一個「詮釋循環」又發生了,亦即此一「改寫文本或引述經文」被視為小說的一部份,與小說的主體故事之間互相詮釋,而建立了新的「詮釋循環」。我們不妨用詮釋學大師加達默爾(Hans-Georg Gadamer)的話來作個結語,他說:「理解的運動經常就是從整體到部分,再

〔註44〕參考泰瑞‧伊果頓(Terry Eagleton),《文學理論導讀》(Literary Theory: An Introduction),吳新發翻譯,台北書林出版,2005,pp.97。

從部分返回到整體。我們的任務就是要在各種同心圓擴大這種被理解的意義
的統一性。一切個別與整體的一致性，就是正確理解的當時標準；未達這種
一致性，就意味著理解的失敗。」〔註45〕

　　換句話說，從《聖經》與「改寫文本或引述經文」之間的個別、全體的
來回，過渡到「小說主體故事」與「改寫文本或引述經文」之間的個別、全
體的來回，於是產生了一種特殊閱讀類型的小說文類：「聖經／文本挪用／類
型的小說」之間的來來回回的閱讀與詮釋（這是一種有交集部分的雙圓心詮
釋循環，交集部分即所謂的「改寫文本或引述經文」），亦即《聖經》與「改
寫文本或引述經文」與「小說主體故事」鎔鑄一體的文本。我認為，無可避
免地，終將引發一種新的閱讀樂趣的無限創意與能量。

〔註45〕漢斯—格奧爾格・加達默爾（Hans-Georg Gadamer）《真理與方法——哲學詮
　　　　釋學的基本特徵》（*Wahrheit Und Methode*, Vols. 1），洪漢鼎翻譯，1993，台北
　　　　時報出版社，p.382～383。

郭沫若「落葉」與郁達夫「南遷」異國戀情的比較——國族、歷史與基督宗教的愛情辯證

一、前言

在上一篇論文中提到的郭沫若的〈落葉〉，按照他自己的說法，乃是以第二任妻子「安娜」(即日本籍女士佐藤富子)寫給他的情書為底本改編的〔註1〕，亦即將自己的故事改編為小說，寫的是小說主角洪師武與女主角菊子之間的戀曲〔註2〕的沒有結尾的變奏；差不多相似的時間，1921 年郁達夫也寫出了〈南遷〉，寫的恰好也是一段無疾而終的中日戀情。兩段戀情有著奇特的相似性與相異性，無論是在當時的政治形勢、敘述者的身份與認同問題、基督教信仰的涉入、戀情的結果等等，讓我們發現了這兩位留日的作者都有他們所呈顯出來的異國戀情情結。

〈落葉〉，誠如郭沫若說的是以第二任妻子「安娜」(即佐藤富子)寫給他的情書為底本改編的，然而我們所看到的是：一次「再現」的展示，換句話說，安娜將自己對於郭沫若的「思戀之情」以「文字」(書信)的形式書寫出來，而郭沫若為了創作小說之故，將安娜的書信改編寫為小說，這是「再

〔註1〕魯雄飛《郭沫若異國婚姻始末》，2006，北京台海出版社，p.186。
〔註2〕改編的時間，根據郭沫若虛構的「引子」，應該是 1925 年。另外，參考郭沫若，《郭沫若全集》文學編第九卷 pp.67 的附註，發表時間也是 1925 年。然而根據《沫若自傳》第二卷「學生時代」中的「創造十年續編」，則是寫於 1924 年，參考 pp.188。

現」。經過這樣的再現，其實我認為這已經與郭沫若和安娜的原來戀情有了極大距離（「時間與空間上」、以及「現實與虛構之間」都是），因此有學者運用〈落葉〉的資料，嘗試重建或還原郭氏二人的戀愛情形，其實是不恰當的〔註3〕。所以對於〈落葉〉這樣一篇創作，比較平衡的看法，我認為就是將之視為一篇虛構的小說，如同郁達夫的〈南遷〉一般，不再牽強附會將之與郭氏的戀情排比並觀，尋繹其中相關的蛛絲馬跡。

二、閱讀引子

〈落葉〉這一篇小說，寫的是一位日本護士菊子寫給一位中國留學生洪師武的41封信。他們兩個是戀人，但因為求學與工作的關係，分隔兩地（菊子在東京；洪師武在岡山求學）。在小說中，從第一封信到最後一封信，顯然兩個人就沒有再見過面：這一些信件全是菊子所寫，而且信中男主角的名字從頭到尾沒有出現過。

我們似乎看見一個「不在場」的男戀人，「不在場」的證明，對於謀殺案是一個「不涉案」的充分條件；然而對於一段戀情來說，「不在場」卻是「無法不思念」的充分條件，因為不在場，所以只好一直思念下去，愛戀就因此不斷加強；想念的語言於是一直延伸，情書的文字因此不斷衍伸、自我演繹。不在場創造了一個「空間」，好讓在場者可以無時無刻地戀愛——在場者透過書寫行為，與想像中的「不在場」戀人進行一場永無休止的戀情，而且在這樣的過程當中，戀愛的廣度、深度與強度都可以一直升高……只要「戀人」永遠處在「不在場」的那一邊！而在這一篇小說中，男主角就是維持這樣的位置一直到最後。

這一位「不在場」男士的名字與身份的真實定位，是在作者郭沫若的「引子」中被交代出來的。這一位名為洪師武的日本留學生，乞求作者將女戀人的信件改寫成小說或詩歌，希望藉此能「把我愛人的生命永遠流傳下去」（洪師武語）。對於這一篇「引子」，其實是書寫者所加上去的「附加說明」，如果我們說那四十一封信是主體的「文本」（text），那麼此處的「引子」所擔負的附加說明的功能就可以視之為「後設文本」（meta-text）。

〔註3〕魯雄飛在《郭沫若異國婚姻始末》裡，就因為〈落葉〉的女主角菊子的描寫有安娜的影子，於是採用〈落葉〉的個別書信中的情節，作為重構郭沫若與安娜戀情的根據——顯然是太過忽略「再現」所帶來的重新塑造的影響。

　　所有我們需要知道的參考知識——有關於那四十一封信的文本——都在
「引子」中找到其對照架構,包括:男、女主角的名字,戀愛的時空與現實
限制,以及為什麼會有這四十一封信的出現等等,事實上如果我們換一個說
法,應該也不算過份,亦即其實在「引子」當中,故事已經說完,從整體的
結構來看,他已經反客為主;而四十一封信成了永無止盡的喃喃自語(掌握
在那一位一直沒有露臉、不在場的男戀人手中),彷彿是降為次要的配屬地位。
原先的文本成為電影的 OS,真正的情節早已落幕,「引子」引來主戲提早上
演,「文本」成為像夢中的囈語的配樂一般。

　　同樣地在「引子」中,女戀人成為一個「不在場」的戀人,甚至連名字
都差一點失去。敘述者只能在別人轉述中知道洪師武臨終前一直喊著:
「Kikuko!Kikuko!」於是他推測:女子的名字是「菊子」。從上下文推測是
合理的,但是也有可能——說不定完全不是那麼回事。這一位不在場的女戀
人的身份,竟至只能以一個「懸案」的狀態存在著,她是洪師武在死亡陰影
中發出的「Kikuko!Kikuko!」所呼喚的那一位嗎?或者根本是一個與四十
一封信完全「無關聯」的名字?一個已死之人口中遺落的、永不知其真實代
表身份的名字?

　　但是我們也只能接受作者,或者精確一點,敘述者的誤導,硬是叫喚這
位女主角為「菊子」:一個名字懸宕的女主角,而她是一位基督徒。

　　一方面,洪師武是菊子書信中最重要的構成因素,四十一封信都因著他
的緣故而發生、且存在,然而我們對洪師武的認識,只能透過菊子書信中那
種極端無助、不斷編織的文本來摸索;另一方面,所有的「回應」(回信)都
斷絕了,亦即菊子將洪師武的信件全燒毀了〔註4〕:

　　　　我把哥哥的來信通同燒毀了之後,我把我的日記也都投在火裡了。

　　本來根據菊子的信件,其實紅師武應該也不存留這一些信件才是,因為
在失望之餘,菊子呼籲我們的男主角將她寄去的信也燒毀了〔註5〕:

　　　　但是啊,哥哥,這是我最終的願望,我要求你許我。你許我把我給
　　　　你的一切的信件,一紙不留地也都燒毀了罷。昨天寄給你的那張醜
　　　　畫,此刻寫給你的這封斷末魔的哀音,請都燒毀了罷!燒毀了罷!

　　顯然男主角並未這麼做,所以我們得看見、閱讀、分析、推測那一些由

〔註4〕郭沫若,《郭沫若全集》文學編第九卷 pp.158。
〔註5〕郭沫若,《郭沫若全集》文學編第九卷 pp.158。

菊子所書寫的信件。敘述者在處理這一些信件時,採取了一個「保留原狀」的原則,無論是殘缺或冗長,敘述者都加以保留並未加以刪削、修改〔註6〕:

> 菊子姑娘的信我現在把它們譯出來了,有些殘缺了的我聽它殘缺,有些地方或者不免冗長的,但我因為不忍割愛,所以也沒有加以刪改。

有關於冗長的部分,當然是見仁見智,然而我們倒是可以輕易發現,在菊子小姐的信中有三封有殘缺的現象,亦即編號18、29(缺二處)與30號的信件。其實很有意思的是除了第18號的信缺少結尾之外,第29、30兩封信的殘缺若不是敘述者的註記,我們可以說是很難、且基本上是無法發現的,而且註記部分的上、下文,在閱讀上是可以連結的,並沒有跳躍、斷裂的感受。我們也注意到敘述者的註記似乎也是不肯定的,或說「此處似有殘缺」,或說「此處似有缺頁」,這就構成一個閱讀上的趣味,敘述者與我們一樣也在猜測,這兩封信在開頭與中間的部分「似乎」「少了」什麼東西,他自己也不確定:就是這樣一個「不確定」,讓菊子小姐的信件產生了「模糊」的意義地帶——從外表幾乎無法判斷的一個書寫「地塹」。

在這樣的「不確定」指示之下,似乎有一個「消失」的文本世界。我們看得見的那些存在的、現有的文本是有限的文本,而那一些「遺失的」、「看不見的」、掉進黑洞中的文本,才是指向一個開放性的、無限的文本世界:這就是「消失的文本」的力量,藉由敘述者郭沫若給這四十一封信開向無限的可能閱讀、詮釋空間。

另外,讓我們來看一段應該是比較肯定的缺文,亦即第18號信件的殘缺部分〔註7〕:

> 你病了也還在進學校嗎?你請醫生看一看怎麼樣呢?定然是神經衰弱罷?……啊啊,我要到我病了的哥哥的面前盡興地哭!啊啊,哥哥,你現在怎樣了呢?我每晚睡在床上,時而哭,時而苦悶,我等望著你的消息,你是真個病了!(此信不全。)

這一封信很簡短,至少和其他的信件比較起來是如此,女主角認定男主角生病了,她很著急、又無法前往探病,只能一個人默默流淚擔憂,然後沒有結尾。這一封信最後的部分,敘述者加註「此信不全」,這樣肯定的宣告,

---

〔註6〕郭沫若,《郭沫若全集》文學編第九卷 pp.73。
〔註7〕郭沫若,《郭沫若全集》文學編第九卷 pp.118。

顯示敘述者握有相當有力的證據，可以據以判定此信「不全」。

然而，是什麼證據？是信件外在形式遭到破壞？（後半部遭撕毀？為何不加以說明？或者遺失？如果是遺失，又是如何得知？）如果信紙沒有毀損，那是什麼原因導致「此信不全」？答案，我想大概永遠無法得知吧！

我們也許可以用另一種看法來看待「此信不全」這四個字的說明，這四個字彷彿不只與此一封信沒有關係，似乎也與全部的四十一封信沒有任何關連，只是一句「異化」的存在語言，偶然落地生根的語言符號，與其周遭的上下文脫離關係：似乎是一句無涉上下文的文本（text without context）——或者另一種形式的「斷章取義」，可以用斷章的方式閱讀，然而卻擷取不到任何意義。甚或我們可以說，此四個字所指涉、生產的意義，竟然與他們那樣的存在形式毫無關係：他們就是四個字，不代表任何意義！

另一方面，我們將眼光轉向郁達夫的〈南遷〉，雖然並沒有像郭沫若〈落葉〉類似前言的「引子」，但是標題為「南方」的第一節，顯然是具有序言的功能。在這一節裡面，和郭沫若〈落葉〉的引言相比，郁達夫並沒有真正開始他的故事，僅僅是介紹出一個故事的「場景」：日本東京灣的「安房半島」，郁達夫像是在書寫一段旅行文學的景點介紹，我想對於當時的中國讀者而言，閱讀這一段得到的就是一個感受：異國情調，特別是郁達夫甚至用了一句英文"Hospitable, inviting dream--land of romantic age"來形容安房半島具有南歐風情的景致。其實我們知道，如果要符合南歐的感受，用義大利、西班牙或希臘文也許更加合適，不過就當時並不風行的留學風氣而言〔註 8〕，英文所能召喚來的、所展現出來的異國情調，就已經綽綽有餘了。

故事的發生地是屬於另一個國度的場景，可以預期的是發生故事的人們分別屬於不同的國度（從第二節開始，我們就知道小說的角色不只中、日學生，還有一位母親是愛爾蘭人的英國人，一位住房州的英國女士等等），故事裡的那一位中國留學生想必使用另一種的語言與人溝通（甚至不只日文，或許英文、德文均用上了），他們在那一邊的異國國度裡，又將發生什麼樣的故事？凡此種種，不只引發無限的想像空間，而且都將帶出一個特質：那就是「對照性」，亦即一位中國留學生在日本發生的故事，我們可以說既與中國此一符號所指涉的一連串意義有關，卻又是一種外部的相關，或者說是一種面

────────────

〔註 8〕此篇小說最早登載於 1921 年郁達夫的小說集《沈淪》，詳見《郁達夫選集》，北京人民文學出版社，2001，p.53 注 1。

對另一個國族的對照關係。

　　這一個對照關係將男主角抽離出其對於中國的熟悉性，以一種疏離的姿態，喚醒其存在意識，將他帶離所謂的「中國符號」越來越遠……彷彿郁達夫書寫敘述的「安房半島」，不只是日本東京灣內的一個遙遠半島，而且顯出一種南歐的特色，又使用歐洲大陸西邊海外英倫三島的英文來加以描寫。男主角似乎會在「異國文化」的包圍中，找到一個真實屬於他自己的存在意義，就在剝離了一切原生文化的符號所代表的意義與制約之後。

三、歷史的位置

　　無論是郭沫若改編於 1925 年的〈落葉〉，或郁達夫出版於 1921 年的〈南遷〉（小說第二節「出京」設定年代為 1920 年），當時中國與列強的國際關係情勢相當嚴峻〔註9〕，或者中國與日本之間的政治形勢非常緊張〔註10〕，對於兩位作者而言，也都在他們的異國戀情作品當中或多或少加進了中、日間的政治矛盾的論述。

　　〈南遷〉這一篇小說中，以中國留學生與日本學生在二十世紀 20～30 年代的互動狀況而言，可以說相當地平和。一群在安房半島避寒養病的年輕學子，相處關係算是相當融洽，特別是其中夾了一位我們的男主角是來自中國的留學生「伊人」。

　　看到郁達夫給男主角取了這樣一個名字「伊人」，不禁引發我們許多的聯想，雖然敘述者說明了我們的男主角伊人，乃伊尹的後代〔註11〕，但是任何對中國文學稍有涉獵者，一定立刻想到《詩經》裡極為著名的〈秦風・蒹葭〉那一首詩：

〔註9〕1919 年的巴黎和會以，協約國為主的 27 個國家開會的結果，雖然中國算是戰勝國，但是無論是中國所提出的「取消帝國主義在中國的特權」或者是「廢除21 條」（處理日本奪去德國在山東的殖民特權的問題），統統沒得到解決，後來就引起了「五四愛國運動」。參傅紹昌、蔣景源合著《中國現代史綱》（上）安徽教育出版社 1987, pp.17～22。

〔註10〕1895 年中、日訂定馬關條約，日本取得台灣殖民權；1914 年日本藉向德國宣戰之機會入侵山東；1915 年袁世凱答應日本的「21 條」要求；1918 年段祺瑞簽訂「中日山東問題換文」；1931 年 9 月 18 日日本進軍東北，發動「918 事變」。參傅紹昌、蔣景源 1987, pp.3～6 與 pp.230～233。

〔註11〕追溯男主角的族譜到商代賢者「伊尹」，如此的遠古，顯得有點不倫不類、小題大作。然而可能這也是作者郁達夫所想要營造的效果：男主角與中國的聯繫，竟然長達三千年如此久遠，簡直就是一個無法與中國切割的名字與生命。

蒹葭蒼蒼，白露為霜。所謂伊人，在水一方。

溯洄從之，道阻且長；溯游從之，宛在水中央。

膾炙人口的〈蒹葭〉詩句，傳達出那樣一種既是浪漫優美的情懷，又是渺不可及的追尋。「伊人」此一名字在文學史的傳統當中，已經是一個特定的愛情符號，告訴讀者這將是一段不斷努力追求、卻永遠無法企及的愛情經驗：情人之所以成為永遠的情人，將是因為他們之間有一個無法跨越的距離：彼岸的情人──永遠無法觸及愛情的永恆愛情──情人的「彼岸」。

這一個名字如此的「中國」，擁有在漢語中超過二千五百年的歷史〔註12〕，卻在一篇設定場景在非常異國情懷地域的小說中被使用著。誠如尼采（F. W. Nietzsche）在他的名著《道德的譜系》裡所說的〔註13〕：

（主人命名的權力擴展如此久遠，令人不禁要將語言的起源本身，

現解為統治者權力的表達：他們說「這是什麼與什麼」，他們用聲響

將每一件事與物封緘，然後，據為己有。）

尼采認為「命名」此一行為的過程乃是：主人擁有命名的權力，他評斷命名的對象的價值，依照此評斷給予此一對象名字，然後就擁有對此一對象的掌控權與解釋權。郁達夫身為作者，就像一個主人般擁有命名的權力，給予我們的男主角一個非常屬於母國文化的名字，然後又將其置於異國的文化之中。於是名字和其場景兩者之間，終究是有一個「斷裂」：永遠的「在水一方」。

「伊人」這一個名字雖然從一個遠古的「中國」文學典故出來，但是此時刻意被抽離出那個孕育它的母體，主要因為時空的轉換與疏離（被置入一個與母體極不友善、侵略性的、敵對的異質體──當時 20 年代的日本），然而或者也許是為了適應（或者更多成分是融入？）日本社會的人際關係，伊人顯然選擇不去面對當時非常嚴峻的中、日關係，國族與政治、軍事的問題似乎對於「在水一方」（在海洋另一邊的日本）的伊人也成了「在水一方」，一個他不願處理與面對的殘酷事實，於是他轉而關心日本的「民生社會議題」。

〔註12〕我們姑且設定《詩經》是春秋末期孔子所刪削編輯的。

〔註13〕此段《道德的譜系》第一章第三節的中譯是我自己翻的，參考 Kaufmann, Walter ed. & trans. *Basic Writings of Nietzsche*, New York: Modern Library, 1992, p.462。

在〈南遷〉裡男主角一開始與一位英國男士聊天，主題就是他的身體衰弱，需要休養。當然我們可以說這多多少少影射當時中國的積弱不振（特別是此時主角的名字一直未被介紹出來，而是用「青年」一詞代替，彷彿所描述的是一般的「中國青年」，而非特定的某位人士），於是英國男士建議他到南邊的房山半島休養。就在他們告別、搭上電車之時，他思想的是日本與中國「個別」的社會不公義與勞動階級問題，似乎對於祖國被日本壓制欺凌的國族問題，他無法、似乎也不願激起任何的愛國熱誠。在敘述兩個國家的社會問題時伊人用的是「平行」的手法，在此呈現一個沒有交集的「中國與日本的平行線關係」〔註14〕：

> 「……勞動者嚇勞動者，你們何苦要生存在世上？……可惡的這有權勢的人，可惡的這有權勢的階級，總要使他們斬草除根的消滅盡了才好……」他想到這裡就自家嘲笑起自家來：「……在軍人和官僚的政治底下，你的同胞所受的苦楚，難道比日本的勞動者更輕些？」

小說除了愛情與信仰的基調之外，當時正是中日關係面臨極大衝突之時，但是通通被敘述者予以冷處理，僅僅關懷兩國的社會議題，似乎對男主角伊人而言，這一時期的中日關係是和平的，或者至少可以說是並未有太多互動，而這明顯與事實不符。就這樣的書寫與敘述來看，伊人顯然是一個「逃避者」——逃離他承擔不起的中日衝突、國族羞辱！

就在小說〈南遷〉中最有可能產生衝突的時刻，亦即男主角伊人在第七節「南行」中，週日晚上教會裡講了一篇道之後，與他同住的一位日本室友B，本來相當友善，但在聽了他的講道之後，不僅反對而且攻擊伊人所來自的中國〔註15〕：

> B就光著了兩隻眼睛，問伊人說：「你說的輕富尊貧，是與現在的經濟社會不合的……你所講的與你們搗亂的中國，或者相合也未可知，與日本帝國的國體完全是反對的！」

在郁達夫的書寫裡，日本與中國的衝突是不存在的，即使一位日本學生當著眾人的面公開的挑釁，攻擊的重心似乎也僅止於伊人的「社會主義傾向」，即使在書寫當中，郁達夫永遠避開了當時歷史的現實，亦即視而不見日本不斷侵華的事實。他的這一篇小說書寫，對於歷史而言，是處於一個「看不見、

〔註14〕郁達夫，《郁達夫選集（上）》，p.57。
〔註15〕郁達夫，《郁達夫選集（上）》，p.96。

聽不到、聞不著」的真空狀態，在歷史的現實裡，郁達夫的書寫成為一種處於異國環境下的沈默發言。因此在其他人熱烈討論此一論題之時，被攻擊的伊人採取的自我防衛方式就是：「伊人獨自一個就悄悄的走到外面來……伊人打了幾個冷痙，默默的走回家去……伊人一邊默默的走去……」〔註16〕。沈默，成為歷史現實的實質內涵與表現形式。

似乎某個程度上，郁達夫是有這樣的傾向，他自己就是留日的學者，在他一篇〈歸航〉的散文裡，雖然多次寫到受辱於日本這一個國家，但是很明顯的並非指的是國族尊嚴、民族情感的羞辱，而是他受到日本女子荒淫的凌辱，他在文章裡這麼說〔註17〕：

> 我於永久離開這強暴的小國之先，我的迭次失敗了的浪漫史的血跡，
> 也想再去揩拭一回。「輕薄淫蕩的異性者啊，妳們用了種種柔術，想
> 把來弄殺了的他，現在已經化作了仙人，想回到他的須彌故國去
> 了……」我……向那些愚弄過我的婦人告個長別。

對於日本的經驗與想像，郁達夫明顯地是以「情慾」（且是以情慾的受害者、被引誘者與被拋棄者的身份地位）來建構的，與中日兩國之間的政治、軍事不平等的關係究竟如何，我們下一節再討論。

然而在郭沫若的小說〈落葉〉裡面，國族的問題就顯得強烈多了。國家之間的衝突最顯激烈的敘述要算是第25封信，事件的導火線似乎是當時發生在男主角所就讀的醫科大學裡所舉辦的運動會之時，日本學校當局給中國留學生升起的旗幟，顯然污辱到了中國國格〔註18〕：

> 運動會的一幕真是不愉快呢。你的心我是知道的，實在說來，我就
> 處在那樣的機會也不知道是怎樣地不愉快，怎樣地生氣呢。你為什
> 麼不直接向當局交涉，詰問他們的無責任，叫他們把龍旗撤換了，
> 換成五色國旗呢？實在說來，我雖是日本的女兒，但我對於本國的
> 人民竟有由衷嫌惡的時候。

「龍旗」乃指清朝政府國旗「黃龍旗」，使用至1912年民國成立後（1917年七月一日至十二日張勳復辟，復用龍旗為國旗，但僅短短十二天即告終止）。民國元年（1912）元月三日及十日，各省代表會議與臨時參議院先後通過以

〔註16〕郁達夫，《郁達夫選集（上）》，p.97。
〔註17〕郁達夫，《郁達夫選集（下）》，p.2。
〔註18〕郭沫若，《郭沫若全集》文學編第九卷 pp.131。

「五色旗」（紅、黃、藍、白、黑）為中華民國國旗。1921 年五月五日，孫逸仙在廣州就任非常大總統，明令廢止五色旗，以青天白日滿地紅旗為國旗；但廣州政府影響力有限，直到 1928 年北伐成功，青天白日旗才取代了五色旗。

菊子與洪師五交往、通信，應該是 1916 年左右的事，在第 40 封信裡菊子這樣寫道〔註19〕：

> 看看便到了年末了，我們的可紀念的一九一六年剩著的也只有幾天了。

日本人在有中國學生在場（包括洪師武）的學校運動會，故意捨當時的中國國旗「五色旗」不用，而使用「龍旗」，顯然有藐視、不承認當時中國政府的意思。

我們發現郭沫若的小說與郁達夫的書寫有極大的差異，郭沫若的〈落葉〉雖然已經改寫為小說，加入極多的虛構成分，但是對於中日關係正處於高度緊張狀態的描述上面，可以說是與歷史現實接軌的。

這樣的羞辱行動，當然激起在日本求學的洪師武產生一種民族情緒的憤慨感與羞辱感，顯然他將之傳遞給日本戀人菊子知道——對於這一點我們是無從親眼閱讀到，因為菊子已經將洪師武的信件全然燒毀，我們只能根據菊子的信件內容做合理的推測。

然而看起來日本女子菊子似乎比我們的中國男主角來得更加在乎！洪師武停留在默默地承受羞辱，可是我們的女主角菊子卻對受辱的男友「毫無作為」多少是懷著不滿情緒的，所以她認為他應該生氣、應該有所作為、有所行動。然而男主角卻只能忍氣吞聲、保持沈默、「無聲」地存在著。郭沫若的書寫，雖然與歷史現實接軌，再現真實的歷史感，可是在這樣強烈的國族羞辱的情感衝擊下，男主角的反應竟然與郁達夫〈南遷〉裡的伊人呈現相同的反應：沈默——吸收、內化所有憤怒的聲響——彷彿，他並不在場！

是的！洪師武在這一篇以信件貫穿的小說裡，由於男方書寫的信件全毀，男主角已經確定被消音、塗抹，成為無聲的角色：因此成為這篇小說真正的主角！因為小說的說話者（菊子）的動機與原因，全都投射在那一位「不在場」的男士身上，換句話說，所有的話語的生產與敘述的延續，都是被不在

〔註19〕郭沫若，《郭沫若全集》文學編第九卷 pp.156。另外，郭沫若在〈五十年譜〉「1916 年」條目裡說的：「暑期中在東京與安娜相識，發生戀愛，作長期之日文通信……」見《郭沫若全集》文學編第十四卷，p.545。

場的戀人所驅動！

這裡我們看到一個非常有意思的現象，無論是郁達夫〈南遷〉裡的伊人，或者是郭沫若的〈落葉〉裡的洪師武，兩個角色在小說中面臨當時歷史所帶給他們的國族屈辱，一個選擇成為「逃避者」，站立在歷史的對立面位置；一個選擇「無作為」，雖然在場、卻彷彿不在場。然而最終兩個角色的反應竟然合流，同樣採取「沈默」的姿態，（以鬼魂般的無言與孤獨）面臨此一令人尷尬的歷史場景。

在這樣的沈默當中，我們看見的是：「孤獨」。

原本是國族集體的差辱，因著異地留學之故，轉變成為個體的屈辱。身處在施暴者的國家與人民當中，他們成為此一國體之中的「異質體」，雖然是與日本人民共同生活，其關係基本上應該被視為隔絕狀態的寄居者，為了生存與不被同化（他們終究是準備回國的？），於是以「沈默的孤獨」之方式存在著。

沈默，代表的是一種心理上（對日）的抗拒（resistence），一種自我的封鎖狀態或置換替代機制（displacement），或者說一種檢查機制（censorship），防止那種存有最深處的無意識（the unconcious）在無意之間透露其真實的國族慾望——如果我們用佛洛伊德的精神分析理論來看待此一心理狀態不算離譜的話〔註20〕。

四、愛情的他國語言

然而沈默的孤獨，終究還是小心翼翼地伸出探勘的觸角，找尋說話與不再孤獨的機會：於是愛情發生了。

很有意思的是郁達夫〈南遷〉裡，K 先生突然開始攻擊伊人，就是因為警覺到伊人已經在追求O小姐。伊人的另一位室友B先生解釋給他聽〔註21〕：

> 你要曉得 K 的心理是在那裡想 O 的，你前天同她上館山去，昨天上
> 她家去看她的事情，都被他知道了，他還在 C 夫人面前說你呢！

發生在施暴者的國體體內，如果這個異質體一直維持「異質」的狀態，對外侵略的施暴者還可以因為他的沈默、無作為而容忍其存在；然而一旦警覺到此一「異質體」開始向外連結，特別是對其本國女性的連結，本來對外

〔註20〕郭沫若在《創造十年續編》說過，直到 1924 年心理分析理論仍舊是：「一個很執拗的記憶留在我的腦裡」，參考郭沫若，《沫若自傳》第二卷「創造十年續編」pp.170～172，而就是那一年郭沫若寫下了〈落葉〉pp.188。

〔註21〕郁達夫，《郁達夫選集（上）》，pp.91。

的侵略暴力會轉而對內對此「異質體」進行圍剿。也因此郭沫若的〈落葉〉裡的菊子，在第六封信裡說道〔註22〕：

> 無論對於雙親，對於誰人，你的事情我都不說，我很知道還不是說
> 的時候。說的時候總會來，我安心等待著。

然而那一個可以說明、公開的機會卻始終沒有來到，菊子自首至尾都沒有主動公開宣告，讓任何其他的日本人知道此一戀情。菊子又在第25封信力勸男主角，切切不可在寒假之時來到她服務的醫院的所在地東京〔註23〕：

> 寒假中你說要到東京來，但我是不歡迎的呢。……在這期間內大不
> 好的風聲一傳出的時候，很難以為情。

或許後果不只是難為情而已，菊子應該也預料到可能會有來自社會輿論更加強烈的譴責與打擊吧！不過即使如此保密、保護他們的關係，還是有人猜測出了一些端倪。菊子在第十封信裡如此寫道〔註24〕：

> 朋友們有些曉得你的了。並且你是哪一國的人也好像很曉得的光景。
> 有些舊看護婦時時來向我說些怪話，我在這樣的時候，真是想
> 走。……有時遇著辛苦的時候，每每又想逃到無人島去。

「異質體」永遠是「異質體」，無法改變的事實，即便是與彼異國女子發生戀情，非但沒有掩護的作用（女戀人是無法成為中國戀人的保護色），且只會讓女戀人（因為想保密的緣故）也被孤立起來，所以菊子才會在身心疲憊之時想逃往無人島。

郁達夫〈南遷〉裡的愛情故事，伊人與 O 小姐第一次在海岸邊的樹林裡巧遇，聊了一陣天，伊人知道 O 小姐學的是鋼琴，但也兼學聲樂，於是要求她唱一首歌。O 小姐本來以當天嗓子不佳推辭，後來感覺來了，還是唱了一首德國歌曲「迷孃之歌」（The Songs of Mignon）。我們知道「迷孃」是取自於德國大文豪歌德所著 *Wilhelm Meisters Lehrjahre*（英譯：Wilhelm Meister's Apprenticeship）。這部文學作品裡的一個角色，迷孃在整部故事中，歌德將她塑造成為一個十分悲慘灰暗的女孩：她是父親和姊姊亂倫之下所生的，由於不正常的成長環境，使她更渴望找尋生命的真理與安全依靠，而她深深愛戀的人即是 Wilhelm Meister，在她灰暗寂寞冷清的世界裡，她渴望 Wilhelm 可以

〔註22〕郭沫若，《郭沫若全集》文學編第九卷 pp.85。
〔註23〕郭沫若，《郭沫若全集》文學編第九卷 pp.130。
〔註24〕郭沫若，《郭沫若全集》文學編第九卷 pp.96～7。

給她帶來光明改變她的人生，給她愛與憐惜。難道作者郁達夫在暗示 O 小姐不自覺中將自己比為迷孃，希望伊人扮演 Wilhelm Meister，成為她的光明來源、救贖力量？然而，實際情況卻可能剛好是相反的。這一首歌其實帶來的是反諷的效果，也許伊人比 O 小姐更需要來自對方的愛情提升的力量，所以小說中，伊人在一個惡夢之後說道：「O 呀 O，你是我的天使，你還該來救救我！」然而，他似乎也知道，結果可能只會帶來羞辱貶損的反響。

多麼有趣的一個戲劇互動，「中國」青年遇上「日本」女子，唱出一首「德語」情歌。整首歌曲是用德文書寫出來的，這就產生了一個相當奇特的效果，我不得不再將此一戲劇畫面描述一次：中國青年、日本女子交融在一首德語歌謠中，愛情悄悄滋生著：這樣的「異國」戀情，這樣的愛情語言，如果沒有敘述者（甚至作者）的翻譯，對於一般讀者而言，很有可能完全不知道 O 小姐所唱的歌曲內容與背後的故事背景為何？——讀者被排斥在文本的可能理解之外，讀者失去了「回應」文本的權利（readers without response），失去建構情節的想像空間。在這樣一個重要的文本裡（德語的歌詞／愛情的萌芽），讀者無能力詮釋與理解。

於是，愛情成為一段空白（或者說「黑洞」更加確切）。

對於漢語的讀者，與這樣的異國對象交往，用這樣的「異國」、「異語言」、「異文化」的情歌交流，無論如何確實實產生了一種「異質性」的愛情。這樣的愛情經驗，被紀錄或者被敘述在漢語的小說中，成為一種「異化」語境經驗的情感表達方式。

孤單的伊人在對外連結個人存有的嘗試中，竟然是如此「異化」的存在經驗，而這一點我們也不得不與他逃避「中、日」現實衝突的歷史觀（：僅僅將之視為兩個似乎沒有關連的「平行」國家的社會的特殊心理狀態）連結起來，伊人似乎仍然與日本戀人有著一水之隔，不是東海、日本海，而是另一個國度（德國）與文化的插入，伊人在這一段異國戀情中，仍然是「在水一方」的伊人……

更令人覺得驚異的是這一首《迷孃的歌》德國歌謠，帶來的竟然是一段情慾的經驗與羞辱的回憶：讓我們的男主角記憶起去年夏天所發生的令他深覺羞辱的 M 婦人事件〔註25〕：

〔註25〕郁達夫，《郁達夫選集（上）》，pp.79～86。

睡了之後，……仔細聽了一聽，這確是唱《迷孃的歌》的聲音……他
馬上追了過去……忽然遇著了去年夏天欺騙他的那一個淫婦……啊！
的叫了一聲……他的夢才醒了，身上發了一身冷汗，那一晚再也不能
睡了。去年夏天的事情，他又回想了出來（M 婦人引誘伊人的過程……）
「O 呀 O，你是我的天使，你還該來救救我。」伊人又把白天她在海
邊上唱的《迷孃的歌》想了出來：「你這可憐的孩子啊，他們欺負了
你了嗎？」（Was hat man dir, du armes kind, getan？）

或許在郁達夫的內心深處，「自憐」才是他真實的想法：「你這可憐的孩子
啊，他們欺負了你了嗎？」，因此他在 1936 年 2 月 16 日《宇宙風》第十一期
上所發表的散文〈雪夜——自傳之一章〉中說道〔註26〕：

國際地位不平等的反應，弱國民族所受的污辱與欺凌，感覺是最深切
而亦最難忍受的地方是在：男女兩性正中了愛神毒箭的那一剎那。

恰恰好的是〈南遷〉發展至此，伊人正與 O 小姐開始進入初初萌芽的戀
愛階段，用郁達夫自己的話說就是：「正中了愛神毒箭的那一剎那」。然而對
於作者而言，這一位男主角在這戀情最美麗的時刻，不是去享受愛情的滋味，
而是回憶起去年夏天的一段不堪、羞辱的經歷。這樣情慾上面所受的羞辱，
對於伊人、或者更確定地說就是郁達夫本人來說，代表意義就是「弱國民族
所受的污辱與欺凌」的重現。

對於日本的經驗與想像，郁達夫明顯地是以「情慾」（且是以情慾的受害
者、被引誘者與被拋棄者的屈辱身份地位）來建構的，完全可以說是中日兩
國之間的政治、軍事不平等關係的忠實反應。換句話說，郁達夫運用情慾的
羞辱經驗，置換（displace）了國族的屈辱傷害。

我們回過頭來看郭沫若在〈落葉〉裡的愛情故事，整個故事的主體就是
那 41 封信，所以從頭至尾，我們總結一句話就是：女主角對著稱為「哥哥」
的戀愛對象的無止境的喃喃自語——無論是她想念戀人，或者是她重述或敘
述戀人寫來信件的內容，所呈現出來的就是「獨白」（monologue），針對一
位一直沒有出現的情人的獨白。從這一點來看，我認為有一個點很有意思，
亦即獨白裡除了展現了菊子小姐對於「無法見面」的中國情人的深情厚意之
外，從第 7 封信（9 月 16 日）開始她開始要求男主角寄照片給她〔註27〕：

〔註26〕郁達夫，《郁達夫選集（上）》，p.356。
〔註27〕郭沫若，《郭沫若全集》文學編第九卷，pp.86。

　　哥哥，前次你寄給我的相片我拿出來看時，覺得太年輕了，就給小
　　孩子一樣，就給我的弟弟一樣，這樣的相片沒有意思（實在說來並
　　不是沒有意思，不過……）請你請你把最近照的送一張給我罷，隨
　　便什麼樣子的都好，真的不要忘記呀。……哥哥，你真的肯送給我
　　不肯？千萬望你送給我呢，千萬，千萬……

　　第 11 封信（9 月 26 日）又提了一次要照片的事；第 17 封信（10 月 13
日），則三度提及此事，且其中一句話重複說：「就是相片，不消說也還是物
質……不消說相片也是物質的」〔註28〕；第 24 封信（11 月 7 日）與第 27 封
信再次提醒洪師武寄照片的事；直到第 28 封信，菊子小姐收到了相片，才解
了戀愛中的渴慕：「啊啊，哥哥，我在你的相片上是怎樣親了許多熱烈的接吻
呢！啊啊，哥哥，我……已經什麼都寫不出了」〔註29〕；第 29 封信除了繼續
上一封信（對著照片）的熱情之外，更把透過照片的思念，轉變成一種奇特
的情感：她竟然將戀人比擬為信仰的對象「耶穌」〔註30〕。

　　哥哥，你怎這麼消瘦呢？你的蒼白的臉上浮蕩著的悲哀比從前更加
　　深戚了。哥哥，你的悲哀怎麼不使你妹子分受喲？你怎麼那樣深戚
　　地煩悶著？你怎麼又那樣冷靜地不說話呢？我凝視著你，久了就好
　　像凝視著耶穌的聖像一樣，你的頭上好像戴著了荊冠，啊啊，哥哥，
　　我怕再凝視你了。

　　第 29 封信之後，菊子不再提照片的事，直到最後一封信，亦即第 41 封
信時，菊子決定與洪師武分手，她燒毀了洪師武所有寫來的信件，然而卻要
求留下了他的照片，她說〔註31〕：

　　哥哥你送給我的東西，只有一樣我不能退還。我要把你的相片，當
　　成耶穌的聖像一樣時常放在身邊。

　　菊子對於情人照片的感受，從不滿意她喚做「哥哥」的情人，展現弟弟一
般的容顏，到一而再、再而三的懇求，到收到照片稍解思念之渴，甚至將之視
為「耶穌」受難般的膜拜之情，然後此一情懷又在分手的最後一封書信重現，
對讀者而言，這是一次奇異的「似曾相識」的感覺（dé jà vu）。透過照片，菊
子兩次將情人凝結於瞬間的影像比為耶穌聖像。這是一種什麼樣的情感？

〔註28〕郭沫若，《郭沫若全集》文學編第九卷，pp.116～7。
〔註29〕郭沫若，《郭沫若全集》文學編第九卷，pp.136。
〔註30〕郭沫若，《郭沫若全集》文學編第九卷，pp.137。
〔註31〕郭沫若，《郭沫若全集》文學編第九卷，pp.157。

在情人的相片中看見耶穌的形象：一次是受難的哀愁，彷彿戴著荊棘冠冕，可是菊子卻害怕再凝視著他；一次是在永遠訣別之前，希望將情人的相片永遠收藏，以解分手離別之後的相思之苦。從弟弟（不成熟的人）的形象到耶穌（神的獨生子）的聖像，似乎因為離開的時間太久，菊子已經無法掌握情人的真實形象，現今的認識只能透過好幾個月往來的書信來維繫，真實的接觸所可以擁有的經驗與記憶已然遠去，只可以運用「文字」的媒體再現與創造愛情的溫度，甚至延長愛情的記憶。

然而這樣的經驗畢竟是「再現」的虛構世界，創造的動力乃立基於一個「看不見」的戀人，於是此一「再現」經驗離那一個缺席的實體越來越遠，所創造的形象也越來越不真實。

那一個菊子不斷呼喚的情人的符號（sign）「哥哥」，符旨（the signified）與符徵（the signifier）發生斷裂，僅僅剩下代表符徵的聲音形象，而失去了它做為情人的符旨意涵，為了補償這樣的「欠缺」，菊子無意識地（unconciously）、不自覺地、接近驅迫地「必須」加強其意識層面的情人「形象」，甚至延長其存在到永遠，於是情人「照片」中的形象，從「哥哥」轉變為「耶穌」：本來以為只是「暫時」在愛情中的缺席者，卻變為永恆的「另一位」——永遠缺席的、從未蒙面的、卻又似乎是從未缺席、無所不在的耶穌。

無論是郭沫若筆下菊子的愛情，或是郁達夫書寫的伊人的戀愛，都是沒有完整結局的（例如結婚之類）。菊子戀愛的失敗[註32]，其原因從菊子寫給洪師武的信來看，似乎並不算明顯，然而從「引言」看就知道是洪君因為怕自己染上的性病是梅毒，因此不告而別；而郁達夫的愛情故事，幾乎是還未曾努力就宣告失敗。這應該和他對於中、日國際關係的屈辱，深深影響延伸及愛情的領域，使得此一異國戀情一開始就蒙上無法完成的悲劇色彩。

五、信仰的彼岸

勒維納斯（Emmanuel Levinas）在他的《時間與他者》（*Time and The Other*）一書中說道：「死亡的未來決定了我們的未來……」（This future of death

---

[註32] 在菊子的第 41 封信，也就是最後一封信，無預警地，菊子宣告兩人關係的結束：「哥哥，你好久好久沒有寫信給我了！……我今後不再攪擾我哥哥了。我等了又等的聖誕節和夢一樣過去了。我清早起來便盼望著你的消息，但是盼到了現在終好像一個流星墜落了的一樣，再三渺無希望了。」參考郭沫若，《郭沫若全集》文學編第九卷 pp.156。

determines the future for us……）〔註33〕如果我們斷章取義地來讀（閱讀、解讀、解毒）勒維納斯的這一段話，我們一定會問以下的問題：死亡有未來嗎？如果有的話，指的是死後的世界嗎？死後若有世界，什麼會是其建構的決定因素？一個人如果建構了其死後的世界，是否會因此影響、甚至決定其未來生命的走向？

如果我們相信死後仍有未來、或者世界，那麼一般而言，我們會認定宗教、或者信仰決定其死後世界的建構（包括天堂、地獄、審判、輪迴等等的課題）；而一位認真的信徒，當然會因此影響其現世的道德倫理觀與終極價值觀。於是，我們發現這兩篇小說中的主角們，都與基督教密切相關，死後世界的觀念深深影響這些人物的行為與抉擇，而無可諱言的，死後世界雖然構成一定程度的影響，然而所真正要面對的是那一位審判的主，可以說是耶穌，也可以說是上帝，那一位無所不在、卻又讓人捉摸不著的上帝，或許才是真正的「主導者」。杜小真引用勒維納斯自己的話說：「我尋求上帝，恰恰是為了找不到上帝。」〔註34〕

在郭沫若的〈落葉〉裡，對於中國留學生洪師武而言，菊子不僅僅是一位「異性」，更是一位「異國」的異性，而且是一位異國且「異信（仰）」的異性。菊子在這一場戀愛當中「異國」（特別是中、日兩國當時處於對立衝突狀態）的因素固然嚴重，然而我們在她寫給戀人的信中，似乎更多感受到的是「信仰」所帶來的那更大的壓力與障礙。

信中那說不完的獨白，內容除了無盡的思念，就是不斷地告訴戀人，在他們的關係中還有一位「第三者」，亦即女主角最為在意的她的信仰中的上帝，亦即那一位也是從未現身、卻一直陪伴他們戀情過程的「決定者」。

菊子寫給戀人的第八封信是非常關鍵的，特別能將「上帝」在她們戀愛中間的地位表現出來〔註35〕：

> 現在我處在這樣的迷途之中，我在上帝的面前懺悔。除你而外，我永遠不愛別人！我這樣對著上帝發誓。我要求上帝的許可使我得以愛我哥哥，我無論什麼時候，無論什麼時候都在祈禱。我祈禱我們兩人在上帝的祝福中能同得幸福。

〔註33〕 Levinas, Emmanuel, *Time and The Other,* trans. By Richard A. Cohen, Duquesne U. Press, Pittsburgh, Pennsylvania, 1987, p.80.

〔註34〕 杜小真，《勒維納斯》，p.83。

〔註35〕 郭沫若，《郭沫若全集》文學編第九卷，pp.88。

她與男友私訂終身，兩人有了性關係，因此她向上帝懺悔。對於一個基督徒而言，性行為無疑地應當是極為保守的，婚外、婚前都是不被允許的。菊子既然逾越了基督教的倫理規範，亦即上帝的律法，罪惡感開始折磨她，同時也滲透進了她們的愛情之中。對於一個「認真」的基督徒而言，信仰既是生命的核心價值，也涵蓋了生命的每一個部分與層面，因此菊子在面對愛情的同時，也在面對上帝的眼光，菊子知道這樣一個「逾越倫理」、「出軌」的愛情，從上帝的觀點來看，她是一個「迷失的羔羊」。〈落葉〉第 34 封信說道〔註36〕：

> 但是上帝是隨時都在等著我們回去的罷，永久的呢。……我們真的是回去的時候，上帝要迎接我們怕比迎接義人入天國的還要懷著更多的喜悅罷。但是，啊，我！我這迷失了的羊兒，我這離開了羊牢迷走出來的羔羊，我自己還有走回那可戀的舊巢的時候嗎？假使是有，上帝是怎樣地喜悅的喲！

就在第 34 封信，她這樣說的同時，男主角也受洗了成為一個基督徒〔註37〕。兩個人在信仰這一件事上有了一個「顛倒」的關係，原本菊子是基督徒，而洪師武不是，某個程度上來說菊子活在救恩中、洪師武則是未得救贖的罪惡生命。第 12 封信中菊子對洪師武說道〔註38〕：

> 你沒有宗教，你本是什麼也沒有顧慮的人！我是從小時便受著耶穌教的教育的，而我才……啊，哥哥！我的罪惡是應該受嚴峻的處罰，就擔負全部也恐怕還不夠的罷？

兩人戀愛時，菊子覺得自己墜入罪惡，然而洪師武因為非基督徒，故而不必擔負這樣的罪惡感折磨。此時男主角受洗了，對菊子而言，他非但洗清罪污，且因為在基督裡，似乎可以清楚看出菊子的所犯的罪惡。

> 出於意外的是我哥哥這回成了基督教信徒，你更是怎樣地把我的罪惡也認得很分明了的喲。……我是已經不能獲救的，那樣的希望我已經拋棄了。

因此在所有這 49 封信中，唯一一處引用《聖經》的經文，竟然就是第四封信中菊子在禱告中浮現心中的《約翰福音》第八章第 3 節至第 11 節，有關

〔註36〕郭沫若，《郭沫若全集》文學編第九卷，pp.147。
〔註37〕郭沫若，《郭沫若全集》文學編第九卷，pp.145。
〔註38〕郭沫若，《郭沫若全集》文學編第九卷，pp.108。

當場被捉的淫婦（似乎這樣的身份才是菊子內心身處的自我定位），以及耶穌
如何赦免她的罪的一段經文〔註39〕：

> 啊，哥哥！我向著上帝祈禱了。我流著眼淚正在祈禱著的時候，我
> 心中所浮上來的話是有名的《聖經》上寫著的一段話。耶穌基督是
> 怎樣慈悲深厚，怎樣富於同情的人，在那段話中是表現得萬分盡致
> 了。哥哥，你也請翻讀一遍罷（《約翰福音》第八章第三節至第十一
> 節）。

　　基督徒引用《聖經》，且是在禱告中浮現心中的經文，多多少少可以視為
對這一位基督徒而言，上帝的聖諭或話語。因此某個程度上來說，菊子自己
是這樣認為的，亦即透過上帝的眼光，她的自我定位竟然是一位「行淫的婦
人」。

　　從愛情關係質變成為信仰關係，這樣的置換關係之所以成立，都因為有
一個無所不在卻又從未現身的上帝！上帝是一位永恆的「凝視者」，菊子在這
49 封信中，不只和男友洪師武對話，事實上更多的時候是透過洪師武在向上
帝說話或告解，然而從另一方面看似乎也合理，亦即透過上帝和男主角談戀
愛。換個方式來看他們之間的關係似乎是一種奇特的「三角關係」：（如下圖）

　　由於這是一篇由菊子的信件所夠成的「書信體」小說，因此她是發言人，
是敘述者，是第一人稱的「我」；而戀人洪師武就是接收者，（當然我們不能
否認）洪師武的信件當然會影響菊子的回函內容，可是在這一篇小說裡，作
者郭沫若呈顯給我們的是一個有「缺陷」的通信狀態：洪師武處在一個缺席
的狀態中。其實就某個方面來說，上帝也一直是缺席的，菊子（在這一篇小
說中）之所以能夠一直不斷地述說，喃喃自語個不停，就因為她面對的是（兩
個）缺席者。然而洪師武（他的身份是一個「你」），畢竟是一個在現實中具
體接觸過的人，他的有限決定了他缺席時的能量是有限的，只要關係一斷絕，
話語也將停止。而上帝的身份是一個永遠缺席的「祂」，關係無法斷絕，祂是

無限的，因此缺席時所能引發的回應能量也是無限的，永遠不會結束的。

　　事實上，郭沫若更用精神分析理論（Psychoanalysis，他的用語是「心理分析」）「夢」的書寫，展現這樣一種奇特的三角關係（註 20 已經說過 1924年〈落葉〉的書寫深受精神分析理論影響〔註40〕），第 29 封信寫道：

> 我每晚上總愛做些怪夢。前天夜裡我夢見我在大理石的池子裡洗澡，
> 池子裡面是紅色的葡萄酒呢！我正在驚疑的時候我的哥哥來了，我
> 深深躲在池子裡。池子裡的葡萄酒浮起了血一樣的腥臭。啊啊，哥
> 哥，這是什麼意思呢？

　　當然，正常的分析過程似乎應該經由菊子自由聯想（free association）的過程，然而這畢竟是小說的書寫，既然少了菊子自由聯想的資料，我們可以運用羅蘭巴特（Roland Barthes）「符號學」的理論，稍加解釋菊子的夢境中的夢的材料（dream material）。

　　羅蘭巴特在他 1964 有名的一篇文章〈意象的修辭〉（The Rhetoric of Image）裡〔註41〕，指出圖像至少有兩層意義：直接意義（denoted meaning）與引伸意義（connoted meaning）〔註42〕。洗澡必須脫掉衣物裸身（似乎與「性」有關），浸泡在紅色的葡萄酒裡似乎代表了陶醉的戀情（葡萄酒的浪漫意涵），不過她說到「驚疑」，似乎更多與「紅色」的象徵「危險」有關；「哥哥來了」代表情人的到來，可是她卻躲了起來，應該是在其深層的意識裡，對於這一段戀情是以為羞愧的。原本「陶醉」的戀愛感，變成羞恥的感受，而這樣的感受是來自「罪惡」（腥臭），而罪惡終將導致死亡（引伸意，從滿浴缸的血而來）。

　　在菊子的無意識（the Unconcious）中，上帝的「審判」已經臨到，「上帝的缺席」卻引起菊子生命中「上帝的無所不在」。原本對佛洛伊德而言，自我意識的檢查機制在夢中似乎退位、又似乎仍在運作（只不過改裝面目），然而

〔註40〕Marián Gálik 在論文 "Bible, Chinese Literature, and Intellectual Commuication" 裡對於郭沫若的小說〈落葉〉，也認為與佛洛伊德理論有關："his knowledge of the Bible applied to the reality of his own life with the seduced Christian girl, delineated from the Freudian point of view, is quite impressive." 2004, pp.48～9。

〔註41〕參考 Barthes, Roland, *Image, Music, Text*, English trans. by Stephen Heath, Noonday Press, N. Y., 1993, pp.32～51。

〔註42〕到了 1970 年，他在探討「愛森斯坦」電影「恐怖伊凡」（Ivan the Terrible）時，則指出在此二種符號學意義之外，尚有一種意義亦即「第三種意義」（The Third Meaning），亦即所謂的「鈍意」（The Obtuse Meaning）。參考 Barthes, Roland, *Image, Music, Text*, pp.56～68。

上帝全知全能的審判機制卻悄悄進駐，深入菊子的無意識層面，成為她生命的最深處的真實。

「審判的上帝」的觀念，在這 41 封信中最長的一篇——第 10 封信中，早已經在菊子此一基督徒的心中佔據了重要的地位。在第 10 封信中，菊子提到俄國作家杜斯妥也夫斯基的小說《罪與罰》，引述一位酗酒的父親的認罪告白之後說道〔註43〕：

> 上帝是唯一的，上帝是永遠的裁判官。……上帝是裁判眾生的，容
> 赦眾生的。無論是善人、惡人、智者、賢者、君子、愚人、小人，
> 在上帝的眼中都是一樣，上帝是一視同仁，把一切的罪惡部同樣地
> 容恕了。……「這兒的你這位不知恥的大酒徒，你的額上有禽獸的
> 烙印，但是你也到我這兒來罷！」上帝這樣說了。

對杜斯妥也夫斯基（或者菊子）而言，上帝既是審判的上帝，也是慈愛的上帝；祂既審判、也饒恕。然而無論是慈愛或公義，審判或饒恕，只要菊子仍然存活，在生命中她就得不斷面對那一位永恆的缺席者——上帝——與祂對話、與祂同行，誠如我們引述過杜小真的話語：「我尋求上帝，恰恰是為了找不到上帝。」換句話說，身為耶穌信徒的菊子在未死之前，總是在面對死後才要真正面對的上帝：死亡的未來決定了她生命的未來……

上帝，站在生與死的兩邊，是最終極、最巨大的「主宰者」。

對另一位作家郁達夫來說，〈南遷〉裡的主角伊人就不像〈落葉〉中的菊子，在日常生活中如此地「信仰取向」。他雖然到安房半島基督徒 C 夫人那裡養病，也參加她家的一些團契、聚會，但是老實說，若是最後他沒有來那麼一段講道，讀者大約不會把男主角一定視為基督徒不可。然而伊人既然可以講道，按照基督徒的慣例，他大約是一個基督徒沒錯，且是一個頗為資深的基督徒才是。然而無論如何，與菊子比起來，伊人算是一個信仰態度比較疏離的基督徒。小說第四節「親和力」中，K 先生在海邊要伊人與他一起「跪下」禱告，伊人的反應就是嚇一跳〔註44〕：

> K 拉住他說"Let us Pray!"，說著就跪了下去。伊人被他驚了一跳，
> 不得已也只能把雙膝曲了。

顯然伊人並不是在生活中隨時隨地準備好進行信仰活動的，不過至少他

〔註43〕郭沫若，《郭沫若全集》文學編第九卷 pp.100。
〔註44〕郁達夫，《郁達夫選集（上）》，pp.69。

跪了下去（比在一旁觀看的 B 先生宗教傾向似乎稍高些）。另一次，伊人有信仰反應是在他與 O 小姐初初接觸、情愫萌芽之際，〈馬太福音〉5:28～29 的經節忽然跳出來〔註45〕：

> But I say unto you, That whosoever looketh on a woman to lust after her hath committed adultery with her already in his heart. And if thy right eye offend thee, pluck it out, and cast it from thee: for it is profitable for thee that one of thy members should perish, and not that thy whole body should be cast into hell.

這一段有名的經文是耶穌在「登山寶訓」中一個重要教訓，亦即對於犯姦淫的最嚴苛的定義，本來伊人覺得和 O 小姐的感情是極為純潔的，然而這一段經文浮現，讓他內心又開始起了衝突。他說了一段話〔註46〕：

> 他想叫上帝來幫助他，但是他的哲學的理智性怎麼也不許他祈禱⋯⋯

伊人是一個基督徒，應該是無可置疑的，只是他應該不算太敬虔的信徒吧！很有意思的是，之前所引的那一段〈馬太福音〉5:28～29 經文，是從英文版的 King James Version 上引來的。然而我們不禁要問：為什麼要引用「英文」的《聖經》〈馬太福音〉經文？我們注意到在這一篇小說中，伊人宗教生活的高潮，大約就屬教堂中講道那一段〔註47〕，他是這麼開頭的：

> 伊人揀了一句山上垂誡裡邊的話做他的演題："Blessed are the poor in spirit; for theirs is the Kingdom of Heaven." Metthew5:2「心貧者福矣，天國為其國也。」說到這一個「心」字，英文譯作 spirit，德文譯作 Geist，法文是 Esprit，大約總是作「精神」講的。⋯⋯

我們注意到他引用的《聖經》〈馬太福音〉經文，再一次又是 King James Version，我們要問同樣的問題：為什麼？當然這一次他自己附上中文的翻譯，但是我覺得這一次的引文和上一次是一致的，都故意引用英文版 King James Version 的《聖經》經文。我相信，對於郁達夫而言，這絕不是沒有意識的動作，必然有他隱含的用意。

我們知道此篇小說是用華文書寫的，郁達夫心目中所設定的讀者是中國

〔註45〕參考郁達夫，《郁達夫選集（上）》，pp.78。中文翻譯見同頁註1，註文有誤，原文只引了 28～29 節，然而註文指出為 27～29 節。

〔註46〕郁達夫，《郁達夫選集（上）》，pp.79。

〔註47〕郁達夫，《郁達夫選集（上）》，pp.7。

人，所以原本在此處應該是用日語向這教堂裡的會友說道的，卻變成了華語的講道。小說運用文字媒體（華語）再現的結果，就閱讀的效果來看，中國讀者在這篇小說裡讀到了漢語、英語、法語、德語，獨獨少了日語。書寫這篇小說時是 1921 年，郁達夫人還在日本（1922 年 3 月東京帝國大學畢業，後於回國途中寫下〈歸航〉），可是此篇小說卻獨獨少了日本的語言，原因一方面可能是基督宗教對於東洋國家日本（或中國，誠如小說中的另一角色 K 先生所持的論點一樣）是一個異國宗教，而另一方面更可能的原因是郁達夫對日本的「愛恨交織」（Ambivalence）的矛盾情結：一邊為了學習留學日本，一邊民族情感又深覺羞辱。

我們再回到郁達夫為什麼引用 King James Version《聖經》的問題。我認為這牽涉到中國現代化的課題，劉禾在他重要著作《跨語際實踐——文學、民族文化與被譯介的現代性（中國 1900～1937）》中說道〔註48〕：

> 知識從本源語言進入譯體語言時，不可避免地要在譯體語言的歷史環境中發生新的意義。譯文與原文之間的關係，往往只剩下隱喻層面的對應，其餘的意義則服從於譯體語言使用者的實際需要。

相反地，郁達夫一再引用 King James Version 英文《聖經》，或者將之置於譯體語言（此處指中文）之前（Metthew5:2），或根本忽略譯體語言（Metthew5:28～29），其實背後可能具有多重複雜的意義，而這樣的意義是與小說的主旨緊緊結合的，誠如 Marián Gálik 在他的論文"Bible, Chinese Literature, and Intellectual Commuication"裡歸納郁達夫這一篇小說〈南遷〉的主旨說道〔註49〕：

> While the target of the social criticism of the story is the opulence of the American Missionary stations and the poverty of Chinese, the most important literary message of the work is the moral self-criticism of the hero.

Marián Gálik 認為雖然郁達夫以猛烈的火力批判社會問題，可是此篇小說的主旨仍應集中在主角的自我道德批判上。我們認為可能郁達夫更希望此篇主旨是可以將社會問題與個人道德批判合而為一。我們仔細檢視這一篇講道，

〔註48〕劉禾，《跨語際實踐——文學、民族文化與被譯介的現代性（中國 1900～1937）》，pp.88。

〔註49〕Gálik, Marián, *Influence, Translation and Parallels: Selected Studies on the Bible in China*, Monumenta Serica Institute, Sankt Augustin, 2004, p.49.

其實是環繞「心貧者福矣，天國為其國也」這一句話作出的一篇文章，也可以說是社會公義與神學的一篇說教意味濃厚的講道。

當郁達夫引用 King James Version 英文《聖經》時，誠如上文我所說的是帶著極其複雜的用意。首先，為什麼當時中國菁英份子要到日本留學？無可否認地日本代表是亞洲最現代化的國家，中國菁英份子當然希望在這一個國家學到可以有助於中國現代化的知識與理論。然而就像郭、郁二人的小說呈顯出來的一樣，當時的中國知識份子所經歷的與所能想像的一個主要的日本經驗，就是國格的羞辱。郭沫若在「創造十年」中說他在日本創立「夏社」的目的乃是〔註50〕：

> 我們的目的是抗日，要專門把日本各種報章雜誌的侵略中國的言論
> 和資料蒐集起來，譯成中文，向國內各學校、各報館投寄。

然而日本的現代化，多少是從西方學習來的，因此對於留學日本、身在日本的郁達夫而言，當下可以與這個日本經驗相抗衡的就是來自歐美的西方經驗與文化，而其中最足以代表西方文化的就是宗教與語言。

我們看到伊人與其他日本學生互動的經驗裡，外國語言（特別是中、日語之外的語言）的使用能力相當具有優勢，因此他在英語之外，又大量使用德語，甚至法語，伊人在與 K 先生初次碰面時的敘述相當有趣〔註51〕：

> 那一位近視眼，突然說出了幾句日本式的英國話來，伊人……就想
> 笑出來，但是因為是初次見面，又不便放聲高笑。

另一位日本同學 B 先生則不客氣嘲笑他〔註52〕：

> 不說了吧！你那不通的英文還不如不說的好，哈哈……

無論如何，伊人的尊嚴在此時是贏回來了。流利地操作英文、德文，代表了他是一位具有國際能力與視野的知識份子，他是不會被侷限當下（令他深覺羞辱）的日本經驗之中。日本經驗在伊人的知識範疇裡，不是被放置在最高等級的位置，西方的與歐美的才是更高級的知識體系（當然這很可能只是一時的權宜之計），亦即不只在翻譯的跨語際實踐中，譯文與原文之間的關係，會服從於譯體語言使用者的實際需要，事實上，無須翻譯、直接使用原文，我們發現一樣可以在其語意之外，尋找到使用者當時語境的需要。

〔註50〕郭沫若，《沫若自傳》第二卷「學生時代」pp.55。
〔註51〕郁達夫，《郁達夫選集（上）》，pp.65。
〔註52〕郁達夫，《郁達夫選集（上）》，pp.65。

其次,使用「聖經」語言,還有另一個層面的意義,亦即與中國現代化的密切關聯,我在上一篇論文《郭沫若自敘性小說中聖經經文之挪用——以〈漂流三部曲〉、〈聖者〉、〈落葉〉為例分析》裡已論述過(參本書 P.18)。五四時期論述現代化此一重要課題的新的語言,就是翻譯自「聖經」的語言,此正劉禾所說的:「服從於譯體語言使用者的實際需要」。這個「實際需要」,對於五四以來的知識份子就是「現代化」。郭沫若在「創造十年續編」中,論到「洪水」半月刊的命名源自周全平的點子時,也曾引用《聖經》中洪水的意象,讓讀者從一九二四年《洪水》創刊號發刊辭中,觀察到這種將不完美的社會毀滅,以便從頭創造新的世界的論述。另外,我們來看看周全平自己在〈撒但的工程〉是怎麼說的〔註53〕:

> 上帝是全能的:渾沌的時候便創造,創造的不好便毀滅,一些沒有顧慮。本來惡劣的創造就是破壞,真正的破壞便是創造。……所以我們不妨說:美善的創造是上帝的本能。真正的破壞是撒但的天職。……
> 真正的破壞也是難能的而且是必需的,因為他是在虛偽醜惡的社會中,掃除去冷酷貪婪的怪物;沒有破壞,怪物便要大施猖獗。

周全平認為為了要將社會中的醜惡消滅,他們創造社的成員寧可做「被人詛咒、被人憎厭的撒但……投入焚著永火的硫磺湖。」〔註54〕我們看到郭與周二人都挪用聖經語言,來闡述他們的革命運動的現代化理念。我不是說聖經語言是「現代化」論述的唯一語言,而是眾多「現代化」論述語言的一種;反過來說,聖經語言也不是只挪用在「現代化」論述中,也被挪用在其他諸多層面〔註55〕。

我們再回到郁達夫的小說〈南遷〉。在伊人的那一篇講道裡,除了談論個人靈性的清貧,還擴及到社會的公義問題、國家的法律不公、歷史的宗教迫害等等,這一些議題(除了最後一項「宗教迫害」),其實某個層面來說,正是中國當時「現代化」最需要面對的。於是講道之後 B 先生以日本帝國體制所反對的「無政府主義」、「社會主義」來攻擊他,認為這一切其實就是中國自己的問題。顯然他的講道主題,被會眾定調為社會公義問題的批判,因此我們看到「聖經語言」是被五四的知識份子挪用、創造出符合當時「現代化」

〔註53〕周全平,〈撒但的工程〉,《洪水》第一期,pp.2～3。

〔註54〕周全平,〈撒但的工程〉,《洪水》第一期,pp.4。

〔註55〕參考美國漢學家羅濱遜(Lewis S. Robinson)的論文〈聖經與20世紀中文小說〉,見蔡錦圖編譯的《聖經與近代中國》,pp.201～242。

語境實際需要的用途。

　　然而另一方面，個人生命的問題顯然與社會問題一樣沒有得到解決。之前，伊人與租屋的女房東之間的情慾互動所遺留的罪惡感，不斷返回糾纏他，此所以伊人在與 O 小姐交往之後，〈馬太福音〉5:28～29 的經文跳了出來。從基督徒的信仰觀點來看，《聖經》的話語其實就是神的話語，所以郁達夫某個程度要告訴讀者，上帝的聖諭臨到伊人了，上帝在對他說話！藉著〈馬太福音〉5:28～29 對他說話，然而這畢竟還是《聖經》的話語（Logos），那一位真正的神，自有永有的耶和華，那一位聲稱祂的名字是 "I Am That I Am" 〔註56〕的上帝，畢竟還是未曾現身。然而最有意思的是伊人（或者郁達夫）似乎知道上帝的心聲，他似乎尋找到了上帝？伊人在他講道的時候，詮釋耶穌的登山寶訓時說道〔註57〕：

> 托爾斯泰說，山上的說教，就是耶穌教的中心要點，耶穌教義是不外乎山上的垂誡，……若說耶穌教義盡於山上的說教，那麼我敢說山上的說教盡於這「心貧者福矣」的一句話，因為「心貧者福矣」是山上說教的大綱──耶穌默默的走上山去，心裡在那裡想的，就是這一句可以總括祂的意思的話。

　　當然，伊人像一個解經家般引述托爾斯泰的意見，認為「山上的說教，就是耶穌教的中心要點」，其實無可厚非；然後站在這樣一個基礎上，推論「登山寶訓」的教義是以第一句「心貧者福矣」為中心，也還可以接受，雖然我們看不見他的推論過程與論據。

　　然而，接下來對耶穌內心所思所想的猜測，或者根本不是猜測，口氣上也不是「理解」，應該直接說伊人就是「知道」耶穌內心的想法：一個以「全知全能」的觀點為出發點的「知道」。若說是一般性的作者對於角色的「知道」，我們是可以理解的，但是郁達夫此處所書寫的乃是伊人直接「掌握」耶穌「內心的想法」，這裡我們看到一個不可能的逆轉！原本上帝是「全知全能」的，祂知道所有人的所有事。可是此時此刻郁達夫創造出一個角色伊人，他卻扮演起「上帝的上帝」的角色，伊人居然可以知道耶穌（耶穌的位格 persona 雖然與天父有差別，但卻是三位一體的神子、是獨一的，耶穌也是不折不扣的神）的內心世界：他找到了不可能被找到的上帝──原本無所不在、沒有形

〔註56〕King James Version《舊約聖經》〈出埃及記〉3:14。
〔註57〕郁達夫，《郁達夫選集（上）》，pp.93。

體的上帝被定位（positioning）了！

他開始可以描述說明上帝，甚至精確定義上帝，把上帝置入一個「語言」的框框裡，用人類有限的想像包裝無限的上帝，對於基督徒伊人而言，生命的存在意義已經沒有可以追求的了。

上帝已經被找到了，然後也失去了上帝——原本沒有終點的追尋上帝的旅程抵達終點了：所有存在的終極根據，在此時消失了⋯⋯

六、總結

郭沫若與郁達夫的這兩篇小說，因為創作時間接近歷史背景一致（五四前後），以及小說場景與角色相似，亦即兩個中國留學生在日本所發生的與基督宗教信徒之間的異國戀情，我們看到二者都具有相當深度的情結。

當時的中日關係，因著國族集體的羞辱，異地留學生感受到的是個體的屈辱。受辱者的存在特質表現在他們倆生命中就是「沈默的孤獨」：兩人的表現是一致的，代表當時中國留學生的共同生命感受。

兩段異國戀情都沒有完整結局的，其原因無論是洪師武因著誤解不告而別（沒有當面解釋的欲望），或伊人還未曾努力就宣告失敗，我們認為是中、日國際關係對兩位留學生所引起的屈辱感，在愛情背後產生巨大影響，使得異國戀情一開始就蒙上無法完成的悲劇色彩。換句話說，發生兩段美好愛情的場景竟是國族的羞辱。

而在戀情中信仰生活的表現，菊子因著夢境的無意識與上帝連結，進入對上帝的永遠追尋之旅中，上帝這一位無所不在全知全能者，成為他生命永無止境的對話者；而伊人因著講道的論述，掌握了上帝，對上帝的追尋之旅於是停了下來，與上帝的對話不再，宗教層面的存有意義之追尋，自此從他生命中引退⋯⋯

兩條救贖的河水——張資平〈約檀河之水〉與北村〈施洗的河〉比較研究

一、前言

　　張資平在東京帝國大學求學時，於 1920 年寫下他的第一篇著名的短篇小說〈約檀河之水〉，隔年七月就與郭沫若、郁達夫成立了創造社。這一篇小說描寫情慾之罪與懺悔，而在 1993 年中國當代先鋒派作家北村運用了相同的象徵創作了長篇小說〈施洗的河〉，寫主角劉浪的一生，一個在罪惡與情慾中打滾的浪子，最終歸入基督名下的悔罪過程，同樣是約但河，同樣是認罪悔改的創作，相隔七十年，這一條河的水的宗教味道在對照之下相當值得玩味。我們將從內在文本與外在面對的語境分析此兩篇小說，看到在其書寫與基督宗教文本在文學史與社會文化上的意義。

二、罪的書寫

　　兩篇小說主題雖然是懺悔，但是都花了大部分的篇幅書寫罪惡。

　　〈約檀河之水〉主角韋先生是一位留日的中國學生，就像郁達夫在〈南遷〉那一篇小說裡敘述留日男主角伊人受到情慾的困擾一樣，或者更像郭沫若在〈落葉〉小說中一樣是留日男主角洪師武與護士女友菊子之間的愛慾掙扎，不過三篇小說以張氏此作最早發表[註1]。韋先生與寄宿家庭他稱為芳妹

〔註 1〕郁達夫文寫於 1921 年，郭沫若則出版於 1925 年。參考上一篇論文前言〈郭沫若「落葉」與郁達夫「南遷」異國戀情的比較——國族、歷史、與基督宗教的愛情辯證〉。

的女子戀愛,後因為實習必須離開兩個月,芳妹卻發現自己懷孕,於是和姨媽前往東京度假並轉往鄉下待產,由一位女醫師照顧。由於女醫師是一位基督徒,讓芳妹在聽了講道,看了《聖經》,在寫給韋生的信裡說到她了解到「自己是一個犯了罪的女子」〔註2〕。因著芳妹的覺醒與提示(透過《聖經》經文的定位),韋生也明白自己以來的行為就是自己所犯的罪惡(不再歸咎給社會〔註3〕),於是走進教堂;換句話說,對韋生而言,這乃是算清楚自己的一本罪的帳,是定位罪惡歸屬的過程(process of imputation)。就神學來看,拉丁文 imputare 原意是「結帳」、「歸入某人的帳項」〔註4〕,韋生在衝突掙扎之後,終於明白自己的罪,正是一個歸罪的過程。

張資平 1906 年進入廣東梅縣美國傳教士創辦的免費就讀的廣益中西學堂,寫了不少有關基督教文化的小說,基本上採取的敘述策略都是批判教會居多,然而其處女作〈約檀河之水〉卻是非常正面地面對基督教義對於人的罪惡的控訴,韋生與芳妹二人願意懺悔、得著救贖。

然而這一篇小說,花了大量的篇幅書寫韋生對於罪惡的認識過程,換句話說,這是一篇韋生的內在罪惡感(Sense of guilty)從無知模糊到清晰明確的認識論書寫(Epistemological writing),可是認識止於懺悔的當下,至於認識罪惡、願意悔改之後,書寫結束了。當然,小說家有創作的自由意志,有其藝術考量,當然有權利止於他認為所當止之處,不過我們只能夠讀到兩位角色認罪、悔改、得蒙救贖,而之後的生命歷程,亦即得救之後生命的改變的書寫則付之闕如,換言之由錯到對的過程,我們僅可看見「止錯」,卻看不見生命進行新的、正確方向的工程建造。

在基督教的神學觀念當中,「罪」的定義一般來說都與神的準則是有關的,三個希臘字可以說明其內涵:hamartia 的意思是「不中的、偏離公義的道路」;parabasis 的意思是「逾越、違犯」神的律法;anomia 則是「違抗神」,既是指行為,也是一種心態,「沒有律法、沒有限制」的生命型態〔註5〕。在〈約檀河之水〉裡主角韋生與女友原先是約略知悉他們之間的行為是不對的,不過那也僅止於兩人之間的婚前性行為與懷孕,違反了社會規範或者一般人的道德傾向,亦即只是人間的錯誤行為,但是並未與上帝所規定的律法有關係,

---

〔註2〕張資平,《苔莉》,北京華夏出版社,2008,p.9。
〔註3〕張資平,《苔莉》,北京華夏出版社,2008,p.2。
〔註4〕殷保羅著,姚錦燊翻譯,《慕迪神學手冊》,香港福音證主協會出版,1991,p.301。
〔註5〕同上注,殷保羅,《慕迪神學手冊》,p.300~301。

就是還沒有進入信仰、宗教的領域與神學的理解。這種因為人的錯誤選擇所犯下的錯誤，一般的理解就是可以用人的努力來補救與導正，然而，男主角似乎已經多多少少體會到這種人要自己救拔自己的努力的侷限性，小說一開始韋生在哀傷戀情與悼念喪父之間掙扎，認為自己沒有回國奔喪極大的不孝，備受良心責備，兩年沒一晚睡得安穩，可是思念女子的時間畢竟多些，於是他說了一句耐人尋味的話：「但沒有神的良心總靠不住。」〔註6〕

人的良知作為道德判準，其有效性是值得懷疑的。

然而就在女主角遇到為她接生的女基督徒醫師之後，她從另一個角度看到了自己的所作所為實際上已經冒犯了上帝，亦即違犯了神的律法，她特別引述使徒保羅的書信〈羅馬書〉7:3〔註7〕：

> 所以丈夫活著，他若歸於別人，便叫淫婦；丈夫若死了，他就脫離
> 了丈夫的律法，雖然歸於別人，也不是淫婦。

最有趣的是張資平讓女主角引述的這一段經文，使得讀者容易產生困惑，也就是從文本來看，女主角並不像已婚婦女，可是所引的《聖經》經文卻明明指涉的是女子婚姻出軌所犯的罪。我們先來看看韋生剛認識芳妹的情形：

> 他們兩個既然接觸得這樣親密，他們中間的戀愛自由花，沒半年工
> 夫，也就由萌芽時代到成熟時代了。

之前，韋生以一個外國留學生寄住他們家，初來乍到，照顧他的任務全落在芳妹身上，兩人因此近水樓台而戀愛。一直到他們分開，都沒有提到婚姻出軌的問題，且在韋生赴外地實習、姨媽將芳妹帶到東京散心，姨媽看芳妹寂寞，於是「姨媽介紹一位住在她旅館裡的大學生和我來往」，顯然芳妹是單身的。所以張資平透過芳妹引述〈羅馬書〉7:3 意涵不明。我們將引文放回《聖經》的文本，前後文來解讀，發現〈羅馬書〉1～7 節所說的主旨乃是律法顯明了我們肉體的罪惡，唯有將肉體的罪性與耶穌同釘十字架，才能脫出「律法／罪」這樣必死的肉體運作結構的束縛，而進入基督聖靈的釋放自由生命。因此芳妹引述的〈羅馬書〉7:3 我們只能放寬來詮釋，亦即在婚姻之外與之前的性關係，通通是犯了姦淫的罪了，得罪了以後他要嫁的丈夫與神〔註8〕。

〔註6〕張資平，《苔莉》，北京華夏出版社，2008，p.1。

〔註7〕張資平，《苔莉》，北京華夏出版社，2008，p.9。

〔註8〕學者陳偉華則持另一種意見，認為芳妹既是讀到「羅馬書」才意識到自己的罪，因此應該是被叛丈夫。參考陳偉華，《基督教文化與中國小說敘事新質》，北京中國社科院出版，2007，p.218～9。

　　很有意思的是，姨媽介紹東京的大學生給芳妹認識，兩人去帝國劇場看了一齣戲劇：托爾斯泰的《復活》，之後沒多久她就到鄉下女醫師那裏處理腹中嬰兒的問題，也因此認識耶穌上帝而有了信仰。「復活」二字非常象徵性地說明了芳妹的信仰歷程，之前活在罪裡的生命像是死亡，認識耶穌之後，因著十字架的救贖，已死的生命復活了。

　　只不過這樣復活的生命，在韋生認罪懺悔之後，軋然而止，已經不是他敘事的重點了。至於另一個故事《施洗的河》，在所謂「復活」的生命方面，則有新的開展，我們稍後將論及，先看看北村的罪惡書寫。

　　先說男主角的名字「劉浪」，我相信對於小說作者而言，命名是重要的，他像父母、像上帝賜給角色名字，賦予豐富的意義，並充滿聯想。「劉浪」這個名字太難不聯想到「流浪」，再與《聖經》連結，浪子回頭的故事立即躍出，當然這裡的浪子回的頭並不是轉向肉身的父親殘忍、瘋狂的劉成業，而是那一位赦罪、接納我們的天父。

　　劉浪生於霍童，是爸爸強暴佃農的女兒陳氏懷的孕，從小有一種靈裡的敏感，在強悍的暴發戶父親眼中是一個懦弱的孩子，後來就讀父親發跡所在的樟坂的醫學院，畢業後沒有行醫，而是到了樟坂繼承父業，且變本加厲，搖身一變成為一個更加殘暴、性情怪異的黑道商人，殺人無數、作惡多端之外，與對手馬大抗爭一輩子，兩人的事業也在幾乎同時衰敗，走投無路之時，用僅有的錢買了艘小船從樟坂順流而下，來到霍童與樟坂之間的一個小荒原杜村，遇上了一群基督徒，因此信主。

　　作者北村敘述劉浪的罪惡，除了情慾的放蕩，幾乎是全面性的描述各類冒犯神的惡行，謀殺、貪婪、詭詐、忌妒、謊言、猜疑等等，幾乎是人類本性中原罪之繁茂的開花結果：流浪於伊甸園之外的人類的代表之作。當然，和張資平敘述的韋生與芳妹之間的情慾掙扎比起來，北村的罪惡書寫不僅更加豐富、複雜、且多面性，當然《施洗的河》是一本長篇小說，就篇幅來說本當如此深廣，但是更引人入勝的是北村描寫主角在罪中打滾，其辯證性與深度非〈約檀河之水〉可比擬。最具震撼性的是劉成業沒病沒痛卻為自己預備棺材，而他的兒子劉浪依樣畫葫蘆，也在事業有成後為自己修墳，甚至還住進墓穴。他在墓穴中手淫、孤獨哭泣，領悟到自己已在滑向衰老，終將寂滅與死亡[註9]；劉浪成為一個穴居人，完全孤獨地在一個封閉的空間中面對

[註9] 北村（康洪），《施洗的河》，台北基督橄欖文化出版，2006，p.152～6。

死亡；然而這樣的純粹孤獨，卻是複製、遺傳自他那位暴虐、瘋狂、且被自己瞧不起的父親劉成業。罪惡與死亡緊緊連結，成為人類的 DNA，在所有需要救贖的人類血液裡，無論是張資平或北村的小說文本裡，原罪的主題緊緊釘在其基督宗教之神學書寫中。

北村的罪惡書寫裡重要的悔改主題，並非以積極正面地「認錯」作為書寫的主軸，而是以消極負面的模式進行，亦即生命的罪惡之路已經沒有任何意義可以認定，這是一種存在的意義危機，表現形式是「缺乏意義」，一種生命之中完全沒有存在意義與價值的危機，結果就是無法忍受生命，一般的解決方案是「逃避生命」，通俗的說法是自殺，北村寫道〔註10〕：

死是不容易的。

醫生的眼淚已經悄悄的掛在臉上。死到臨頭他才知道，人是多麼不堪。在死面前束手無策，……劉浪覺得自己渾身的骨頭正在一根一根斷掉，他聽到了這種喀擦喀擦的聲音，隨著骨骼的坍塌，肉萎謝下來。他垮了。

連死也無法解決問題，存有的答案還是必須在存在中尋找。於是北村筆下的劉浪選擇乘上小船，往一個不知何方的下游流放自己，其中他自問：「天啊！如果真有一個神靈，我要問你為什麼你要把我帶到這樣一個地步……？」〔註11〕然後他對著他還不認識的神發出一連串的疑問，彷彿舊約《聖經》中的約伯、屈原《楚辭》裡的「天問」，存有中終極的問題爆發出來，透過杜村的傳道人，神接手了。

救贖之後的生命開展，北村比張資平更往前推進一步。〈約檀河之水〉裡的「復活」主題並未發展，然而在劉浪結束其罪惡的流浪之旅，回到上帝的家裡，接受傳道人的施洗：生命的改變過程是從禱告、接受相信、再次懷疑、再次堅信，之後向老隊頭馬大傳福音，我們看到是一種動態的改變過程，像一條活水的江河：施洗的約旦河源源不絕地流動著。

這裡有兩點值得注意：一是禱告詞；二是向馬大傳福音。
劉浪的禱告詞是他與傳道人爭執之後，認罪悔改淚流滿面的結果，如果我們仔細分析其禱詞，會發現他引用了許多《聖經》的話語來禱告〔註12〕：

〔註10〕北村（康洪），《施洗的河》，台北基督橄欖文化出版，2006，p.236。
〔註11〕北村（康洪），《施洗的河》，台北基督橄欖文化出版，2006，p.237。
〔註12〕北村（康洪），《施洗的河》，台北基督橄欖文化出版，2006，p.247～8。

主啊！我相信祢！……如此虧缺了祢的榮耀……我是迷羊，走在自己的路上，不想回家，可是祢寧可拋下那九十九隻羊，來尋找我這一隻，主啊！……祢把我領到可安歇的水邊，主啊！人算甚麼？祢竟顧念我，主啊……從前我風聞有祢，今天我親眼見祢，祢顯明在我心裡，叫我無可推諉！主啊！

北村讓劉浪運用大量《聖經》文本禱告，拆解之後再重新連結，用了「新、舊約」〈羅馬書〉第一章（顯明在我心裡，叫我無可推諉）、第三章（虧缺了祢的榮耀）、〈馬太福音〉十八章（祢寧可拋下那九十九隻羊，來尋找我這一隻）、〈約伯記〉四十二章（從前我風聞有祢，今天我親眼見祢）、〈詩篇〉23篇（祢把我領到可安歇的水邊），重新調度經文成為個人的禱告，基本上是一個有歷史的基督徒、熟稔《聖經》者才辦得到。北村透過劉浪的口流利地說出這一大串禱詞，其實是一種虛構的信仰表現，讓《聖經》文本成為劉浪的生命文本。

很有意思的是北村用的是和合本《聖經》的譯文，顯然在1992年受洗的北村已經熟悉至少某一些段落的《聖經》文本，回過頭來我們看看在1920年寫出〈約檀河之水〉的張資平，當時人仍在日本東京，是否有機會接觸才剛剛在1919年4月22日出印刷場的《聖經》國語和合本初版？我認為是沒有。原因很簡單，張資平的篇名用〈約檀河之水〉，而「約檀河」這三個字，找遍目前可以看到的中文《聖經》譯本，包括天主教、基督新教、東正教等等，從馬禮遜譯本至今，施洗約翰為眾人與耶穌施洗的那一條河沒有譯為「約檀河」的，一般來說都是譯為「約但河」或「若耳但之河」（馬殊曼本、神天聖書），或「若丹河」（白日昇譯本）。我認為張資平之所以會有「約檀河」這樣的翻譯，原因應該是他所據的文本乃是日文《聖經》之故〔註13〕，就連慣稱使徒保羅寄給羅馬教會的信〈羅馬書〉，張資平也稱之為「聖徒保羅寄羅馬教會書」。

至於劉浪向馬大傳福音，相當具有象徵性意義，舊約《聖經》說：「要以命償命，以眼還眼，以牙還牙，以手還手，以腳還腳。」（申命記 19:21）然

〔註13〕 以〈馬可福音〉1:9 來看，日文作：マルコの福音書1:9 そのころ、イエスもガリラヤのナザレから来て、人々といっしょに、ヨルダン川で、ヨハネからバプテスマをお受けになりました。約但河為片假名外來語「ヨルダン川」，或許張氏直接從手邊的日文《聖經》翻譯為「約檀河」。參考 Japanese Living Bible, 1977，請見 Bible Gateway 網站之日本《聖經》網頁 http://www.biblica. com/bibles/japanese/。

而耶穌在〈馬太福音〉裡的教訓是：「只是我告訴你們，要愛你們的仇敵，為那逼迫你們的禱告。」（5:44）顯然劉浪正在改變自己的生命，按著新約《聖經》耶穌的教導，他要與死對頭馬大和好之外，還要介紹救贖之主耶穌給他。回到樟坂，見到的馬大已經成為一個賭徒，三天的相聚，馬大不斷的賭、賭掉所有財產，而劉浪則持續的為他禱告；然而劉浪在改變的過程中，肉體仍舊與他的靈命拉扯〔註14〕：

> ……不跟你廢話了，我要走了。他（馬大）用腳踢開木門，走了。
>
> 劉浪在心裡詛咒，他覺得他的心已經裂成兩半，一半在自己這裡，另一半在這個出走的男人身上。他的血氣要他衝出屋去，揪住這個傢伙痛罵一頓，但裡面有一個聲音告訴他：為什麼要你來替我抗辯？難道你不相信我做的事已經成了嗎？

經過這樣的辯證過程，劉浪才明白，救贖的工作是屬於耶穌基督的，沒有人可以救任何人，所有的救贖都是透過耶穌完成的，劉浪只不過是媒介，然而他也在這個榮耀的工作裡有分。於是劉浪可以不再倚靠自己的肉體，肉體死了，靈命活了：張資平小說裡的芳妹看到的戲劇裡的「復活」，在劉浪身上彰顯了，而這樣的轉變，看在馬大的眼裡（本來馬大在賭桌上玩類似「俄羅斯左輪」賭命），忽然造成馬大願意接受救恩〔註15〕：

> 事後劉浪問馬大為什麼突然放下手槍時，馬大說：我發現你臉上有安慰。

馬大看到的劉浪不一樣了，不再是那個兇殘瘋狂的劉浪，也許可以這麼說：劉浪臉上有神性的榮光，給人安慰鎮定的力量，他在基督裡復活了。

三、約但河：動態的生命象徵

張資平與北村不約而同地採用約但河作為救贖的象徵。約但河在基督宗教的信仰中擁有特殊的地位，它不同於世界上任何一條河，因為它不只是先知施洗約翰在此為人施洗之處，更重要的是耶穌自己也是在此接受了約翰的洗禮。從三位一體的神學來看，耶穌的身分不僅是神的兒子，也是神自己，因此這一條河不僅僅是替神的兒子施洗的河，也是替神施洗的河；從以色列的歷史來看，它是以色列民族要進入神所應許之地（the land of promise），也

〔註14〕北村（康洪），《施洗的河》，台北基督橄欖文化出版，2006，p.258。
〔註15〕北村（康洪），《施洗的河》，台北基督橄欖文化出版，2006，p.259。

就是那流奶與蜜之地，必須先越過的約但河。

事實上，一般來說對於舊約《聖經》中的約但河，比較容易解讀出「爭戰」的意義，然而就在以色列人民族第一次大規模渡過約但河的經歷，其實就是「爭戰」、「受浸」的結合儀式。古代近東，一種常用來得到神祇司法判決的方法，就是逼被告接受水的嚴格試驗，通常的方法是將被告拋入河水中，看他溺斃與否決定其有罪或無罪。這一次他們的領袖約書亞帶以色列人在河水氾濫期渡過約但河，其實是祭司抬著耶和華的約櫃率先踏進約但河，等到所有以色列人都過河，耶和華神的約櫃才上岸：這是神的宣告，他們之所以能渡過約但河，「受浸」之後去服事耶和華，是因為神與他們同行，他們是神的軍隊，因此過約但河不只是受浸，更是成為耶和華的軍隊〔註16〕，也是爭戰的開始。申命記說11:31：

> 你們要過約但河，進去得耶和華──你們神所賜你們為業之地，在那
> 地居住。

度過約但河，並不是就進入流奶與蜜之地，而是爭戰的開始，他們面對耶利哥高大的城牆，打了漂亮的第一戰，然而之後就是一連串的戰爭，有贏有敗，占領的土地越來越廣，於是以色列人擁有了流奶與蜜之地，換句話說，流奶與蜜之地並不是耶和華神白白賜給以色列人，而是神與他們同在，與他們一起爭戰奪來的：象徵信徒的人生在經過各樣的磨難之後生命更加成熟，進入更美麗的境界。

因此，約但河的施洗，乃是一個開始，而不是終點；是新生命的開始，要在許多的屬靈爭戰中不斷得勝，進入成熟，奪得流奶與蜜之地。

於是，我們看到對於韋生而言，約檀河是一條施洗的河，卻不是一條爭戰得勝之河。在張資平的書寫中，約檀河出現在一首詩歌中〔註17〕：

> 救……主……離加利利，
> 到……約……檀河。
> 不……遠……路長百里，
> 其……志……為何？
> ……

〔註16〕新國際板研讀本《聖經》，舊約〈約書亞記〉3:10～11 註解，p.368。
〔註17〕張資平，《苔莉》，北京華夏出版社，2008，p.10。

> 信……賴……救主慈愛，
>
> 卸……卻罪惡重荷！

這就好比張資平的宗教想像,在耶穌身上,只看到一個上十字架的耶穌,卻看不見那一個三天後復活的救主。於是,小說結尾韋生接收到來自父親、芳妹的饒恕,也要求他回應饒恕芳妹,最後一句結語:「只要我們能悔罪,能改過!」〔註18〕韋生還停留在罪咎感的覺醒與悔改的努力之中,並沒有機會過一個得勝的生命,他好像一個才剛從谷底要往上走的人,卻停了下來……張資平給了一個開放性的結束,停留在認識論書寫的關鍵點與里程碑,但是韋生和約檀河發生關係時間太短暫,我們不知道之後他會如何發展,他會往前走,或是走回頭路?他也可能一直徘徊,像出了埃及的以色列人民,那一代二十歲以上的成人,在曠野繞路四十年,然後倒斃,終無法跨過約但河,進入流奶與蜜之地:張氏給了我們一個曖昧(ambiguity),充滿各種可能性。

北村的《施洗的河》裡劉浪離家闖蕩、建立事業從頭到尾都與流經霍童與樟坂的那一條河結下不解之緣,他上樟坂的河岸時〔註19〕:

> 他從骯髒的水藻和泡沫中爬上長滿苔蘚的青石板時,刺骨的涼風幾
>
> 乎把他吹倒了。……啐掉嘴裡的髒水,茫然四顧,這就是樟坂?

生涯的開始,他全身泡在骯髒的河水裡,茫然加上失望,不過就在這樣的骯髒環境裡,劉浪開展了他的事業,成為一方之霸。後來在杜村,向傳道人述說他生命的歷程時,他說:「就像一條骯髒的河,裡面飄滿了死兔子和垃圾,混濁的泡沫在上面浮游,他就陷在這條河裡,在水中徒然地掙扎。」〔註20〕

然而我們知道河水是流動的,一個流動的生命是變化不居的,應該有改變的可能性,北村絕對意識到這一點,他寫劉浪信主後,重新再看他來回多次的那條河〔註21〕:

> 劉浪看著河水,……田野的布局和普通的樹木以及司空見慣的流水,
>
> 都在眼中改變了模樣,體現了一種早已存在的和諧。

河水已經變清澈了,其實樟坂離杜村看來並不是太遠,這裡的河水之所以淨化了,更可能的是劉浪用另一雙眼睛觀看的緣故。那是一雙透過上帝之

〔註18〕張資平,《苔莉》,北京華夏出版社,2008,p.10。
〔註19〕北村(康洪),《施洗的河》,台北基督橄欖文化出版,2006,p.44。
〔註20〕北村(康洪),《施洗的河》,台北基督橄欖文化出版,2006,p.243。
〔註21〕北村(康洪),《施洗的河》,台北基督橄欖文化出版,2006,p.249。

眼觀看的眼睛，只有盛裝上帝的生命才有新的眼光，北村在小說後半段，大
量書寫神學，此處他透過傳道人，用了一個簡單的比喻，說明人的生命唯有
擁有上帝可以獲得真正的滿足〔註22〕：

> 人有一個缺陷，不認識神……手套是按手的形象造的，目的是為了
> 盛裝手，人是按著神的形象造的，目的是為了盛裝神……祂要進到
> 人的靈裡，作人的內容，成為人的滿足。

更耐人尋味的是劉浪為了傳福音給馬大，再度來到樟坂，舊地重遊〔註23〕，
必然有著似曾相識的感覺（déjà vu）：可是信主前後感受大大不同，他已經不
是之前的存有狀態，他的生命已經進入基督裡面，換句話說，神進入他裡面，
他也進入神裡面：相互擁有，相互進入，相互融攝，人與神的生命合一；於
是，之前那個看來骯髒卻充滿新奇與機會的場景，此時卻成為一個死亡的場
景從碼頭到雲驤閣，再到市區都籠罩在死亡、恐懼、腐爛、屍臭之中，因為
一個重生復活的生命，透過神的眼光看一切都宛如死去，以往的價值從此成
為糞土。於是，就在馬大也歸主之後，兩人再往霍童的船上，在陽光之下，
劉浪眼裡的河水有了全新的面貌〔註24〕：

> 陽光是一種裡面深藏著的眼睛，只有在這雙眼睛注視的時候，萬物
> 才得以清晰地呈現，變得可靠和真實。……劉浪第一次發現河水是
> 如此清晰，他透澈的如同人本來有的面貌，讓光進入水裡，呈現出
> 河裡潔白的鵝卵石。

陽光，在此既可以是真實的陽光，而更是喚起「裡面深藏著的眼睛」的
象徵；陽光當然是外在的，特別以「裡面深藏著的眼睛」形容，表面上看似
乎存在著矛盾，然而其中是有著一種內在的論證，北村的神學是神創造陽光、
雨水，萬物吸收陽光雨水生長，一切都在光中進行；人裡面的那一雙眼睛，
也必須活在神的光中，才能看見萬事萬物的真實面。於是，劉浪不再用外在
的肉眼觀看，而是裡面深藏的眼睛，在神的光中觀看，代表人是可以透過神
的光照、甚至提升到像神一樣的位置，用神的角度觀看世間萬事萬物，就看
到了事物本來的面貌，這是多少哲人、思想家、宗教家夢想的境界：觀照到
事物之本質，換句話說，人擁有了上帝之眼！

〔註22〕北村（康洪），《施洗的河》，台北基督橄欖文化出版，2006，p.244。
〔註23〕北村（康洪），《施洗的河》，台北基督橄欖文化出版，2006，p.254。
〔註24〕北村（康洪），《施洗的河》，台北基督橄欖文化出版，2006，p.260。

劉浪生命的角度改變了，似乎經過了一個「神性化」的過程，北村寫道〔註25〕：

> 劉浪彷彿活在另一個世界裡，從那個世界可以清楚地看到這裡的樹木和河流，以及覓食的牛和羔羊，從那裏他可以把一切交託，因為萬事都已預備。站在那個地方，他要看見病牛回生，啞巴開口，荒野生長，枯草歌唱。

顯然病牛回生，荒野生長，甚至啞巴可以開口，枯草可以歌唱，那裏沒有病痛，沒有荒瘠，充滿生機、健康、喜樂、歡唱、敬拜、與神蹟，宛然劉浪已經置身天堂，沒錯，當劉浪的生命容器盛裝神，讓神進到他的靈裡，作為他生命的內容，他就經歷了救贖、稱義、成聖的過程〔註26〕。成聖在某個層面來說，就是神性化的過程，將肉體取死的罪身交給神，得著新的生命，是盛裝神的生命，擁有神的眼光、能力，成為神性的參與者，與神同活在天堂，最終他變得像神。我們看故事到了最後，馬大跟著劉浪上溯到霍童，準備受洗，在船上馬大一直睡，劉浪責備他：「你怎麼總是睡覺呢？不能醒一會兒嗎？」〔註27〕這與耶穌在最後晚餐之後，與彼得、雅各、約翰在客西馬尼園迫切禱告，幾次責備門徒總是睡覺：「怎麼樣？你們不能同我警醒片時嗎？」北村是有意讓劉浪使用與耶穌一般的口氣，來凸顯他那種轉變為基督的樣式，或「變得像神」的生命狀態吧。這整個的過程正如1953年蘇聯時代的東正教作家洛斯基（V. Lossky）在〈救贖和神性化〉中寫的〔註28〕：

> 神人基督的降下，使人能夠在聖靈裡上升……基督的救贖之功……
> 與受造物的終極目標直接相關：能夠與神結合。根據聖彼得的說法（彼後一4），成為「神性的參與者」。

不過，以小說最後劉浪正讀著舊約〈以西結書〉33章，似乎以那一個被耶和華神指定作為以色列民族守望警戒的先知自許，其實更像施洗約翰，於是故事又轉回到約但河。

對於張資平來說，他筆下的「約檀河」之水，在小說內容裡只出現在詩

〔註25〕北村（康洪），《施洗的河》，台北基督橄欖文化出版，2006，p.260。

〔註26〕此一過程就像新約《聖經》〈哥林多前書〉6:11所說的：「如今你們奉主耶穌基督的名，並藉著我們神的靈，已經洗淨，成聖，稱義了。」

〔註27〕北村（康洪），《施洗的河》，台北基督橄欖文化出版，2006，p.261。

〔註28〕麥葛福（A. E. McGrath），劉良淑、王瑞琦翻譯，〈基督教神學手冊〉（*Christian Theology: An Introduction*），1999，P.422。

歌的詞裡，整一篇基本上都環繞著「罪」此一主題在打轉，犯罪、認罪、赦罪、悔罪，然後改過，歌詞裡的約檀河水只做為洗禮、除罪的一個固定象徵，亦即看不到作為河流的流動意指，其意義基本上是凝結的、單向度的（one dimensional）。就命名上來看，張資平直接稱「約檀河之水」，特別指涉的是某一部分歷史上的、傳統意涵上的約但河（受洗上的意義，而缺乏爭戰得勝上的意義）；而北村的「施洗」的河，不直接稱呼約旦河，點出約旦河最重要的意義非其地理學上的，而是神學上的、存在意義上的。

因此在《施洗的河》裡，北村給了這一條河豐富、且複雜的意義。北村透過劉浪與樟坂、霍童間的這一條河水綁在一起的關係，建立起一個「救贖的流體力學」。首先我們知道施洗的河在新約《聖經》裡，指的就是約但河，在那裏施洗約翰在耶穌之前為眾人施洗，後來甚至為耶穌施洗，洗禮既代表洗去過去的一切，也代表新的開始，耶穌傳道的事業基本上就是從此開展的，劉浪的生命也一樣，並沒有在洗禮之後停下來，而是繼續往前發展、改變，這一個人的面貌在轉換——從他所做的事可以窺見，其生命的改變是進行式。

洗禮少不了水，水在河裡是流動的，可以帶走骯髒的事物，洗淨一切不潔淨，於是生命可以重新開始，這是一種動態的生命觀。劉浪因此可以拋下一切愛恨情仇與個人尊嚴，重回樟坂，與死對頭馬大和好，甚至在多次被羞辱後，還帶他信主。北村這麼描述劉浪與信主後的馬大同船，所看見的河水〔註29〕：

> 萬物都在陽光中顯出它們本來的面貌。河水在光斑中流動，這是一
> 種不間歇的流動，當黑夜暫時覆蓋它時，仍能聽到河水清晰的流聲。

生命就像河水一樣，沒有辦法停下來，是一種不間歇的流動。這一條無名的河，原本骯髒無比，本來只會變得更髒，然而北村運用了一種純粹語意上的扭轉，讓河水在陽光之下，變成潔淨生命的施洗的河水，就像劉浪的生命，在生命的大光之中，在基督耶穌裡，不斷地潔淨、改變、得勝。

四、結語

張資評在 1920 年書寫〈約檀河之水〉時，人在日本就讀東京帝大的礦科，當時的中國內憂外患、積弱不振，很有意思的一個現象：他與郁達夫、郭沫若一樣，都在離開中國母體之後，透過不同的方式書寫他們各自的基督宗教經驗，而且多少都與情慾發生了關係，張的〈約檀河之水〉、郁的〈南遷〉與

〔註29〕北村（康洪），《施洗的河》，台北基督橄欖文化出版，2006，p.259。

郭的〈落葉〉等等。那是一個離開、回頭、重新凝望、再度審視的過程，對於張資平來說，〈約檀河之水〉中國留學生愛上了欺凌中國的日本女孩、且令她懷了孕，這種國族的屈辱基本上是付之闕如的（至少在這個時節、就這一點來看，張氏與郁達夫、郭沫若在作品上的表現是不同的〔註30〕），反倒是其中的愛慾掙扎成為他的真正壓力，而這正與他後來回國書寫從〈苔莉〉之後的一連串的羅曼史與情慾作品，邏輯是一致的；他不關心國族的命運與發展，只注目於人生情感、慾望之跌宕與需求，只不過〈約檀河之水〉裡這樣的掙扎與罪惡被上帝光照（誠如韋生自小說中說的：「沒有神的良心總靠不住」，因此神成為懺悔的催化劑。）而引發主角的懺悔，而〈苔莉〉之後則是沉溺於情慾的享受、掙扎之再現與書寫：從一個極端擺盪到另一個極端，從被真理光照的懺悔者擺盪到被情慾綑綁的享樂者。

回過頭來看，在〈約檀河之水〉裡，韋生和芳妹是戀人，但在認識神之後，生命好像從新開始計算，相愛的戀人的身分被取消了，取而代之的是罪人的身分；從這個分水嶺往回看，原本的愛情要重新評估，其無上的價值被擱置了，另一個問題被放置在最高的優先順序，亦即「成為基督徒」或「得救與否」才是最迫切的議題，所以芳妹的信除了告知腹中嬰兒但生三日即行夭折之外，也只勸他信從救主，至於那一段帶著罪的愛情是否能夠繼續（事實是不可能繼續）已經不是重點。跨過救贖的里程碑，生命中的一切被重新安排，價值觀的座標因著基督的十字架，挪移轉換成為一個新的座標系，帶著救贖恩典的眼鏡審視生命中的每一件事物。

另一方面，北村1993年的作品《施洗的河》的書寫語境，和張資平的那一條「約檀河」比較起來，經歷了1949年的建國、1958年的大躍進之失敗、之後文化大革命與鄧小平復出的改革開放，這時的中國被包覆在一個「無神論」與全力發展經濟的社會氛圍裡，經濟改革與發展被過度強調，貪婪加諸在被文革裡所扭曲的人性之上，那樣的人性墮落所需要的人性改革工程與重建，基本上未被重視；因此北村透過《施洗的河》要扮演施洗者約翰的角色，喚醒眾人〔註31〕。

〔註30〕郁達夫在〈南遷〉、郭沫若在〈落葉〉中都強調突顯中日之間國族無法釋懷與解開的壓迫與仇恨情結，詳情參考曾陽晴，〈郭沫若「落葉」與郁達夫「南遷」異國戀情的比較——國族、歷史與基督宗教的愛情辯證〉，成大中文系宗教與文化學報第十期，p.159～184，2008。

〔註31〕參考曾慶豹在台灣版《施洗的河》書末的推薦文，北村，2006，p.263～4。

　　於是 1992 年信主的北村此時被激發出「施洗約翰」般的呼喊，他要效法約翰成為耶穌的開路先鋒，宣告人性重建與改造工程的開始。小說一開始引用〈馬太福音〉4:17「天國近了，你們應當悔改」，宣告基督臨到了這一塊無神的神州之上，罪人應當悔改。這似乎表彰了一個結構上的現象，北村並未說出新的東西，他只是述說「無神」的對立面，「無神」與「有神」是一組對立元素（opposed elements），相互對立又相互定義，且相互建構，基本上是一個對立結構的兩端，在邏輯上與觀念上，無神論似乎終究會激發出「有神論」的建構。然而，在信仰的實質面上，神不是被「無神」所建構、所限制、所定義的，神是、結構之外的，是在一切萬物存有之上的，是一切被造物的源頭，是一切問題的答案：第一因；更是光照人類醜陋世界、罪惡生命的終極對照組：天國之主。

　　因此在〈約檀河之水〉七十年後，北村的作品《施洗的河》裡，主題不再放於摻雜在罪裡的愛情，而是更複雜的生命情境：爭奪的是女人、金錢、權力、地盤；展現人性的是貪婪、詭詐、黑暗、殺戮、憂鬱、永遠的空虛。劉浪與馬大兩個人的生命，在遇見上帝之前，是死對頭，是競爭對手，祂們相互之間的得勝與失敗，都是相互定義的；他們找不著、也看不到自己生命的終極意義，自己的存在價值是由對方建立的，各自成為是對方的參考體，對方也成為自己的參考體，他們的生命綁在一起，相互屬於對方：他們名符其實的是罪惡之生命共同體。因此，在劉浪信主之後，當耶穌基督救了劉浪之後，一定得連馬大一起救，這樣對於劉浪與馬大才完全了救贖之功，如果只救其中一人，似乎都是一種缺憾，這也就是劉浪在信主之後，一定得回頭拉馬大一把，馬大必須與他一起得蒙救贖，這成為生命中的具有驅迫性的任務。

　　劉浪和馬大之前是敵人，一對分享罪惡血液的連體嬰；之後是弟兄，一對分享救贖恩典的雙胞胎。

　　基督宗教的文學書寫中小說的創作，約但河流淌著，從〈約檀河之水〉到《施洗的河》，流過了七十年的距離，人性與罪惡的描述更加複雜細膩，救贖的工作不僅看到了耶穌的十字架的寶血洗淨罪惡，更在北村的書寫中發現了復活的生命注入相信者的靈魂之中。

葉靈鳳小說中的基督宗教文本

一、前言

　　無論怎麼分類，葉靈鳳都是一位不折不扣地「海派作家」〔註1〕，一個高度都會性格的作家。1924年到上海，1925年加入創造社，開始他的創作生涯，直到1937年「八一三事變」後上海淪陷，與《救亡日報》報社南遷廣州，葉靈鳳的小說基本上都完成在這個「上海時期」〔註2〕。他的小說作品不算多，38篇短篇小說，4篇長篇小說，總計42篇小說裡，卻有不算低的比例運用到了與基督宗教有關的文本進行書寫〔註3〕。無論就一個海派作家而言，或一個五四時代的作家來看，葉靈鳳在如此多篇小說中大量使用《聖經》文本或者書寫涉及基督宗教文化的情節與文字，這都是一個值得深入研究的課題。

二、力求通俗與忠於自我

　　一般來說，學者對於葉靈鳳小說的研究集中在幾類：第一類是概論式地

〔註1〕吳福輝說他是一位：「過渡型的海派文人。」參考吳福輝，〈老中國土地上的新興神話──海派小說都市主題研究〉，p.8。

〔註2〕1937年五月發表於《中國文藝》創刊號的短篇小說〈第十二號病床〉應該是他創作的最後一篇小說，一般來說，他離開上海之後就極少寫小說；根據《葉靈鳳小說全編》的編輯說明，認為葉靈鳳在1945年於香港創作了三萬多字的《南荒泣天路》連載於「香島月報」，然今已佚失。參考賈植芳主編，《葉靈鳳小說全編》，上海學林出版社，1997，p.1～2，p.401。

〔註3〕對於當時代的作家來說，運用到《聖經》文本或者書寫涉及基督宗教文化者或有之，然而佔其作品的比例不會太高（除非像冰心一類屬基督宗教信徒者），像葉靈鳳這樣非基督徒的作家卻大量使用與基督宗教有關的文本進行寫作者確屬少數。

分析其小說特點，例如朱曦的〈模仿、解構：創造社「小夥計」作家的小說模式〉〔註4〕就認為葉靈鳳的小說最能顯示出 19 世紀末期「新浪漫主義」的特徵；又例如王恆的〈論葉靈鳳的小說創作〉〔註5〕，概論性地介紹其各類小說；另一個角度則是「美學」的觀點，譚為宜的〈葉靈鳳小說美學芻議〉〔註6〕就從美學的角度探討其小說的藝術價值。另一個無法忽視的研究的重點就是其作品中的性愛描述與精神分析（特別是弗洛伊德的理論）的關係，肖緋霞〈在夢想與現實之間徘徊：葉靈鳳小說的症候式閱讀〉〔註7〕認為他：「藝術上不顧一切地追求新奇並且反復採用夢幻形式，反映的正是作者試圖逃避現實狀況的潛在心理」，整個分析的基調構築在精神分析理論之上；孫乃修〈葉靈鳳與弗洛伊德〉〔註8〕將葉靈鳳小說中性愛描述的部分與弗洛伊德理論做一個連結性的說明，並未有深刻的論述；類似的論文韓國學者金炫的〈春風吹過死水微瀾—五四小說「性描寫」之我見〉舉魯迅、郁達夫、葉靈鳳為代表，其中對於葉靈鳳的性愛小說也是結合弗洛伊德理論進行解讀，其分析也只是運用「潛意識」此一名詞約略論述。

我們知道葉靈鳳十三年的小說創作生涯，《葉靈鳳小說全編》裡的 38 篇短篇小說，總計 16 篇運用到了基督宗教文本進行書寫，約佔 42%，不可謂不高。長篇小說四篇裡，〈紅的天使〉使用到《聖經》文本與典故，〈永久的女性〉則在書寫中牽涉及少許基督宗教文化的內容。

當然，在五四文化運動的那一個時代，許多作家多多少少都使用了基督宗教文本進行創作，可是無可諱言地，像葉靈鳳作品中這樣高比例使用基督宗教文本進行書寫者確然極其罕見。當然，除了一部份基督徒作家特意書寫有關基督宗教的作品，其中必然大量運用基督宗教文本作為其創作的重要語料，例如王治心在〈中國基督文字事業之過去現在與未來〉一文中說道〔註9〕：

> 基督教文字事業，……現在照我個人的觀察，略略地把今日基督教

〔註4〕朱曦：〈模仿、解構：創造社「小夥計」作家的小說模式〉，《學術探索》第十期，2003.10，頁 82～84。
〔註5〕王恆：〈論葉靈鳳的小說創作〉，《南京師大文學院學報》，2001.02，頁 34～41。
〔註6〕譚為宜：〈葉靈鳳小說美學芻議〉，《河池師專學報》1997 年第 4 期，頁 38～42。
〔註7〕肖緋霞：〈在夢想與現實之間徘徊:葉靈鳳小說的症候式閱讀〉，《貴州師範大學學報》（社會科學版）2005 年第 3 期總 134 期，頁 95～98。
〔註8〕孫乃修：〈葉靈鳳與弗洛伊德〉《中國比較文學》1994 年第 2 期。
〔註9〕王治心：〈中國基督文字事業之過去現在與未來〉，《文社月刊》第一卷第八冊，上海，1926 年 7 月，頁 66。

> 所需要於今日之著作家者……乙‧基督化的倫理小說……基督教有
> 沒有小說？有沒有一篇可以使人傳誦而影響到普通生活上的小
> 說？……說到倫理的、道德的問題，尤其要有基督化的，真是難乎
> 其難的。

在文社月刊這樣的基督教刊物上發表創作的，基本上都在追求王治心「本色化」基督教理想中應該的出現的「基督化的倫理小說」，可是海派作家葉靈鳳的創作目的顯然地南轅北轍，他的寫作理念既不是為特定的宗教觀，也不是為讀者的閱讀樂趣，他在 1931 年夏天出版作品集子時說：〔註10〕

> 對不起了！讀者諸君，一個作家假如要在讀者的嗜好二者之間加以
> 選擇的時候，假如他是忠實於自己的作品的話，他便毫不遲疑的要
> 放棄你們了。

因此，某個程度上來說葉靈鳳的創作應該如他自己所說的「是忠實於自己的」，然而實際的情況卻是有所差距的，從 1932～36 年間寫下的三篇長篇小說，都是應報社編輯之要求所寫下的連載文章，整個過程據他自己的序言透露，以〈時代姑娘〉的「自題」〔註11〕為例：

> 因了每天匆促寫著，許多預定的題材都臨時放棄，背景和時間也有
> 時有誤漏和衝突。……受到許多朋友的責難，竟說這是一個作者的
> 墮落。

顯然，葉靈鳳在編輯「通俗一點」（〈未完成的懺悔錄〉的「前記」語）的要求下，確實是做了妥協，然而這離他沒多久之前（1933 年）言之鑿鑿要維持作家創作獨立性不到一年。他在〈未完成的懺悔錄〉的「前記」裡也承認：「但這小說的本意，作為作者的我，卻是不滿意的。……這類小說我下筆時是力求通俗。」〔註12〕這與葉靈鳳之前所發的豪語可說是天差地別。到了最長的一篇〈永久的女性〉的「題記」則可以說為自己的通俗書寫下了一個定論〔註13〕：

> 我自己從來不喜歡自己所寫下的這類小說，因此幾乎漠然沒有好惡
> 之感。

〔註10〕葉靈鳳：《葉靈鳳小說全編》，上海學林出版，1997，頁 4。
〔註11〕葉靈鳳：《葉靈鳳小說全編》，上海學林出版，1997，頁 472。
〔註12〕葉靈鳳：《葉靈鳳小說全編》，上海學林出版，1997，頁 581。
〔註13〕葉靈鳳：《葉靈鳳小說全編》，上海學林出版，1997，頁 695。

　　是什麼讓葉靈鳳改變初衷、在如此短的時間內改弦易轍願意妥協的？他其實是在極大的時間壓力之下書寫的，更重要的是在一種長期自我扭曲、自我壓抑、自我忍受的狀態下，而且幾年之內一而再、再而三接受這樣的報紙連載工作，為什麼？

　　很有意思的是在這一段時期裡，葉靈鳳依然創作了不少的短篇小說，而且顯然成為他最具文學價值的作品，陳子善說：「這批小說……足以使葉靈鳳躋身『現代派』文學代表之列」〔註14〕。我們相信葉靈鳳在同一個時期創作兩種不同的作品，一是通俗的長篇連載，一是現代派代表作的短篇精品，他的心目中其實是有一把量尺的：以創作書寫的密度來衡量，顯然短篇高，長篇低。對於這兩類作品，看得出來葉靈鳳內心充滿矛盾與拉拒的張力，長篇作品佔據他每一天大半的時間，然而卻是被要求連載、甚至被時間追著、逼著完成，因此他說「幾乎漠然沒有好惡之感」，而那「忠於自己」的短篇小說的書寫，顯然他認為才是具有藝術價值的。原因其實不難知道，我覺得與他創作的自主性高度是有極密切的關連。

　　葉靈鳳在這一些短篇作品當中，接近一半運用到「基督宗教」文字與語言進行創作，這其實也牽涉到創作「自主性」的問題。我們會在分析完他的作品之後，看到一個「引用文本／書寫自主」的一個光譜，展現出不同作品之間運用《聖經》或者基督宗教文本的不同程度。

　　簡單地統計來看，他的小說中運用基督宗教文本的情況大約可以分成三種：一、廣泛地引用與基督宗教「文化」有關的文本，例如〈浴〉提及上帝、神蹟、十字架，卻未必觸及任何具體的《聖經》故事、內容或語言，甚至更多的時候葉靈鳳很愛設定「聖誕節」、「教堂」（婚禮舉辦場所）、「牧師」作為小說的時空背景；二、引用《聖經》的語言或典故，〈流行性感冒〉、〈內疚〉都屬於這一類；三、《聖經》故事的引用與改寫，例如他的〈朱古律的回憶〉引用《聖經》耶穌「七個童貞女迎接新郎」的故事，而〈麗麗斯〉則運用《聖經·創世紀》「亞當與夏娃」的故事與猶太教傳說做為背景，然後加以改寫。

三、向西方文化靠攏

　　第一類與基督宗教「文化」有關的書寫，在葉靈鳳的作品裡包括〈浴〉、〈憂鬱解剖學〉、〈處女的夢〉、〈禁地〉、〈流行性感冒〉與〈永久的女性〉等

〔註14〕葉靈鳳：《葉靈鳳小說全編》，上海學林出版，1997，「導言」頁4。

六篇小說。〈憂鬱解剖學〉裡，女主角吳靜嫻和四年前（與另一個女人）結婚的前男友顧君逸再一次見面兩人互訴衷曲的經過，〈處女的夢〉寫的是一篇浪漫言情小說，女主角莎瑁暗戀作家易曇華，甚至做了一場春夢，後在電影院巧遇易生，兩人認識的故事。對於這一場邂逅，莎瑁描述她的幸福感，用到了春天、雪夜、新年、結婚日、再加上「耶教徒的聖誕節」，她說：「一切人間天上共慶的最快樂的最幸福的佳節！」〔註15〕其實不過是描寫幸福的感覺，但是用的季節、節日都是一般性的，唯有「耶教徒的聖誕節」是特定的基督教節日。他之所以這麼寫，我們大概可以推斷應該是在其心目中聖誕節（而不是其他的宗教的節日）已經成為快樂與幸福的代名詞，這未必是信仰的宣示，更應該是文化上的靠攏，認可與傾向西方對於此一節日所表現出來的喜樂氛圍。

　　〈禁地〉故事中發生不倫戀的菊璇之所以離開情婦佩珍，乃是因為《撒旦雜誌》的編輯向他邀稿，並激起了他對於書寫的興趣，於是漸漸疏離那一段偷情的關係。很有意思的是原本處在錯誤關係中的那半年，葉靈鳳說：「佩珍就是他的上帝，是他心目中鍍金的能左右他一切的偶像」〔註16〕，他離開了（罪惡關係中的）「上帝」，卻投向（創作書寫中的）「撒旦」。《撒旦雜誌》不只是基督教的專有名詞，也確實帶來強烈的聯想，「上帝」、「撒旦」的對立結構，彷彿「善惡、黑白、好壞、光暗」一樣，形成一組組無法分割、相互建構且對立的觀念。無可否認地，葉靈鳳採取「上帝」、「撒旦」作為表述此一觀念的代表，雖然不免有調侃的意味（不倫戀中的情婦是上帝、寫作投稿的對象是撒旦，這或許也算是葉氏幽默），仍舊在說明一件事實，亦即表明一種態度：一種西方文化上的傾向與靠攏。

　　〈流行性感冒〉裡，男主角「我」對於前女友想要送一位男士畢業禮物竟然是他們以前第一次見面時他打的領帶，為了表示「不祥」的感覺：「用著修道士的姿勢……我向空畫了一個十字架」〔註17〕，基本上沒有太大問題，這仍舊是借用西方基督宗教文化體系中的符號（畫十字架），表達兩人之間的一種西化的溝通模式。同樣地，長篇小說〈永久的女性〉女主角被父親安排和自己不愛的劉敬齋定下婚約，劉敬齋於是說：「日期就是十一月一號，地點

〔註15〕葉靈鳳：《葉靈鳳小說全編》，上海學林出版，1997，頁44〜45。
〔註16〕葉靈鳳：《葉靈鳳小說全編》，上海學林出版，1997，頁283。
〔註17〕葉靈鳳：《葉靈鳳小說全編》，上海學林出版，1997，頁344。

是慕爾堂,我明天去和張牧師接洽。」〔註 18〕也是在塑造一種西方文化的氛圍,彷彿當時的上海所進行的婚禮理所當然地在教堂由牧師主持:無論是西式婚禮、或基督教儀式,這一切西方文化符號在上海其實是司空見慣的,作者似乎不斷提醒讀者:上海是一個國際性都會—葉靈鳳住在上海,上海的環境塑造他,反過來他也用他的書寫再現、塑造一個虛擬的上海的「國際性」。

四、與西方文學傳統連結

第二類引用《聖經》的語言或典故,〈內疚〉、〈紫丁香〉、〈神蹟〉、〈窮愁的自傳〉、〈左道〉、〈愛的講座〉、〈女蝸氏之遺孽〉、〈憂鬱解剖學〉與中篇小說〈紅的天使〉。首先做一個說明,〈憂鬱解剖學〉既是融合基督教文化,又引用《聖經》的語言或典故,也就是「浪子回頭」的故事,這是記載在〈路加福音〉的一個故事,原本指的是離開上帝的兒女,只要願意離開罪惡生活回頭,上帝都原諒、接納。而在這一篇小說裡,女主角吳靜嫻質問四年前與另一位女子秦秀珠閃電結婚的前男友顧君逸為何又來看她,顧君逸就引用此一典故說:「即是在上帝的面前,浪子也可以回頭喲!」〔註 19〕雖然表面上好像說明他對於之前的婚姻是懊悔的,但是他之所以使用此「浪子回頭」的典故,只想斷章取義地說明他這次回頭找女主角約會此一行動,並非有任何想悔改、或與上帝產生關係的意圖,純粹只想約會。

相同地,〈內疚〉基本上寫的是一段不倫戀的故事,女主角寫信給情人時,描述他們得著偷情機會時寫道:「呵,我親愛的,基督親自降生傳福音救世人的那樣難得,我想怕也抵不上我們這次機會的難得。」〔註 20〕與上述的作法邏輯上是一貫的。另外,〈神蹟〉、〈窮愁的自傳〉、〈左道〉、〈愛的講座〉、〈女蝸氏之遺孽〉與中篇小說〈紅的天使〉〔註 21〕情況都大致類似。其中〈愛的講座〉情形較為特殊,這一篇小說〈馬太福音〉第七章耶穌所說的一句話改寫,原文是「不要把聖物給狗,也不要把你們的珍珠丟在豬前,恐怕他踐踏了珍珠,轉過來咬你們。」,葉靈鳳改成:

〔註 18〕葉靈鳳:《葉靈鳳小說全編》,上海學林出版,1997,頁 887~888。
〔註 19〕葉靈鳳:《葉靈鳳小說全編》,上海學林出版,1997,頁 358。
〔註 20〕葉靈鳳:《葉靈鳳小說全編》,上海學林出版,1997,頁 213。
〔註 21〕〈神蹟〉應用「五餅二魚」典故、〈窮愁的自傳〉使用「荊棘的冠冕」典故、〈左道〉使用「新的天國」、〈女蝸氏之遺孽〉運用「十字架上的羔羊」與「十字架上的耶穌」等,而中篇小說〈紅的天使〉則用「要愛你的仇敵」、「眼還眼、牙還牙」、「十字架」等典故。

以珍珠餵狗，狗覺得這並不是他的食物，他要失望得反過來咬你。

假如將珍珠戴在你愛者的襟上呢？

葉靈鳳把「聖物給狗」、「珍珠丟在豬前」縮寫為「以珍珠餵狗」，不過他的意思仍舊不是將聖物或珍珠視為神的福音或真理，而是〈愛的講座〉裡一直抒寫的愛情。

我們仔細分析〈紫丁香〉這一篇小說，男主角 V 先生希望他的女友穿著紫色旗袍來探望他，立刻小說就跳到這一段典故[註22]：

一千九百年前，踏著棕櫚葉子走進耶路撒冷城的耶穌基督所穿的就

是這個。人子呀，為了我的緣故，你難道不該再上一次十字架嗎？

我們知道對於基督宗教而言，耶穌基督上十字架乃是為了全人類的罪而釘死，是最為神聖的，可以說是上帝救贖計畫的最關鍵行動。可是換到了〈紫丁香〉這個小說，葉靈鳳藉著 V 的口，說出他心中的願望，希望女友穿著紫色旗袍出現，其實這與基督上十字架唯一的連結就僅止於「紫色旗袍／紫袍」，而且限於文字上的相似，紫色旗袍既與耶穌無關，也與救恩（再上一次十字架）無關，有的其實只是過於微弱的、如絲一樣的聯想：希望女友再穿紫色旗袍來探望他，整篇小說並不想強調耶穌基督的救恩，反而是可以讀出過度輕易看待、帶點調侃基督教信仰的意味。

於是，我們看見葉靈鳳在此處編寫《聖經》的語言或典故進入小說中，其實是非常隨興的，基本上沒帶些微的宗教情懷，也不想藉此與自己的生命有任何對談的可能性，其使用可以這麼看待：僅僅停留在文字的最表層，算是文字語意上最輕鬆的表演。

於是我們看見一個使用《聖經》的語言或典故的模式，像葉靈鳳一樣，將《聖經》的語言或典故視為一種他可以「斷章取義」使用的材料，將之從《聖經》的母體切割、剪裁下來，貼在他的新文本創作裡（一種拼貼藝術），與原母體分離斷裂。然而，很有意思的是，即使是最表層的文字展演，然而當其大量出現在葉靈鳳的短篇小說之中時，我們無法否認會產生一種整體的語意感受，也就是一種基督教文化的氛圍與印象，可是又不是宗教情懷的表現，只能將之視為文學的元素。

我們做一個比較會讓葉靈鳳操作《聖經》典故的技術更顯清晰，魯迅在《野

〔註22〕葉靈鳳：《葉靈鳳小說全編》，上海學林出版，1997，頁323。

草》「復仇二」〔註23〕一詩中，基本上其書寫的文本是建立在〈馬可福音〉第十五章耶穌被捕、被辱、釘十字架的經文之上，可以說是緊緊連結於《聖經》此處的故事與經文，無論魯迅於此想表達耶穌人性的偉大或神性的崇高，雖然未必是其信仰的傳達，然而卻一定可以視為置於宗教框架下的辯證，亦即其書寫與《聖經》中的耶穌事蹟緊密地對談—這又是另一種使用《聖經》的語言或典故的模式：意即我們下面論述的第三類《聖經》故事的引用與改寫。

所以我們看見在五四時期現代文學的創作中《聖經》故事或經文的引用與改寫，會產生一種「文本挪用之光譜現象」，一端是「斷章取義」與《聖經》神學系統產生斷裂現象，另一端是建立在《聖經》故事或文本之上的小說，例如魯迅《野草》「復仇二」或者葉靈鳳的小說〈拿撒勒人〉的辯證對談，或者甚至緊緊依附《聖經》故事與其神學意義的書寫，例如《文社月刊》中西華所寫的短篇小說〈誘惑〉〔註24〕。

在這裡我們看到當時在創作中被挪用的《聖經》語言或故事，是一個極其複雜的現象，所表現出來的形式也是動態的與多樣化的，有時是一種信仰表白的書寫（如上舉的〈誘惑〉），有時是書寫者藉著與之對話來闡述一己的哲學（魯迅《野草》「復仇二」），有時又未必以一種宗教的語言的身份存在著，反倒是更近於一種外來語（foreign language）的形式作用著（—增加其「外來性」的異化效果，如上述葉靈鳳第二類小說），換句話說，雖以漢語的形式書寫，但是其符徵似乎並不必然指向其語意學上的符旨，意即其意義並不一定趨向基督宗教意涵。

五、和宗教進行對談

葉靈鳳小說的第三類乃是《聖經》故事的引用與改寫，〈拿撒勒人〉與〈麗麗斯〉算是比較純粹與《聖經》經文、故事緊密連結的改寫挪用，而另外〈朱古律的回憶〉則可以看做「《聖經》文本挪用之光譜現象」的「過渡階段」，男

〔註23〕參考魯迅：《魯迅散文詩歌全編》，北京人民文學出版，2006，頁418～420。
〔註24〕西華的小說〈誘惑〉出自〈創世紀〉第二～三章亞當與夏娃被逐出伊甸園的故事，主角當與娃（將亞當與夏娃的名字以簡稱的方式書寫），吃了禁果（小說中稱為「智果」），被上帝發現、逐出伊甸園後，亞當在夢中潛回伊甸園，享受樂園生活，此時卻被發現、再一次被驅逐出園外，醒來後歸咎於夏娃，而夏娃也認錯祈求原諒，雖然是《聖經》故事的改寫，基本上維持原貌，可是西華仍舊加了一些想像情節，亞當的夢境與夏娃的認錯。參考《文社月刊》第2卷第3期頁89～92，1927.01。

主角苦戀一位冷靜的姑娘，男子希望愛情早些來到，姑娘則對男子說〔註25〕：

> 你記得《聖經》上所說，七個童貞女迎接新郎的故事嗎？不要將燈
> 點得太早了，也許新郎來得很遲，來的時候你將成為一盞沒油的燈。

通篇小說就建立在「來得很遲」四字上，男主角一直在等待女主角所宣稱的會遲來、事實上從未來的愛情。在《聖經》新約〈馬太福音〉第二十五章耶穌比喻天國時，說的是十個童貞女迎接新郎，雖然數字有所差異，但是基本故事架構不變，有意思的是原本指的是童貞女等待新郎，此處葉靈鳳做了一個顛倒，男主角變成等待中的童貞女，女主角成為那尚未到來的新郎。本來是用婚禮中等待的關係做為天國說明的比喻，此處則被運用為男女朋友間曖昧關係的互動，雖然脫離原先比喻指向的意義，但是卻與其內容維持某種聯繫之外，還起了微妙的變化，除了男、女主角位置對調，也用朱古律（巧克力）取代燈油成為愛情思念的代表。

相同的情況也發生在〈拿撒勒人〉這一篇小說，男主角蔚生母親過世、女友離開、投稿被拒、寄居親友家被瞧不起，無力繳學費又借不到錢，更兼之無能沒法自力賺取學費，整個人徹底被擊垮，故事就建立在這樣的基礎上。蔚生內心與耶穌基督和尼采對談，他原本將耶穌視為救星，然而在後來發現一張寫著「尼采的肖像」的紙片之後，轉將耶穌貶為弱者、而高抬尼采為強者哲學的代表。其中與耶穌對談的內容，基本上一部份是因為望見一幅由義大利畫家 Reni Guido 所繪的耶穌釘十字架的聖像衍生出來，另一部份則是從四福音中採擷出來的經文〔註26〕：

> ——啊，你這上帝的羔羊，擔負了世人一切罪惡的，請垂下你向上的眼睛，請來救我脫離一切的痛苦罷！拿撒勒還能出什麼好的，拿撒勒的人是注定應當承受輕視和侮辱的了！可憐你喊著要愛你們的仇敵，他們卻將他們無罪的仇敵送上十字架了。來罷！恕我褻瀆了你，請來救我脫離一切的痛苦罷！你是曾經宣言能毀壞耶路撒冷的聖殿，三日又可重建起來的；你是曾用五個餅兩尾魚吃飽了五千人的，請你就用這手段來救了我罷！我桌上有的是幾枚銀元，請你就從壁上下來，施展你那化少為多，變無為有的手段，完成我的希望罷！……

〔註25〕葉靈鳳：《葉靈鳳小說全編》，上海學林出版，1997，頁367。
〔註26〕葉靈鳳：《葉靈鳳小說全編》，上海學林出版，1997，頁223～224。

這一段其實是蔚生看著聖像所發出的呼求！他用到了〈約翰福音〉1:46「拿但業對他說：拿撒勒還能出甚麼好的麼？」的故事之外，以及「三日重建聖殿」、「五餅二魚」等經文，希望能得著耶穌神蹟式的幫助。可是很短的時間內，他就失望了，他看耶穌不再是救贖者，而是（像他自己一樣的）弱者；於是投射願望在超人哲學主張者尼采身上，希冀獲得改變的力量，然而他又失望了。

在「拿撒勒人耶穌」這一個基督教彌賽亞角色身上，葉靈鳳並不想提領出救贖的意義，反而是藉由尼采的超人哲學，採取另一種觀點：回復《聖經》新約當時以色列猶太人（包括釘十字架的強盜與眾宗教領袖）對於耶穌上十字架的看法〔註27〕，祂不是救贖者，乃是「無法救自己的弱者」。

這不是新的觀點，這是最早的、也是最舊的觀點，只是在彌賽亞救恩的神學流行二千年之後，這一個延遲太久、再度出現的觀點，反而成為一種新的觀點。葉靈鳳透過筆下的蔚生，也許只想表達一種過度悲觀的憂鬱，不管彌賽亞或超人哲學都無法「拯救」。葉靈鳳在小說結尾蔚生完全失望時說道：

> 他此時已沒有能力決定自己的行止了。……他失去了自己身心的駕馭力了！

拯救，對於一個完全的無能者、徹底的失敗者來說，太奢侈了。藉著《聖經》的故事，葉靈鳳與《聖經》對談，他說的不是信仰的語言，而是利用改寫、挪用經文與故事，說出了自己的某種人生體驗，一種虛擬創作中的存在意義，或者確切一點說，一種存在意義的缺乏。

我們可以將葉靈鳳這一類的創作與西華的小說〈誘惑〉做一個比較，從差異、對比中可以看出即使同樣地挪用、改寫《聖經》故事的書寫，不同的作者、不同的書寫策略，造成非常複雜的狀況，換句話說，雖然從「文本挪用之光譜現象」來看，其中一端我們知道是建立在《聖經》故事或文本之上的小說，但是刊登在《文社月刊》上的短篇小說〈誘惑〉裡，被逐出伊甸園的亞當辛勤流汗耕種維生，一天，夢見重回伊甸園，醒來怒責夏娃，夏娃則賠罪，表明對丈夫的愛，並再次歸咎於狡猾的蛇的誘惑，亞當則反省自己意志不堅定，乃咎由自取。

像西華這樣挪用、改寫《聖經》故事的創作，其實是《文社月刊》「本色

〔註27〕參考《聖經》〈馬太福音〉27:39～42。

化」神學的實踐。麥靈生在〈《聖經》與文化〉〔註28〕一文中，探討《聖經》與文化間的關連性：

> 那麼，《聖經》與文化，是有很大的相關了。蓋《聖經》是人生內在精神的修養的書，吾人若得了《聖經》的精神，則能發展人生的事業，促進人類的幸福。試以開近世文明的門的工具說之，就可知《聖經》大有造於文化也。

我們可以說類似〈誘惑〉這樣的小說其創作動機是依附在「本色化」神學之下的，是為著能夠按著本土文化的福音需求而書寫或創作，然而，不可否認地在個人創作自主性與「本色化」神學之間仍舊產生了拉鋸。以〈誘惑〉為例，西華在《聖經》故事之外，加了亞當作夢、怒責夏娃、夏娃賠罪與亞當反省，這些情節基本上符合《聖經》神學的教導，因此可以說西華將創作的自主性降到了最低。可是以葉靈鳳第三類的作品來檢視，其創作的自主性是高的，「本色化」神學的要求從來就不是他關心的，反而就某個程度來說，葉靈鳳在最有可能接觸到福音中心訊息之時，例如〈拿撒勒人〉中一個充滿挫折、失敗的大學生蔚生也許很有可能轉向基督信仰，可是救恩或福音似乎永遠不是他的選項。

身為一個創作者，葉靈鳳雖然挪用《聖經》故事，他關注的是書寫主體自我的展示與呈現。因此，就挪用與改寫《聖經》故事而言，創作者的自主性越高，《聖經》文本就越是退居搭配位置。這中間我們其實還看見另一個挪用與改寫《聖經》故事的模式，之前看過的魯迅的詩〈復仇二〉可為代表，這一類的書寫者努力地重塑耶穌，學者梁工認為中國現代作家之所以熱衷于重塑耶穌形象，基本上是因為他們自視為新時代的精神啟蒙者。啟蒙者雖然擁有心理上的優越感，但作為少數精英分子，和大多數的被啟蒙者比起來，是處於對比懸殊的弱勢地位。他們需要耶穌這樣的英雄原型作為精神支撐，以保持主動進攻的姿態〔註29〕。而無可否認地，相對於擁有這樣使命感的作家，葉靈鳳可以說完全沒有啟蒙者的慾望，他筆下的蔚生顯得更加耽溺於自憐的傾向，光是自己的問題就已經讓他崩潰，他不想、也無力啟蒙，當然也沒有得勝，更別談超越。

〔註28〕麥靈生：〈《聖經》與文化〉，《文社月刊》第一卷第九、十冊，頁121。

〔註29〕梁工：〈中國現代作家對耶穌形象的重塑〉，載于《東方論叢》，（北京：2008年第4期），頁124～129。

他的書寫為繞著耽溺、沈淪、憂鬱、無力感。然而，另一方面，他又似乎對於創造上海這一個大都會的女性神話，興味濃厚，不遺餘力〔註30〕。〈麗麗斯〉〔註31〕就是一個極佳的示範。

西華的〈誘惑〉在運用亞當夏娃故事時，想到的是人類犯罪、墮落、離開伊甸園的悲劇，而對於夏娃，西華書寫的是她的認錯、賠罪。但是葉靈鳳在看待《聖經》舊約創世記這一段故事時，卻看到了完全不同的面向：不是犯罪、認罪與離開神的同在，而是「女性意識」的唯美書寫。

〈麗麗斯〉一篇改寫《聖經》創世記夏娃故事的小說，葉靈鳳寫一位飛機師與情人之間詩一般的愛情互動，女主角自認為自己像麗麗斯，一個孤獨、流浪的靈魂，她最常掛在嘴邊的一句話：「認識我，要使你痛苦的。」這句話不斷地重複，像一個變奏曲的主旋律，前後貫穿整篇小說一共五次。

麗麗斯是一個猶太教的傳說人物〔註32〕，葉靈鳳在〈麗麗斯〉小說中很快地跳過《聖經》創世記中的夏娃，然後運用麗麗斯這一個角色寫出宛如散文詩一般的愛情小說，表達一種都會女性不再臣屬於男性，且與男人若即若離的性別關係。這樣的書寫模式，亦即夏娃在《聖經》創世記中的故事成為過場的地位，主戲的聚光燈移到現代都會女性（麗麗斯）身上，於是犯罪的夏娃故事轉變成詭異愛情中的麗麗斯傳奇。一個人類古老的犯罪故事，被他巧妙轉化為一個新潮的都會戲劇，葉靈鳳這麼寫的〔註33〕：

> 用著血肉的軀殼，夏娃在人世傳遞著她的後裔。世間沙一樣浩繁的
> 女性，每個人都是夏娃的化身。而麗麗斯，則在這千萬的女性中僅
> 僅佔有著一個靈魂，一個孤獨的流淚的靈魂。

可是從夏娃轉到麗麗斯，葉靈鳳還是不忘邀請耶穌這一位降世贖罪的神的兒子，加入在他的現代都會舞台中，一起演出〔註34〕：

〔註30〕除了〈麗麗斯〉之外，〈紫丁香〉、〈第七號女性〉、〈流行性感冒〉等也都展現他在這一方面的努力。

〔註31〕葉靈鳳：《葉靈鳳小說全編》，上海學林出版，1997，頁352～356。

〔註32〕麗麗斯最早出現於蘇美神話，同時記載於猶太教拉比文學。聖經中只有一節經文提到這個字，那就是〈以賽亞書〉34:14：「曠野的走獸要和豺狼相遇；野山羊要與伴偶對叫。夜間的怪物必在那裡棲身，自找安歇之處。」其中「夜間的怪物」用的字就是麗麗斯（希伯來語：לִ לִית，Lilith）。猶太神秘主義將麗麗斯視為女魔，後來被解釋為亞當的第一個妻子，世界上第一個女人。

〔註33〕葉靈鳳：《葉靈鳳小說全編》，上海學林出版，1997，頁354。

〔註34〕葉靈鳳：《葉靈鳳小說全編》，上海學林出版，1997，頁356。

一千多年以前降生到人世來贖罪的人子，在今天，在酒精，在那瘋
狂了的爵士的樂聲中，是尋找不到他的羔羊的。

葉靈鳳知道耶穌在二十世紀瘋狂的上海（葉靈鳳肉體、靈魂與想像所及的上海）是找不到祂的羔羊的，即使這一篇小說的寫作日期是在 1933 年的 12 月 24 日的聖誕夜，對世俗世界而言，這是最神聖的夜晚，場景應該上演靈魂洗滌的戲碼，可是葉靈鳳依然讓宛如「麗麗斯」的女主角霸佔舞台：她既然不是犯罪的夏娃的後代，自然跳出了原罪的結構，因此不需要耶穌基督的救贖。

葉靈鳳一部份的短篇寫作，特別是都會怪誕情節、男女情慾交流的文本，雖然引用、改寫《聖經》故事與文本，可以說奮力在脫離這樣的神學意義，站在這樣的基礎上，他寫出上個世紀 30 年代一個男作家怪誕想像中的女性意識，而〈麗麗斯〉可說是代表之作。

就小說的敘述形式與結構來看，葉靈鳳在改寫挪用《聖經》故事上，到達另一個境界，他已經不再滿足《聖經》故事的改寫，僅僅與《聖經》對話，而是在小說書寫過程中，脫離《聖經》文本、宗教故事的牽絆，去書寫一個與《聖經》有關、卻又在《聖經》之外的傳說角色，使得其書寫既連結《聖經》、又脫離《聖經》，這樣的操作使得他的書寫雖然與《聖經》有關連性，但卻擁有極大的自由度，身為一個創作者的主體性是明顯的。

我們知道，當他挪用、改寫《聖經》經文或故事時，事實上很容易受到《聖經》或基督教教義影響與牽制的，特別是如此高比例的挪用，誠如之前我們知道的王治心的看法：「基督教有沒有小說？有沒有一篇可以使人傳誦而影響到普通生活上的小說？……說到倫理的、道德的問題，尤其要有基督化的」。然而當葉靈鳳寫出像〈麗麗斯〉這樣的小說，我們發現宗教中所牽涉到的生命的核心價值與倫理道德已經在其文本中缺席了，空出來的存在意義的黑洞，則由美感的書寫、情慾的流動來補足。

六、結語

最後，我們不得不問：為什麼那麼多基督教元素被置入葉靈鳳的書寫中？又或者那麼多宗教元素？我們確實不能忽視葉靈鳳也採取了佛教語言與文本進行書寫，例如〈曇華庵的春風〉師父對月諦說過的話：「一切諸欲，俱是煩惱」〔註35〕，只是量與比例上沒有基督宗教文本如此之多之高。這是就

〔註35〕葉靈鳳：《葉靈鳳小說全編》，上海學林出版，1997，頁 201。

他個人自己的作品進行比較，如果和當時其他重要作家比較，則我們不得不說，葉靈鳳接近一半的作品都出現了基督宗教文本，確實代表了某種重要意義。

我們知道運用「基督宗教」文化元素、或《聖經》文字與語言進行創作是一個極其複雜的現象，它們已經不是一種純粹的宗教文本，而是一種「社會／文化／市場／個人書寫」互動下的文本。

然而其書寫的動機，經過分析，我們發現並不像「本色化」神學基督教作家那樣為著特定信仰目標（傳揚福音）而創作，換句話說，雖然挪用如此多的基督教文化元素與《聖經》文本與故事，然而他並沒有寫出認同基督教義或《聖經》神學的內容。那麼，我們要問：他寫出了什麼？

創造一個氛圍：以文本的形式創造上海的國際化氛圍，特別是置入了許多基督教文化元素於小說中，可是其目的並不在於討論教會或信徒的信仰生活。相同的，他在 1932 年 12 月 5 日寫成的〈第七號女性〉設定當時的背景是在上海白俄租借區發生公車罷工以及武力攻擊事件，作用是相近的。

與西方文學傳統連結與認同：當他「斷章取義」式的使用《聖經》經節，在語意上是一種表層的展示，並未與深層的信仰或神學連結，亦即與使用中國文學典故目的相近，他將《聖經》視為他個人創作書寫中眾多文學傳統中的一個。因此他在〈第七號女性〉中也引用美國作家赫明衛（後來我們多翻譯為海明威，E. Hemingway）的中篇小說《太陽又起來了》(*The Sun Also Rises*)，以及日本作家「谷崎潤一郎」集子〔註36〕，對葉靈鳳而言，這些都是他書寫的文學傳統〔註37〕，而《聖經》顯然代表一個更大的西方文學源頭的地位，他如此大量的使用，將之視為一種認同的表態應不為過。

與《聖經》進行對話：當他挪用、改寫《聖經》文本與故事進行創作，代表什麼意義？我們之前說過，他並不像一般基督徒作者是為了本色化的原因進行書寫，而是為了表述自我上海都會生活的體驗而創作的，因此我們看到葉靈鳳在這一個部分的書寫，乃是與所引述與改寫的《聖經》故事「進行

〔註36〕葉靈鳳：《葉靈鳳小說全編》，上海學林出版，1997，頁335。
〔註37〕葉靈鳳一直喜歡與西方與日本作家連結，在他的散文中不時提及當時西方重要作家的作品，例如康拉德、加耐特、查爾斯摩根、丹尼遜、賽珍珠、拜倫、果戈里、愛倫坡、喬伊斯、喬治吉辛、淮德、迦撒諾伐 D. H. 勞倫斯、蕭伯納、小泉八雲等等顯示出他的品味與廣泛的文學興趣。參考陳子善選編：《葉靈鳳散文》，杭州浙江文藝出版社，2007，頁 193～260。

對話」,〈拿撒勒人〉是如此,〈麗麗斯〉亦復如是。

誠如葉靈鳳自己所說的其短篇小說乃「是忠實於自己的」,忠於自己就是以自己為書寫的中心,以自己為創作中的上帝,自然就不以信仰中的那一位上帝為中心。從這個觀點來看,葉靈鳳小說的創作期間雖然正處於中國反教運動最盛之時,然而他決不是一位反教者,亦非反基督者,原因很簡單,他既不是政治熱衷份子,也絕不是民族主義支持者,更不是宗教的信仰維護者。

我們應當知道,處於一個反宗教狂熱的時代,未必就會是一個反教份子,而且即使大量使用基督宗教文本,就像葉靈鳳一樣,也未必就會落入正反二分法之中,成為一個基督宗教支持者或反對者。葉靈鳳沒有寫出認同基督教教義的小說,不代表他反基督宗教;同樣地,引用、改寫如此多基督教文化、《聖經》文本與故事進行書寫,也不代表他認同基督教教義,換句話說,以宗教為判準來定位其所引用的基督教文化、《聖經》文本是無效的。

這一些不斷被葉靈鳳引述、改寫的基督宗教文本「本質上」其實是文學文本,更確切的說是他一直以來地所喜愛的西方文學中的極其重要的《聖經》與其有關的基督宗教文化文本。身為 20、30 年代重要的上海作家,葉靈鳳與其他的海派作家如邵洵美、施蟄存一樣,是一個西文書籍的收藏家,且多次在他的散文集裡提及許多西方重量級作家都是他最早向中國讀者引介的,他也多次將這些重要的西方作家與他們的作品寫入他的小說之中。

這是一個極有趣的現象,身處在多國殖民的 30 年代上海,像葉靈鳳這樣的作家似乎在殖民者的威權政治現實與他們的被殖民者的身份之外,有著另一個向度的存有空間,亦即在都會文化生產與消費的鏈節與機制裡,有著完全不同的意義。他的書寫是中文的,對象主要是(上海的)中國的讀者,在其書寫的主體想像之中,葉靈鳳是將自己與一個傳統的中文書寫歷史連結,他身為一個書寫者的責任是認同中國傳統知識份子,正如他在〈未完成的懺悔錄〉前記說的〔註38〕:

> 我想到純正的文藝作品隔絕了廣大新聞紙讀者,為了他們,使他們能進一步接受一般的文藝作品,我這一點犧牲是值得的。這小說裡,雖然作者用第一人稱出現,和書中人物一同登場,但這正是古已有之寫法,聰明的讀者不必大驚小怪。

如葉靈鳳者流的海派作家,雖居於被割裂的眾多租借區的上海(另類的

〔註38〕葉靈鳳:《葉靈鳳小說全編》,上海學林出版,1997,頁 581。

國際性），但他們的創作在中文傳統的語言空間裡已然建制了強大的、無可動搖的主體性，因此西方文學中的基督宗教文化與《聖經》典故、故事的引述與改寫，成為其小說書寫中的他者，可以視為海派作家現代性追求下的一種文學國際主義的實現〔註39〕。

〔註39〕李歐梵在其《上海摩登──一種都市文化在中國》的第九章「上海世界主義」有廣泛的論述。參考李歐梵，毛尖譯：《上海摩登──一種都市文化在中國 1930～1945》，北大出版社，2001，頁 322～324。

葉靈鳳〈拿撒勒人〉中的彌賽亞與超人情結

一、前言

　　西方基督宗教文化，無疑地，深刻地影響五四文學思想主流的形成與發展。在中西文化劇烈的衝擊之下，面臨「現代化」與「民族傳統」的兩難選擇裏，五四文學運動中一部份菁英份子採取了特定的立場（——高舉西方、貶抑中國），有一批作家直接或間接受到代表西方文明之基督宗教文化的影響〔註1〕，因此基督宗教在某個程度上成為當時作家的一個創作靈感來源，而從基督宗教對立面生發的尼采「超人」思想也一併被吸納，成為其創作的另一個資源。這兩股對立且衝突的思想，在某些作家的作品裏產生了辯證性的張力。本論文中，將以葉靈鳳的〈拿撒勒人〉為例做一深入分析！

　　20世紀20年代，葉靈鳳的小說〈拿撒勒人〉寫一個無力負擔學費的大學生蔚生，在母親過世、情人離去、經濟困窘的孤立狀況下，精神上轉而求助於耶穌基督宗教與尼采超人哲學，某個程度上相當可以代表五四時期現代文學的一個特殊現象，亦即某些作家不但接受基督宗教文化的影響，創作時挪用、改寫基督宗教文本、典故與神學，並且吸納尼采「超人」思想，形成一股內在衝突的創作活力。

二、追尋拯救之道

　　五四時期許多作家運用基督宗教性題材做為創作、書寫與論述的主題，

〔註1〕參許正林〈中國現代文學與基督教文化〉，《文化評論》1999年第二期，p.120。

這其中包括教會狀況、聖經故事與經文、耶穌事蹟等等的改編、反響與挪用。例如：郁達夫 1921 年的〈南遷〉、米星如 1927 年的〈畢亞懷的悲哀〉〔註 2〕、郭沫若的〈雙簧〉多所關涉教會團契生活；王皎我 1927 年的〈夏娃的煩惱——三部曲〉以〈創世紀〉中的夏娃為主角所做的新詩，郭沫若在「創造十年續編」中提到「洪水」半月刊的命名完全是因為《聖經》記載「上帝要用洪水來洗蕩人間的罪惡」〔註 3〕；另外，王皎我 1927 年的〈藝術與耶穌的再生〉〔註 4〕將《新約聖經》中的耶穌事蹟以詩的形式給予現代詮釋；而葉靈鳳 1925 年的短篇小說〈拿撒勒人〉，則無疑地更加有其特殊性，不只挪用耶穌事蹟、十字架、羔羊象徵，更加入德國十九世紀思想家尼采的「超人哲學」理念與元素，成為一篇張力十足的小說。事實上，當時有某一些作家多多少少採取了相同的進路，在他們的作品中都可以找到「尼采 vs.耶穌」或「超人 vs.彌賽亞」間的雙重奏〔註 5〕。

　　葉靈鳳生於 1904 年，少年時代在鎮江一所基督教中學受教育，1924 年二十歲時開始投稿，翌年加入創造社，參與出版社的工作和《洪水》半月刊的編輯工作。早年被歸類為「海派作家」，作品以情慾書寫為主；曾與魯迅打過筆仗，被貶抑為「漢奸」，長期以來作品受到忽視。然而近年來其作品漸漸受到重視，肖緋霞說道：「葉靈鳳是 19 世紀〔註 6〕二三十年代活躍在上海的一位作家，近年來受到人們越來越多的關注。他的小說創作取材廣泛、構思新穎、文筆優美，尤其擅長描寫青年人的情感和心理，深受青年讀者的歡迎，『是中國心理分析小說最早的推行者之一』。」〔註 7〕

　　就在加入創造社當年的 6 月 16 日，寫下了短篇小說〈拿撒勒人〉。這一篇小說與葉靈鳳其他的作品比較起來，算是相當突出特別。一般來說，葉氏

〔註 2〕參《文社月刊》第三卷第一冊，p.57～87。

〔註 3〕郭沫若說道：「雜誌之所以命名為『洪水』者，本是出於周全平的心裁。他這心裁我知道得最確，是醞釀於他在當年替某教會校對過一次《聖經》，上帝要用洪水來洗蕩人間的罪惡。《聖經》上有這意思的話，這便是那心裁的母胎了。」《沫若自傳》第二卷「學生時代」之「創造十年續編」，p.241。

〔註 4〕參《文社月刊》第二卷第十冊，p.38～48。

〔註 5〕魯迅多次在文字當中引述尼采的說法；而冰心也曾寫了一篇名為〈超人〉的小說，文本更直接引述尼采的話語。參考樂齊、郁華編《冰心小說·斯人獨憔悴》，浙江文藝出版社，2006，p.82～7。

〔註 6〕此處肖緋霞的論文有誤，當為「二十世紀」才是。

〔註 7〕參考肖緋霞，貴州師範大學學報（社會科學版），2005，第 3 期，p.95。

的作品以情慾書寫為主，即使是他自己最為欣賞的三篇作品《鳩綠媚》、《摩伽的試探》、《落雁》，雖以怪誕見長，除了《落雁》之外，其餘則不脫情慾的試探、愛情的糾結之主題書寫。而其他一般的作品，誠如他在「前記」中說的：「我的一般讀者……他們的要求乃是希望我能不斷地寫出……極強烈的性的挑撥，或極傷感的戀愛故事的作品。」〔註 8〕，然而〈拿撒勒人〉則全未涉及此主題。葉靈鳳在二十歲如此年輕的日子，就寫出「超人哲學」、「救贖信仰」兩個高度對立主題的作品，我相信必然與他就讀基督教中學，因而接觸到基督宗教文化的經驗有著密切的關係。當然，我們也不能忽略在這一段時期如火如荼的反教運動，我們將在下文詳論。

　　〈拿撒勒人〉敘述的是就讀於大學的主角蔚生在開學之後阮囊羞澀，無錢繳學費，想法子籌錢的心理過程。故事一開始，他接到一封由雜誌編輯所發出的退稿信──這是之前為了籌款而投稿的結果，接下來蔚生心裏想起了一個聲音，到底在「超人哲學」與「基督宗教」之間，他該信仰什麼？而這樣的信仰究竟有效與否？〔註 9〕

> 無論你是信仰超人的哲學，是崇拜弱者的宗教，現在四面的路都絕了。
>
> 羞辱和難堪堆滿了背上，而事情又終是不能不做，你將到底要怎樣？

　　在絕境之中，首先浮現的竟然是「超人哲學」與「基督宗教」這兩個相互衝突的信念！顯然這就是平常盤據在蔚生思想中的兩大股勢力。事實上，蔚生現下面對的也不是什麼真正的絕境，葉靈鳳這麼寫著〔註 10〕：

> 他知道自己既無力求學，本不應執拗著自討這種罪受，然而家人對待他的刻薄，莎菲對於他的冷淡，他覺得這口氣終是不可不爭。……
>
> 他夜間睡在床上，想起自己惟一親愛的母親既死，愛人又已離棄他，家裏的人又與他不相投，寄食在人家的籬下又這樣的受嫌惡，但是自己想要遷出去又沒有獨立生活的能力，他總只好引被蒙頭痛哭。

　　無論只是想爭一口氣，或者真是最後關頭、求助無門，看起來蔚生真正的問題只是「沒有獨立生活的能力」！當然，母喪與失戀這兩大愛的失落，也加深了他的自憐情緒。然而據我看來，此時他真實的困境卻是被剝奪了活著的「尊嚴」，又沒有來自親情與愛情的慰藉。因此讓現階段的經濟壓力膨脹

〔註 8〕參考葉靈鳳，《葉靈鳳小說全編上下》，上海學林出版，1997，p.4。
〔註 9〕參考葉靈鳳，《葉靈鳳小說全編上下》，上海學林出版，1997，p.221。
〔註 10〕參考葉靈鳳，《葉靈鳳小說全編上下》，上海學林出版，1997，p.221～222。

到一個程度，彷彿是要面對人生最後的掙扎與抉擇！此時在蔚生腦海中跳出兩股巨大相互衝突的思想，這或許是像蔚生這樣一個多愁善感的大學生認為的他的人生最後的可能答案：「超人哲學」與「基督宗教」？

這樣的情節讓我們想到冰心 1921 年的小說〈超人〉〔註11〕，對照之下有著高度的相似性。主角何彬將自己孤立起來，顯然與母親有極大的關聯，而一位鄰居小孩祿兒深夜的呻吟，卻喚起了何彬對母親的愛與思念〔註12〕：

> 你深夜的呻吟，使我想起了許多的往事。頭一件就是我的母親，她的愛可以使我止水似的感情，重又蕩漾起來。我這十幾年來，錯認了世界是虛空的，人生是無意識的，愛和憐憫都是惡德。我給你那醫藥費，裏面不含著絲毫的愛和憐憫，不過是拒絕你的呻吟，拒絕我的母親，拒絕了宇宙和人生，拒絕了愛和憐憫。上帝呵！這是什麼念頭呵！

而這樣的拒絕，特別是對「愛與憐憫」的拒絕，冰心認為是與尼采有極大的關連，她讓何彬引述了尼采的話〔註13〕：

> 何彬偶然答應幾句說：「世界是虛空的，人生是無意識的。人和人，和宇宙，和萬物的聚合，都不過如同演劇一般：上了台是父子母女，親密的了不得；下了台，摘下假面具，便各自散了。哭一場也是這麼一回事，笑一場也是這麼一回事，與其互相牽連，不如互相遺棄；而且尼采說得好，愛和憐憫都是惡。」

雖然冰心並未在小說裏直指何彬就是尼采所謂的「超人」，然而可以肯定的是何彬似乎想成為尼采式的超人——將愛與憐憫視為惡德，拒絕與此世界、社會、人際產生任何聯繫，成為一種孤立冷漠的存在。冰心和葉靈鳳在小說虛構的書寫中似乎都認為失去愛的聯繫，尼采式的超人觀很可能就會跳脫出來，成為生命的一個主導方向。

不過，我們可以確定冰心與葉靈鳳兩個人對於尼采所謂的「超人」觀念，顯然有不同的理解。冰心認為疏離、冷漠，拒絕產生聯繫與關係，是尼采超人的特質；而葉靈鳳所認定的「超人的哲學」又是另一種生命狀態〔註14〕！

〔註11〕 參考樂齊、郁華編《冰心小說·斯人獨憔悴》，浙江文藝出版社，2006，p.82～88。
〔註12〕 參考樂齊、郁華編《冰心小說·斯人獨憔悴》，浙江文藝出版社，2006，p.86。
〔註13〕 參考樂齊、郁華編《冰心小說·斯人獨憔悴》，浙江文藝出版社，2006，P.82。
〔註14〕 參考葉靈鳳，《葉靈鳳小說全編上下》，上海學林出版，1997，p.225。

他一想起尼采，他腦裏立時浮出一個百撓不屈的戰士，他不覺又被
引得奮發了起來。

顯然葉靈鳳所書寫的蔚生心目中尼采所代表的是「戰士」的形象，可以
振奮人心、幫助他爭戰、得勝的，蔚生甚至將之視為「救星」！兩個作者在
作品中對於尼采的認識之所以會有如此大的差異，一方面固然由於尼采的作
品極多、觀念也極為紛呈，即使只是「超人」的概念與定義，其形成也是極
為複雜的論述過程。

另一個人的意見也值得注意，亦即魯迅他在 1920 年《察拉圖斯忒拉的序
言》譯者附記中對於第三節：「Zarathustra 說超人（Uebermensch）」的附注〔註
15〕是這麼說的：

超人：尼采哲學中的一個範疇，指具有超越一般人的才能、智慧和
毅力的強者。

對於五四當時的作家，一般來說，他們認識的尼采並不是學術上的興趣，
而是社會改革上的需求〔註16〕；他們認識尼采的「超人」概念，應該也僅只於
當時翻譯出來的《察拉圖斯忒拉如是說》中的「超人」論述，其他重要的哲學
理念基本上從未觸及，換句話說，尼采已經變成「超人」的代名詞，就像提及
耶穌就算是「基督」的代名詞一樣。而且某些作家似乎特別喜歡將這兩個人物
並置，做某個程度上的比較，葉靈鳳的〈拿撒勒人〉固然是篇典型的例子，冰
心的〈超人〉也是將尼采「超人」與上帝對立起來：「我這十幾年來，錯認了
世界是虛空的，人生是無意識的，愛和憐憫都是惡德（筆者注：尼采語）。……。
上帝呵！這是什麼念頭呵！」；而魯迅在 1918 年十一月十五日《新青年》第五
卷第五號「通信」欄，署名「唐俟」所寫的《渡河與引路》，顯然更加贊成耶
穌以慈愛之心扶助將傾覆車子的作法，而非尼采順勢將之推翻〔註17〕。然而，
在他重要的著作〈野草〉裏，採取了不同的立場，書寫了沈溺於被釘十字架的
痛苦中的耶穌〔註18〕以及怯弱的造物主〔註19〕與叛逆的勇士之間的對立。

〔註15〕魯迅，《譯文序跋集》，北京人民出版社，2006 年 12 月，p.322。
〔註16〕正如錢碧湘指出魯迅：「不用學者的眼光，而用社會改革者的眼光去審視尼采哲
學，從中擷取自以為合理的部份加以運用，正因如此，尼采永遠還原（*Ewige wieder
Kunft*）的宇宙觀式被魯迅所忽視。」參考錢碧湘：〈魯迅與尼采哲學〉，詳見廣
東魯迅研究小組編：《魯迅誕辰百年文集》，香港：交流出版社，1990 頁 299。
〔註17〕楊里昂、彭國梁編，《魯迅評點外國作家》，湖南岳麓書社，2007，p.72。
〔註18〕《野草》之〈復仇（其二）〉，參考《魯迅散文詩歌全編》，北京人民文學出版
社，2006，p.418～9。

　　對於五四當時一班的作家或知識份子而言，救亡圖存與知識啟蒙，可說是當務之急。以當時最具進步思想代表的陳獨秀來說，他在 1915 年 9 月 15 日「新青年」雜誌創刊號上〈敬告青年〉就表示：「循斯現象（筆者注：陳腐朽敗），於人身則必死，於社會則必亡。欲救此病，非太息咨嗟之所能濟，是在一二敏於自覺、勇於奮鬥之青年，……」〔註 20〕很顯然的陳獨秀認為中國所面臨的救亡圖存關頭，需要的正是具備像尼采所宣導的「超人哲學」的青年，因此他在「六義」中的「自主的而非奴隸的」中又說：「德國大哲尼采（Nietzsche）別道德為二類：有獨立心而勇敢者曰貴族道德（Morality of Noble），謙遜而服從者曰奴隸道德（Morality of Slave）。」〔註 21〕我認為這才是五四作家們常常引述尼采的「超人哲學」的真正原因，他們認為時代需要「超人」來領導拯救，宗教沒辦法救國，信仰的依皈無法給中國出路。而實際的作為，依陳獨秀的意見：應該以西方歐洲的科學與人權為主，他在論及「科學的而非想像的」主題時，說道：「……近代歐洲之所以優越他族者，科學之興，其功不在人權說下，若舟車之有兩輪焉。……。國人而欲脫蒙昧時代，羞為淺化之民也，則急起直追，當以科學與人權並重。」〔註 22〕德先生賽先生的救國方向，於此時大致底定。

　　我們不能否認，在五四作家中，當時是有這樣一派高舉西方文明大旗來救國的主張。無論是尼采或基督，科學與人權，所代表的都是西方的拯救人物與勢力。很有意思的是魯迅的另外一篇小說〈孔已己〉卻是一個極佳的對照。孔已己是考不上秀才的傳統儒生，滿嘴掛的不是四書五經、就是「之乎者也」，他自己在魯郡的酒店櫃臺消費，自以為高人一等，卻是眾人的笑柄，連維持最起碼的尊嚴也不可得，甚至溫酒的十二歲男孩都看他如乞丐。穿著長袍的孔已己好吃懶做、偷竊維生，最終被打斷腿，默默無聞中死去。魯迅塑造出孔已己與〈淡淡的血痕中〉那位叛逆的勇士，確實是高度對比的形象：中國傳統儒生弱者 vs.尼采式的勇士超人。

〔註19〕《野草》之〈淡淡的血痕中〉，參考《魯迅散文詩歌全編》，北京人民文學出版社，2006，p.466～7。

〔註20〕陳獨秀，《陳獨秀著作選編》第一卷，任建樹編，上海人民出版社，2008 年 10 月，p.158～9。

〔註21〕陳獨秀，《陳獨秀著作選編》第一卷，任建樹編，上海人民出版社，2008 年 10 月，P.159。

〔註22〕陳獨秀，《陳獨秀著作選編》第一卷，任建樹編，上海人民出版社，2008 年 10 月，P.159。

三、基督受難圖

　　將耶穌與尼采並置，或超人與基督並列，對於葉靈鳳而言，當然有其象徵性的意義，引述他自己的話就是「超人的哲學 vs.弱者的宗教」。我認為所謂超人的哲學，並不是要尋找一個超自然的超人來拯救世界，而是如何在人間找到一位具有超越一般人的才能、智慧和毅力的「強者」，以這樣的人間強者作為救世主，其實是不折不扣的人本主義思想的體現。

　　讓我們回到葉靈鳳的作品〈拿撒勒人〉，很有意思的是在主角蔚生因為寄食在親戚籬下遭受嫌惡而意志消沈，回到自己房間時，由於對面白牆反射的陽光，讓他注意到了房裏牆上貼的一張基督畫像〔註23〕：

> 壁上貼了一幅 Reni Guido 的基督畫像，戴著荊棘的冠冕，被日光曬
> 得黝暗的前額和白皙的頸上，凝著兩三滴下刺的鮮血，口微張著，
> 兩眼則聚在緊蹙的眉下翻向天上，似是在禱求解除他的痛苦，不像
> 懇請赦免那殺戮他的人的罪過。他一看見這貼耳無言的羔羊的景象，
> 他的眼淚再也忍不住了。

　　雷尼（Reni Guido, 1575～1642）是出生於義大利波隆那著名的畫家，「基督戴荊棘冠冕」（Christ Crowned with Thorns）事實上是他一系列同名的畫作，雖然各作品之間稍有差異，然而基本上都與葉靈鳳所描述的相去不遠。

　　我們不妨用法國學者羅蘭巴特（Rolande Barthes）的圖像理論來解釋這一幅基督畫像。羅藍巴特在他 1970 年有名的論文〈第三意義〉（The Third Meaning）裏，一開始就分析愛森斯坦（Eisenstein）表現主義風格的電影《恐怖伊凡》（Ivan the Terrible I ）的定格畫面所傳達的資訊層次：第一層是「資訊意義層次」（Informational level），第二層是「象徵意義層次」（Symbolic level），第三層就是他在本文中津津樂道、討論最深刻的「第三意義層次」（The Third meaning）；前二者他名之為「顯義」（the obvious meaning），後者則為「鈍義」（the obtuse meaning）〔註24〕。

　　就雷尼的基督畫像來分析，蔚生所看見的「戴著荊棘的冠冕，被日光曬得黝暗的前額和白皙的頸上，凝著兩三滴下刺的鮮血，口微張著，兩眼則聚在緊蹙的眉下翻向天上」就是資訊意義的層次（或者說直義層次），換句話說，

〔註23〕參考葉靈鳳，《葉靈鳳小說全編上下》，上海學林出版，1997，p.223。

〔註24〕Roland Barthes, *Image-Music-Text,* tr. by Stephen Heath, NY, The Noonday Press, 1988, p.52～65.

基督釘十字架時的外貌，無論是荊棘冠冕、日曬、鮮血、蹙眉，都在在傳達出受死過程的痛苦！另一方面，這些畫面的種種元素其中所隱含的基督被釘、受苦、代死、代贖的神學意義（包括文中所說的「懇請赦免那殺戮他的人的罪過」）就是象徵意義的層次（或者說引伸義層次）。

整幅畫的聚焦，就在於耶穌的眼神：兩眼則聚在緊蹙的眉下「翻向天上」，讓觀者的視覺動向被引導，也注意及那一個突破畫框限制的外在空間：那是向上的，望向天父的方向。觀者似乎可以推論，有一個天上的超越性存有，正在俯瞰在地上所發生的這一切。

至於這一幅畫的第三意義，我們不妨先看看羅藍巴特對第三意義的見解：「我不確定第三意義的閱讀是否具正當性……不過似乎對我來說，它的符徵（signifier）具有一種理論的個人性。」〔註25〕或許就是那一雙望向上空的眼睛，那永遠無法測透的畫框之外的空間；又或許是那微張的口，是在呼喚天父？或是在默禱？或是饒恕釘他的罪人？或者只是想爭取死前多一口的氣息？又或許什麼也不是？我想，對於羅蘭巴特而言，不同的讀者在面對、或閱讀此一符徵而獲致的第三意義，都無可避免地涉及極高程度的個人性。

不過，我們從文本來看，幾乎可以確定蔚生觀看這一幅畫，顯然產生了移情作用，將他自己目前的絕望痛苦，完全投射在耶穌戴荊棘冠冕的痛苦點上，置換取代了基督釘十架更加重要的「救贖意義」──當他看見基督的受苦（並不想看見耶穌的饒恕赦免），事實上是看見自己的無助與苦痛（顯然也不想赦免傷害他的人，例如放棄與自己交往的女友與目前寄居的親戚等）──這才是他觀畫的焦點：他為那「貼耳無言的羔羊」流淚，乃是因為自己成為了「貼耳無言的羔羊」，不過，他並不想成為上十字架的代罪羔羊：他流下的眼淚不是為世人的罪惡，而是顧影的自憐。因此，他不再將耶穌的釘死之際的痛苦表情，定位為「懇請赦免」那殺戮他的人的罪過，而是禱求解除他自己的「痛苦」。

既然蔚生認為耶穌張著的口是在「禱求解除他的痛苦」，我們幾乎可以確定他的觀畫策略從移情中痛苦經驗的投射轉移到「求助於神跡」〔註26〕：

〔註25〕羅蘭巴特這麼說：”I am not sure if the reading of this third meaning is justified……it seems to me that its signifier…… possesses a theoretical individuality.”中文翻譯為筆者所翻，tr. by Stephen Heath, NY, The Noonday Press, 1988, p.53.
〔註26〕參考葉靈鳳，《葉靈鳳小說全編上下》，上海學林出版，1997，p.223～4。

> 啊，你這上帝的羔羊，擔負了世人一切罪惡的，請垂下你向上的眼
> 睛，請來救我脫離一切的痛苦罷！……來罷！恕我褻瀆了你，請來
> 救我脫離一切的痛苦罷！你是曾經宣言能毀壞耶路撒冷的聖殿，三
> 日又可重建起來的；你是曾用五個餅兩尾魚吃飽了五千人的，請你
> 就用這手段來救了我罷！我桌上有的是幾枚銀元，請你就從壁上下
> 來，施展你那化少為多，變無為有的手段，完成我的希望罷！……

對於基督上十字架的救贖恩典，蔚生似乎並不是太為領情，他更關注的是如何讓耶穌的眼目看見他，讓祂能夠下十字架（他說：「請你就從壁上下來」），以祂在世時所行的奇妙神跡，來幫助他脫離困境，所以蔚生兩次、一字不差地呼求說：「請來救我脫離一切的痛苦罷！」

蔚生的宗教觀僅止於一種民間信仰式的態度，求神明滿足他的需要，真正的信仰中心是他自己的需求，因此他結論說：「完成我的希望罷」。他真正的目的是讓全部的宗教來服務他的需要：他才是此一宗教的中心，而非上帝。

固然，在基督宗教裏，上帝願意滿足信徒的需要，但顯然這並不是信仰的全部！耶穌在〈主禱文〉裏教導信徒的禱告說：「願你（指神）的旨意行在地上，如同行在天上。」（馬太福音 6:10）因此在自己的痛苦犧牲與神的旨意之間，耶穌選擇成就神的旨意，所以在最後的晚餐之後，與門徒在橄欖山下客西馬尼園裏禱告：「我父啊，倘若可行，求你叫這杯離開我。然而，不要照我的意思，只要照你的意思。」（馬太福音 26:39）耶穌面對祂在神的國中最重大的任務，上十字架，完成神的救贖計畫：這是基督宗教中最為勇敢的壯舉——《新約腓立比書》2:8 這麼說：「既有人的樣子，就自己卑微，存心順服，以至於死，且死在十字架上。」

然而對於人本主義的五四作家，這不是真正的英雄，他們認為基督的死不能真實地解決問題，反而是一種弱者的表現。因此，當蔚生被尼采的畫像激勵之後，準備採取行動——向友人借錢，葉靈鳳如此寫道〔註27〕：

> 他決定向校中的同學去借錢了。……走下樓時他回頭望瞭望牆上那
> 張基督的畫像，不覺發出了一種輕鄙的聲音：「你這弱者！」

這裏牽涉幾個問題，基督是弱者嗎？我們不要忘了，之前他還要求這一位他口中的弱者用偉大的神跡（三天重建聖殿、五餅二魚餵飽五千人）來拯

〔註27〕參考葉靈鳳，《葉靈鳳小說全編上下》，上海學林出版，1997，p.225。

救他！耶穌究竟是大能的神子？救贖的主？或者我們要質疑，順服於另一個意志（即使是神的旨意）到死的地步，就是一種懦弱的表現？蔚生也許認為基督上十字架的救贖計畫，其實就是弱者的哲學的體現？又或者我們認定，之前蔚生的移情作用是真實的，那麼此刻他的鄙視與批判的真正對象，返回過來竟然指的是他自己？我們也不禁要反問：一個像蔚生這樣的無能者，他有什麼立場去藐視他人？

　　一般學者認為，葉靈鳳的創作某個程度上與精神分析有密切的關聯〔註28〕，在此我們不妨運用精神分析的觀點進行分析。在蔚生的心靈裡，耶穌基督似乎形成為一種「愛恨交織」的情結（Ambivalence，拉丁文字根 Ambi 是 both 二者之意，valence 是力量：原文意即兩股拉扯的力道）。根據法國重要精神醫學學者拉布蘭許（J. Laplanche）與龐達立斯（J.-B. Pontalis）合著的《精神分析語言》（The Language of Psychoanalysis）對於 Ambivalence 的定義：「對於單一對象物的關係，同時出現對立的傾向、態度或感覺，尤其是指愛與恨。」〔註29〕因此，如果就情感而言，似可將之譯為「愛恨交織情結」；如果中性一點翻譯，似可譯為「矛盾雙重性」，本文以前一翻譯為主。「愛恨交織情結」很重要的是針對一個特定的對象物（a single object）所產生的防禦性衝突，其中牽涉諸多不相容的動機：在此之中，情感性態度中肯定及否定構成要素同時出現、且不可分離，構成了非辯證性且無法超越的對立。因此對於耶穌基督，蔚生可以說是愛恨交織：他將耶穌基督視為弱者，弱者（蔚生）恨惡所見的弱者（耶穌）提醒自己是個弱者；而他也愛慕基督，因為這一位為他上十字架的基督，可以幫助他從弱者的困境裡脫困。他對於耶穌基督的愛恨交織情結，可說是對於耶穌的人性與神性的不同反應，對於他人性的一面，蔚生恨惡之、拒絕之；對於他神性的一面，蔚生愛慕之、渴望之。無論愛或恨，蔚生都無能力對此並存之情感超越之。

　　然而我認為葉靈鳳書寫蔚生藐視基督的受死，或許與當時的政治社會環境有極密切的關連。短篇小說〈拿撒勒人〉是在 1925 年六月 16 日完成的，此時正值五四文化運動之後的一次重大反教運動的高峰，亦即 1922 年～1927 年之間，從上海一群學生發表「非基督教學生同盟宣言」開始，擴散及於全

〔註28〕此一論述可以參考孫乃修的〈葉靈鳳與佛洛德〉一文，p.94～104。
〔註29〕參考拉布蘭許（J. Laplanche）與龐達立斯（J.-B. Pontalis）合著的《精神分析語言》（*The Language of Psychanalysis*），tr. by Donald Nicholson-Smith, 1973, NY, London, W. W. Norton & Co., p.26～29。

國各大城市的學生相繼舉行示威活動，後來雖然一度沈寂，然而 1925 年五卅慘案發生，中國痛恨外人情緒更加高漲，反教運動的強度也相形更高，有些城市甚至發生暴動〔註30〕！而〈拿撒勒人〉就是在這樣的政治社會環境下完成的，故事特別還是以這一時期的反教運動的中心與發起城市上海為背景。

從 con-text 的視角回來看 text，亦即在這樣的反教背景下，特別從小說的製造生產之社會、思想與宗教背景，回過來審視小說內容中主角對於基督的態度，我們發現蔚生的立場相當有意思。根據學者的見解，當時反教的立場眾多，一般來說有科學主義、理性主義、馬克斯主義以及民族主義，而其中又以民族主義影響最為重大，基本上此一立場從晚清到民初是一貫的，本質上並無改變〔註31〕。小說中，主角蔚生雖然對耶穌發出鄙夷之聲，然而並無明顯的反教言論，可是從文本的分析來看，從頭到尾小說都一直將基督宗教定位為一種「弱者的宗教」，這一點如果我們將之放在反教論述中來檢視的話，可以說是相當有趣的！我們來看看 1922 年三月 9 日上海「非基督教學生同盟」所發表的宣言〔註32〕：

> ……一方面有掠奪階級、壓迫階級，他方面有被掠奪階級、被壓迫階級。而現代的基督教及基督教會，就是「幫助前者掠奪後者，扶持前者壓迫後者」的惡魔。……我們認定這個「助紂為虐」的惡魔——現代的基督教及基督教會，是我們的仇敵，非與彼決一死戰不可。

宣言運用馬克斯主義作為批判架構，將基督教視為洪水猛獸、助紂為虐的敵人，拉開與之決一死戰的架勢，說實在的，這樣的基督宗教並不像是蔚生口中的「弱者的宗教」，反倒有強大的敵人的意味。當然這中間的落差是有原因的，亦即蔚生是在觀看耶穌基督釘十字架、且與尼采超人哲學比較之後，站在一個信仰與哲學的位置，才發出所謂的「弱者的宗教」的聲音；然而「非基督教學生同盟」的宣言顯然是立足於政治社會角度的外在批判。因此，金燕在他「五四時期的非基督教運動」一文中結論道〔註33〕：

〔註30〕 參考呂實強《近代中國知識份子反基督教問題論文選集》，臺北宇宙光，2006，
　　　　p.120～123。
〔註31〕 參考呂實強《近代中國知識份子反基督教問題論文選集》，臺北宇宙光，2006，
　　　　p.125。
〔註32〕 張欽士，《國內近十年來之宗教思潮》，燕京華文學校，1927，p.187。
〔註33〕 復旦學報（社會科學版）金燕〈五四時期的非基督教運動〉，1998，第六期，
　　　　p.140。

五四時期這場對基督教的批判運動中所顯示出來的知識份子對宗教信仰的本質的陌生，則註定了這場批判僅僅具有政治上的，或者至多具有社會學範疇的意義，而不具有哲學的意義，他並不構成對信仰本身的威脅。

基督教身為「助紂為虐」的惡魔，這一點我們可以明白；然而「弱者的宗教」指的又是什麼呢？其實質內容為何？當然不會是指成為資本主義的幫凶，其意義難道是基督宗教只適合那一些無法自救的弱者去信仰的嗎？以蔚生自己在遭遇無法解決的經濟難題之時，就想到超人哲學與基督宗教來看，恐怕是的！（信仰超人可以得著自行解決問題的能力，加入弱者宗教可以得著耶穌神蹟之助。）雖然從上下文解釋固然如此，然而我們從蔚生走下樓回望牆上基督畫像所發出的輕鄙聲音「你這弱者！」看來，弱者不僅指信徒，也是指著耶穌說的！

就這一點而言，如果我們將之置於 1925 年的上海社會反教的大環境中來檢視的話，葉靈鳳小說中那位弱者主角眼中看見的弱者耶穌救主，所呈顯出來的意義，竟然是試圖從基督宗教內部的邏輯給予爆炸性的破壞！其作法竟然與尼采批判基督教起源不謀而合，反而是另一種更加激進的反教！

四、尼采的肖像

雖然我們之前說過五四的學者、作家引用論述尼采的「超人哲學」基本上並非學術興趣，而是社會改革上的需求，然而葉靈鳳此處透過小說書寫反而觸及了金燕所謂的「哲學的意義」，亦即對信仰本身的批判，且其意見與尼采在《道德的譜系》一書中論述基督教形成過程的意見有異曲同工之妙。*ECCE HOMO* 明確指出《道德的譜系》首章論的是：基督教的誕生乃源自 ressentiment 的精神〔註 34〕。尼采是將 ressentiment（嚴格來說，尼采從未為 ressentiment 此一病徵定義）放在基督教誕生的脈絡（context）中來談的，至於在這樣的歷史脈絡中談動機的談法，符不符合歷史的真實性，或者只是一種神話論述，或者具不具有倫理學上的有效性，又是另外的問題了。

就談論動機這點而言，事實上乃是尼采談 ressentiment 的一個主要取向，他是以病理學式的方式來描述 ressentiment 的特點〔註 35〕：

〔註 34〕參考 Kaufmann, Walter ed. And trans. *Basic Writtings of Nietzsche*, New York: Modern Library, 1992, p.768。

〔註 35〕有關這一點，參考曾陽晴，〈ressentiment・他者語言・虛擬實境──從《道德

每一個受苦者本能地會為他的苦痛尋找原因；更確切說，一個責任人；再更明確說，一個「代罪」的責任人，他造成了痛苦。簡言之，隨便找個活人，他能以這個藉口或那個理由真實地或象徵性地發洩情感：發洩情感代表了受難者為了贏得紓解所能作的最大努力，麻醉——為了無感於痛苦，他不由自主地渴求麻醉劑。我推測，此乃建構 ressentiment、報復及同類情感的真正生理原因。……「總是要有人為我生這病痛負責任」——這樣的推理對所有病人來講是很普通的。〔註36〕

這裡的「受苦人」基本上和葉靈鳳〈拿撒勒人〉中的弱者（指的是那一個無能的蔚生）是一致的，但比較不一樣的是蔚生並未歸咎任何人，就某個程度說，他是在尋求解答，無論是投稿或借錢，自助或尋求幫助，他希望改變現狀。至少就這一點而言，葉靈鳳並未將受苦的弱者與「責任人」或「代罪者」綁在一起，如同尼采所認為的他們成為一對不可分割且對立的概念。蔚生在絕望當中，沒有歸咎他人，而是繼續尋找脫困的方法，他在無法可想時，翻起了衣箱〔註37〕：

他正一件件的檢視，忽然在箱角發現了一張白紙，上面用鉛筆寫著「尼采的肖像」五字——「啊！尼采！尼采來了，救星到了！」他一看見這紙，不覺突然這樣叫了起來。

很諷刺的是西方人的基督宗教傳統裡耶穌基督是救贖主，然而此處主角蔚生所認定的救星竟然成了尼采！更可笑的是他看見的並不是尼采的真實肖像，僅僅是五個用鉛筆寫的字：「尼采的肖像」。然而，這五個字竟然對蔚生產生新的鼓舞力量，他整個人被振奮起來了。

這裡產生了一個悖論，「尼采的肖像」只是五個字，其實並沒有真正的肖像在場，從符號學的角度來分析，其符徵的效驗僅止於文字層次，亦即我們可以知道「尼采的肖像」字面的意思（意即符旨），但是卻沒有實際的「尼采的肖像」，此五個字代表的符號所指涉的意涵（signification）其實是空虛的：這裡只有五個漢字，沒有肖像，我們在「尼采的肖像」語言裡找不到「尼采的肖像」的實質。事實上，我們知道小說創作某個層面上，是運用語言文字

的譜系》的一個繙譯問題談起〉，台南成大「宗教與文化學報」第六期，2006，p.131～132。

〔註36〕中文乃筆者所翻譯，參考 Kaufmann, 1992, p.563。

〔註37〕參考葉靈鳳，《葉靈鳳小說全編上下》，上海學林出版，1997，p.225。

虛構出一個真實，然而對於「尼采的肖像」這五個字來說，僅僅虛構出一個虛空。

　　無可否認地，一個對立結構產生了！在小說裡，「尼采的肖像」與「基督的畫像」成為一組相互建構的對立概念：尼采代表超人，基督代表弱者；「尼采的肖像」自我指涉（五個字），「基督的畫像」指涉一幅真實的畫像；「尼采的肖像」缺乏說明，不在現場，「基督的畫像」描述詳實，存在現場。這樣的對立性，肖緋霞論道：「……作為『海派』的一位先鋒作家，他的小說有許多模糊和矛盾之處，常常蘊含著相互對立的兩極，意識與潛意識在表達中交鋒，使作品成為自我的鬥爭之場。這種矛盾和模糊正是社會動盪所造成的彷徨不安心理的癥候式表現，體現出那個時代部分青年共有的駁雜的思想狀態。」〔註38〕

　　蔚生就是這樣，被一個空虛的指涉所激勵的懦弱悲觀青年。他又是如何和尼采發生關連的呢？

> 這是幾月以前的事了。那時他不知道如何，忽然與尼采發生了感情起來，他急於要看一看這位哲學家的面目，但是搜遍了他所藏的幾本英譯的尼采的著作，和幾部哲學家傳記，終找不到一張肖像，朋友處問了幾趟也是沒有。他急得沒法了，便用鉛筆在一張紙上寫了「尼采的肖像」五字，釘在那張 Reni Guido 的基督畫像旁邊，以渴舒他的渴慕。過了些時他的崇拜狂漸漸低下，他覺得將尼采與耶穌放在一起終是件太滑稽的事。他因為這兩張，一張是三色板的印畫，一張僅是白紙，便不覺順手將那張白紙撕下塞在箱裏；今天卻被他無意又發現了。他一想起尼采，他腦裏立時浮出一個百撓不屈的戰士，他不覺又被引得奮發了起來：

　　雖然幾個月之前，蔚生不知道如何開始與尼采發生感情，很奇特的是他並沒有就手邊有的英譯的尼采著作的書籍去認識這位哲學家，而是急於想窺探他的容貌──就像他可以透過 Reni Guido 的畫像去抓住耶穌的形象。似乎，某個程度上，蔚生認為看見哲學家的面目，比閱讀他的著作更能掌握他的思想。他對尼采的狂熱，應該是與我們之前所謂五四作家、學者對尼采的興趣是一致的，囿限於社會改造之功能，而非學術上的深究；亦即蔚生並不是真的想深入研究尼采的哲學理路，僅僅是想透過一個流行的「超人哲學」來自我激勵，因此尼采作為一個激勵者，蔚生認為得見其風采面貌比瞭解其

〔註38〕參考肖緋霞，貴州師範大學學報（社會科學版），2005，第 3 期，p.95。

思想體系更加重要！

　　事實上，我們知道 Reni Guido 所繪的耶穌形象，也不是耶穌真實的樣貌，乃是這位義大利畫家對於《聖經》裡基督釘十字架、頭戴荊棘冠冕的記載的想像畫面的再現：那不是耶穌基督，乃是 Reni Guido 從他的信仰生活、《聖經》詮釋、藝術歷史中所認識與想像的神子，但那至少是在天主教的聖像（icon）傳統下所傳達出來的信仰意象與象徵，在某個程度上，仍然具有基督宗教對於耶穌上十字架的救贖意義的代表性。

　　將「尼采的肖像」五個鉛筆字與基督的畫像並置比較，蔚生認為是太滑稽的事，一方面似乎是份量不夠，表面上五個鉛筆字與真正的版畫著實無法相比；另一方面，在實質上，似乎這兩個人根本沒有可以並置比較的可能。在西方世界的基督宗教文化裡，耶穌不只是宗教家，他更是神之子，因著他所建立起來的基督宗教文明影響、也左右了世界兩千多年來的歷史發展；而尼采的哲學無可否認地是出於此一文化，無論他是立基於什麼基礎進行的反思，又如何建構反基督的哲學，又是如何宣告上帝之死：他僅僅是此一文明長河裡的一小支流。確實，要將這二者放在同一個天平比較，是有可議之處，因為他們不是同一個層次的問題！這樣的比較產生一種不協調、不對稱的效果。

　　尼采積極進行取消宗教的地位，因此在《歡悅的智慧》卷三 126 那一篇有名的〈瘋子〉裡，他這麼說道：「上帝死了！上帝真的死了，是我們殺害了祂。」〔註 39〕雖然他並不認為大眾已然察覺此一事實，因此大家才將他看做瘋子。法國神學家、同時也是法蘭西研究院院士的呂巴克（Henri de Lubac）說道：「無論前人各自如何使用『上帝之死』此一表述，尼采賦予它一個新意。在尼采口中，這不只是個事實陳述，也不是哀嘆或嘲諷，它表現了一個抉擇。」〔註 40〕因此尼采接著《歡悅的智慧》的〈瘋子〉之後在 127 篇說：「現在是我們的興趣決定反對基督教，這不是論證。」

　　尼采身處基督教西方文明的歐洲，他的「超人哲學」其實是救贖主基督的一個反動，而在中國五四那個時代的作家們，其文化母體中基本上基督教的影響極微，以中國基督宗教史來考察，唐朝的景教、元朝的也里可溫、明

〔註39〕尼采，《歡悅的智慧》，餘鴻榮譯，p.155。
〔註40〕呂巴克（Henri de Lubac），《無神論的人文主義的悲劇》，陳一壯、王仁宏譯，臺北唐山出版社，2003，p.26。

朝的天主教，甚至 1807 年來華的新教傳教士馬禮遜所帶入的基督教，無可否認地，在中國歷史上早期幾乎稀釋到無法察覺（唐、元朝），而後期所引起的反感與抵制遠大於相信與接受。因此，五四作家吸納「超人」此一概念，事實上是缺乏尼采「謀殺上帝」的辯證過程〔註41〕。

顯然，尼采宣告上帝已死，並不是像基督宗教的神學傳統那般乃是意指耶穌基督在加略山骷髏地的受難、釘死的悲劇（耶穌乃是那三位一體的神之中的神子，在基督宗教神學中祂也是神，因此其受難被視為神之死），而是要取消基督宗教在西方文化中的主宰地位。而最有意思的是葉靈鳳用來與「尼采的肖像」作對照的就是基督在加略山骷髏地的受難、釘死的荊棘冠冕圖，無論他是有意識或無意識地如此安排，確實產生了「滑稽」的效果。尼采最終在旅行到了東方的中國的上海之後，在一個異國文化的小說文本中，還是得和他自己亟欲取消的耶穌基督並置、甚至比較。葉靈鳳安排這樣的對照是有效的嗎？竟然，我們到最後發現尼采急著要遠離的基督宗教，至少在五四當代那一位遠東的中國作家葉靈鳳看來，其實根本是無法離開的，他雖然以「超人哲學」的主張者自詡，可是也只成為基督宗教此一結構的對立元素罷了！

五、魔力的啟示

無論如何，蔚生尋找困境的答案，至少尼采的肖像激勵了他。然而被一幅虛假的肖像（僅僅是一紙「尼采的肖像」五個鉛筆字）所激勵的勇氣，表面上看來也不是不偉大的〔註42〕：

> 歷來的英雄和偉人都是從苦難中產出來的，最後的成功也是從奮鬥中爭出來的，我現在子可就終止下去！只要有一條路可走，我總應該去試他一試。

可是，這樣的勇氣似乎也無法真正拯救無能的男主角。他所有的勇氣只擠出了一個辦法：向同學借錢。路應該有好多條吧！他只想到一條，仍然是求助於人，就像他求助於耶穌基督與尼采超人哲學；即使「尼采的肖像」已經激勵起內在的勇氣，仍然無法讓他站起來，為自己掙來所需要的錢。蔚生走出去，他是想像自己是一個英雄和偉人，或者像尼采一樣是一個戰士。可

〔註41〕 此所以尼采在《查拉圖斯特拉如是說》序言 3 裡論說要教導眾人做超人，必然論及「上帝既已死亡」。參考尼采，《查拉圖斯特拉如是說》，餘鴻榮翻譯，臺北志文書局，1992，p.48。

〔註42〕 葉靈鳳，《葉靈鳳小說全編上下》，上海學林出版，1997，p.225。

是他內心依然是軟弱的〔註43〕：

> ……即使真借不著也不要緊，我可以……可惜我現在還沒有求人賙濟同捐助的資格，否則跑到同鄉會館去，效申包胥之泣秦庭，一陣嗚咽涕泣之下，當更可有望了。

從借錢到乞討，好勇敢的蔚生啊！應該沒有人會說這樣的「勇氣」——即便是蔚生自己——是英雄、偉人或戰士所應當具備的吧？他的方法，無論藉助於誰的哲學或宗教，充其量只是讓他合理化自己的軟弱。雖然尼采認為基督教的誕生乃源自 ressentiment 的精神，每一個受苦者本能地會為他的苦痛尋找原因，亦即一個責任人，一個「代罪」的責任人，是這一個責任人造成了痛苦；但是葉靈鳳筆下的弱者並不尋找造成痛苦的原因，而是「答案」：或者從基督來的神蹟（他可以不用努力就解決問題），或者從尼采超人哲學來的激勵（好讓他採取更加軟弱的求生手段）。他最後採取了超人哲學的途徑，然而我們卻看不見他的提升與改變，成為魯迅所注解尼采筆下的「超人」（具有超越一般人的才能、智慧和毅力的強者），反倒成為其對立面「末人」（無希望、無創造、平庸、畏葸的渺小的弱者），或者尼采在《查拉圖斯特拉如是說》的序言說的：「你們依然是蟲」〔註44〕。此處形成了一個倒退（regression）：被超人哲學激勵的弱者變得更加衰弱。

我們幾乎可以預測蔚生的結局，S 不方便，P 甚至羞辱他，於是失望到了極點，胡亂逛之下來到了通往黃埔江的大路上，看到了一個「異象」〔註45〕：

> 他倚著樹幹正在冥想，離他不遠的草叢中，忽然一隻白色的小羊被一匹野狗追逐著從裏面竄了出來，野狗緊迫著不捨，小羊低首狂鳴，一齊從這條路上疾馳向東面去。他的思想被這突現的異象吸住了，不覺睜大了眼睛，也隨著一直望了過去。
>
> 這種景象對於他現在的神經恰成了一種啟示，一種帶有魔力的啟示。

我們應該注意葉靈鳳所使用的字眼，以「異象」來說，出現在 1919 年出版的漢語和合本《聖經》中 88 次。「異象」這一個詞，基本上應該是在漢語《聖經》的翻譯史中漸漸成形的，以《新約聖經》來看，大約在 1872 年的北

〔註43〕葉靈鳳，《葉靈鳳小說全編上下》，上海學林出版，1997，p.226。
〔註44〕參考尼采，《查拉圖斯特拉如是說》，1992，p.48。
〔註45〕葉靈鳳，《葉靈鳳小說全編上下》，上海學林出版，1997，p.229。

京官話本之後，一些版本就跟著譯為「異象」，像 1886 年楊格非的「新約譯本」、1895 年包約翰與白漢理的「新約淺文理本」都是，一直到 1919 年之後和合本出版且成為中文基督教界的權威版本〔註46〕，「異象」一詞基本上已經成為一個中文基督宗教的常用語，其宗教意涵濃厚。

另外，「啟示」在《聖經》中出現則是 16 次；而蔚生所看見的小羊，如果以《聖經》中的羊羔來看，使用近九十次，從「舊約」到「新約」多次預言、說明耶穌基督的受死，因此這一段奇特的「異象」描述，我相信葉靈鳳是有意地使用《聖經》的語言與象徵。

異象，在《聖經》舊約裡首先出現在「創世紀」15:1，希伯來原文意即靈裡超自然的視野。然而，蔚生所見的算是「異象」嗎？究竟這是當時路上的真實景象？或者竟真是他在靈裡的超自然視覺經驗。因著葉靈鳳說這帶來「一種帶有魔力的啟示」，讓我更傾向於後者的解讀，意即這似乎是蔚生站在路旁所遇見的超自然景象，因此引發主角認定此為「啟示」。

啟示，就我們所知道在神學上的意義是相當複雜的。一般來說，啟示不單是指傳遞一套神學知識，而是指神在歷史中的自我彰顯，根據麥葛福（Alister E. McGrath）的說法：「神已經主動採取自我彰顯的過程，而祂最高潮、最完滿的彰顯，就在拿撒勒人耶穌的一生中。」〔註47〕多麼奇特的一次異象經驗，既與白色的小羊有關，又是一種帶有魔力的啟示，如果放在基督宗教的背景裡來詮釋的話，若說與耶穌基督無關，那是很難讓人信服的。但是，如果與拿撒勒人耶穌有關，那又意味著什麼？蔚生在受到尼采肖像激勵之後，採取自救的行動卻失敗了，再一次證明他不過是個弱者──無論是尼采的肖像或超人的哲學都無法拯救他：超人哲學是一個無效的答案。也許在生命最深沈的無意識（the Unconcious）當中，他仍然回轉面對了他之前嘲諷的耶穌基督，因此他看見了這樣一個異象。

然而，我們不禁要問，這一隻被野狗緊追不捨的白色小羊，代表什麼？難道竟是耶穌基督那無聲被牽到宰殺之地、且為人類的罪犧牲獻祭的羔羊？然而如果耶穌基督既已代替人類的罪惡而死，蔚生就應該在基督裡重生了，

〔註46〕莊柔玉對此問題有深刻論著，參考莊柔玉，《基督教聖經中文譯本權威現象研究》，香港國際聖經協會，2000。

〔註47〕麥葛福（Alister E. McGrath），《基督教神學手冊》（*Christian Theology: An Introduction*），劉良淑、王瑞琦翻譯，臺北校園出版，1999，p.194。

然而那隻羔羊並沒引他回到神的救恩裡，卻反而離信仰的道路越來越遠。

無論葉靈鳳的宗教信仰為何，是不是一個無神論者都沒有關係，某個程度上，似乎葉靈鳳在極深的生命底層中，在無意識裡，仍舊與基督宗教在對談著！然而這樣的對談，卻不是引出宗教生命，而是敘述者所聲稱的「一種帶有魔力的啟示」，究竟這樣的啟示內容為何？又要帶領我們的男主角走向何方？〔註48〕

> 「呵，可憐的弱者！你這被欺凌的弱者！你向東面去，我也隨你向
> 東面去罷！東面是通黃浦江的大道，黃浦是大海的支流，人世既這
> 樣冷酷無情，我還是到海中去求乞罷！海中有的是血紅的珊瑚、碧
> 綠的水藻，有泣珠的鮫人，有多情的人魚，我還是向他們去求乞罷！
> 他們一定能允許我的。我要跨了海獸，擁著人魚，披了珍珠，執著
> 珊瑚，再重到人間來復仇！去罷！去！去！……」
> 他失去了自己身心的駕馭力了！他覺得後面像已有一陣黑壓壓的東
> 西追來了似的……

他連救恩都無力承受，他投向大海的懷抱，成為一個永遠的逃避者；在大海裡，他不改本色，依然是一位乞討者。這位乞討者聲稱要再回人間「復仇」，其實那不過是最後無益的虛張聲勢：他從裡到外、徹徹底底是一個弱者。那所謂的「一種帶有魔力的啟示」，不過是放棄生命、不再掙扎的委婉說詞：根本沒有魔力的啟示！這裡的啟示並未彰顯任何真理，反而掩蓋了生命的活力。

魔力的啟示並非啟示，而是死亡的召喚：一陣黑壓壓的東西追來了似的。

六、結語

當然最後，我們一定要問：為什麼題目是〈拿撒勒人〉？又或者這樣問：誰才是「拿撒勒人」？

首先，可以肯定的是拿撒勒人指的當然是耶穌。「拿撒勒人」在《舊約聖經》裡從未出現；而在《新約聖經》裡則出現十八次，其中十七次與耶穌並提，另一次也意指耶穌，因此可以確定「拿撒勒人」原意即指耶穌。

其次，在這一篇小說中，「拿撒勒人」所指一方面固然是耶穌，可是整篇作品卻是圍繞蔚生無法突破經濟困境此一主題發展，我們是否可以這樣問：

〔註48〕葉靈鳳，《葉靈鳳小說全編上下》，上海學林出版，1997，p.230。

蔚生可能是「拿撒勒人」嗎？如果以耶穌生來，就是為了履行上帝的救贖計畫──上十字架──來看，那麼蔚生代表的意義是什麼？我們知道對於他而言，「拿撒勒人耶穌」一直都不只是救贖的犧牲者而已，更是弱者的代表，蔚生如此說：「拿撒勒還能出什麼好的，拿撒勒的人是註定應當承受輕視和侮辱的了！」無論是透過耶穌基督或尼采超人，蔚生的自我拯救任務基本上是失敗的，於是他只剩「承受輕視和侮辱」的份了。

　　很有意思的是葉靈鳳為主角蔚生安排的最後歸宿，既不是基督宗教，也不是超人哲學，而是中國的傳統神話「鮫人泣珠」〔註49〕與民間傳說的「人魚」〔註50〕。如果我們回到小說創作的那個五四年代裡，是否也暗指既不是西方的基督宗教傳統，也不是反基督的超人哲學，而是神話傳統與浪漫傳說才是他尋找生命困境之最後答案的所在？

　　我們想起了魯迅在同一年1925年相差不到一個月裡所寫下的《野草》裡的〈這樣的戰士〉〔註51〕，那一位不斷「舉起了投槍」的戰士，雖然面對虛無，依然堅持戰鬥。魯迅在1924年年底《野草》裡的另一篇〈復仇（其二）〉描寫耶穌基督被釘十字架忍受痛苦的過程，這與葉靈鳳運用波隆那畫家雷尼「基督戴荊棘冠冕」聚焦在耶穌基督的向上（上帝；天父）仰望的眼神有極大的差別：魯迅注重耶穌「人之子」的部分，強調其在處於生命最殘酷的一刻以人之身孤獨與勇敢面對，其實是「人道主義」式的關注〔註52〕；葉靈鳳則集中於「神之子」，畢竟要拯救主角脫離他無能解決的困境，需要的是來自上方的力量與作為（神蹟）。

　　〈復仇（其二）〉的書寫整個過程集中在「神之子」、「人之子」兩個重要神學主題，而其真正的想法則是：「上帝離棄了他，他終於還是一個『人之子』。」

〔註49〕晉・干寶《搜神記》卷十二：「南海之外，有鮫人，水居如魚，不廢織績，其眼泣，則能出珠。」

〔註50〕葉靈鳳寫過一篇〈美人魚〉，引用《新安縣誌》卷三《物產志》、《三才圖會》與《廣東新語》考證「人魚」，但他認為傳說中的人魚故事，最美麗的是《甌異記》：「據說待制查道，奉使高麗，晚泊一山而止，望見沙中有一婦人，紅裳雙袒，髻鬟紛亂，時後微有紅鬣，查命水工以篙投水中，勿令傷。婦人得水偃仰，複身望查拜手，感戀而沒。水工曰，某在海上未曾見，此何物。查曰，此人魚也。」同樣地，他也認為丹麥作家安徒生的童話〈美人魚〉寫得也極美。

〔註51〕參考魯迅，《魯迅散文詩歌全編》，北京人民文學出版社，2006，p.459～60。

〔註52〕參考李歐梵，〈《野草》：希望與失望之間的絕境〉，見《中國現代文學與現代性十講》，上海復旦大學出版，2005，p.189～90。

對應那一位「舉起了投槍」的戰士，或〈淡淡的血痕中〉裡的那一位「叛逆的猛士」，肯定人道主義式的堅持與奮戰！

冰心的〈超人〉裡的尼采色彩幾乎是最雲淡風清的，本來依題目看來應該是最濃厚的，卻只被描寫為以一種虛無主義式的疏離生命情調面對虛無宇宙、虛假人世的態度，至少在文本裡沒有太多的宗教辯證。冰心對於尼采的「超人哲學」，著重在其「虛無主義」（Nihilismus），誠如尼采在《權力意志》（The Will to Power）開章明義說的：「什麼是虛無主義？就是最高價值本身喪失價值。目標沒有了；『為什麼』找不到答案。」〔註53〕取消「第一因」、物自體的本體地位，取消一切價值的源頭，可謂尼采哲學的一個重要基礎點。因此冰心在處理何彬的生命困境，著重就是一種消極的「虛無主義」〔註54〕，一種精神力量消退的過程，而非精神力量增強的標記。所以我們看到的何彬，就是一個獨來獨往、內縮、無法與人建立良好關係的生命型態；然而透過與祿兒的互動，重新建立起愛的連結，於是向上帝發出一聲：「這是什麼念頭啊！」的懺悔，解決了何彬的生命困局。從三位作家看來，冰心算是對於人際間「愛」的連結所能提供的人生解答，最為樂觀。然而我們也很難說「愛」的連結就無法等同基督的信仰，冰心在她同年1921年一篇有名的散文裡〈我＋基督＝？〉〔註55〕，認為基督最重要的兩個屬性就是「愛」與「真光」：「誰願籠蓋在真光之下？誰願滲在基督的愛裡？誰願借著光明的反應，發揚他特具的天才，貢獻人類以偉大的效果？」冰心應該在尼采的超人哲學之外，找到了人生真正的答案，或許這也是她對當時中國病症提出的解藥吧？

而葉靈鳳的耶穌一直到最後：「似是在禱求解除他的痛苦，不像懇請赦免那殺戮他的人的罪過。」還是站在弱者的角度發聲，但是葉靈鳳認為弱者似乎無法在此得著解救，最終尋求的是基督宗教與超人哲學之外的魏晉神話與民間傳說。事實上，我們知道在鮫人泣珠的神話或大海的人魚傳說中，是沒有出路與答案的，沒有抗爭與堅持的壯烈悲劇，美則美矣，然而進入死亡之後，是沒有蔚生所謂的反撲與復仇的，有的只是放棄之後的永恆沈默：完全虛無的死寂。

〔註53〕參考尼采（F. Nietzsche），《權力意志》*The Will to Power,* tr. by Walter Kaufmann & R. J. Hollingdale, Vintage Books N.Y., 1968, p.9。

〔註54〕參考尼采（F. Nietzsche），《權力意志》*The Will to Power,* tr. by Walter Kaufmann & R. J. Hollingdale, Vintage Books N.Y., 1968，第22節，p.17。

〔註55〕參考冰心，《冰心散文·十字架的園裡》，強弓編，浙江文藝出版社，2007，p.19～20。

　　也許在這一位海派小說家的內心深處，正像他自己常使用的精神分析式的書寫策略，在此處將鮫人泣珠與人魚的典故連結使用，或許透露出葉靈鳳的深層無意識：在傳統的、漢語的文化語境與神話裡，才是他可以逃避問題、離開困境、躲藏失敗，以致於至終只能是無從選擇之後結束生命的場域。

《文社月刊》中聖經故事之改寫研究

一、前言

  為了回應 1922 年「非基督教學生同盟」與各方反教勢力的挑戰，一群基督教知識菁英於 1924 年成立了文社，而後結束於 1930 年，前後七年時間。可以確定的是文社於一開始，就確立了以中國基督教的文字工作為其發展重心，除了神學的論述，以及基督徒對於政治、經濟、社會、科學等領域的意見與看法的闡述，基督宗教的文學書寫被賦予高度的重視。在文社月刊中，1925 年 10 月～1926 年 2 月最初的五期月刊裡，雖然沒有文學作品的書寫，然而卻有非常高的比例（超過一半）的篇幅是用來討論基督教文字工作如何在中國發展的論述。

  一直要到了 1926 年 10 月出現星如（米星如）的小說〈聖像〉之後，才開始刊登文學創作，自此每一期都有文學書寫的作品，直至 1928 年 6 月最後一期仍舊如此，顯然刊登文學作品已然是編輯的既定政策，而本色化的文字則是唯一的方向。其中有一部份的創作，與《聖經》文本有相當的關係，或者引用經文，或者改編《聖經》故事，成為當時基督徒文字工作的一個重要特色。

  回顧《文社月刊》的研究文獻，何凱立的〈中華基督教文社與本色神學著作〉，著墨於《文社月刊》中相當份量的本色化神學的探討之研究。王成勉 1993 年的專書《文社的盛衰》對於文社的歷史背景、成立與發展、編輯政策、本色化、以及與民族主義、傳教士之關係，都有深入的耙梳，是此一主

題最早全面性的研究。周蜀蓉 2005 年的〈本色化運動中的中華基督教文社〉事實上可以說完全接續王成勉的研究，沒有新的見解。

至於李宜涯的〈本色繆思的嘗試──論二〇年代基督教《文社月刊》的諷刺文藝〉一文，則集中在《文社月刊》中嘲諷文學的研究，特別針對教會、牧師與人性等現象之剖析，其論文對於《文社月刊》高舉本色化神學大旗下之文藝創作實踐的初步研究做出了貢獻。

本論文則聚焦於《文社月刊》之文學書寫中的《聖經》故事之改寫的研究，此一研究也是此一領域的初探。

二、討論的架構

在進行我們對於《文社月刊》改寫《聖經》故事的研究之前，有必要確定本論文的研究方法，我將設定一個討論的架構。首先要來看看這一批作者改寫了哪些《聖經》故事？整體歸納之後〔註1〕，在《新約聖經》部分：耶穌誕生、生平、釘死（之前的「最後的晚餐」）；在《舊約聖經》部分，則以〈創世紀〉中「伊甸園」的故事為主，共有四篇，加上一篇以〈士師記〉「耶弗他」故事為底本的改編劇本。

我們可以先分析以〈創世紀〉為底本所書寫的四篇作品中的一篇，看看這一篇舊約《聖經》故事如何轉變為創作的文本，亦即西華所寫的短篇小說〈誘惑〉，如此就可以知道如何設立一個具辯證性且有效驗的分析架構。不能否認地，我們必須先知道故事的出處，很明顯地〈誘惑〉出自〈創世紀〉第二～三章，上帝創造人，設立伊甸園，女人夏娃受了蛇的誘惑，亞當也被夏娃誘惑，違反上帝的禁令，吃了分別善惡樹的果子，於是二人被逐出伊甸園的故事。

在〈誘惑〉裡，逐出伊甸園的亞當辛勤流汗耕種維生，一天，夢見重回伊甸園，醒來怒責夏娃，夏娃則賠罪，表明對丈夫的愛，並再次歸咎於狡猾的蛇的誘惑，亞當則反省自己意志不堅定，乃咎由自取。

於是，我們對於聖經故事的引述和改寫：在詮釋上，我們可以建立一種解讀策略，意即一個結構性的分析架構：

1. 原文故事在《聖經》中的意義，置於什麼樣的上下文，用意為何？時空為何？當然還有一個重要的問題，意即《聖經》的文本在當時是如

─────────

〔註1〕歸納《文社月刊》改寫《聖經》故事的結果，可以參照論文最後的表1。

何被看待的？又為什麼是《聖經》，亦即為什麼有那麼多作者要在其作品中引用、改寫《聖經》經文與故事，而不是其他的經典文本？

2. 改寫的故事又是如何改寫的？是誰改的？為何而改？改了些什麼？

3. 移植的故事在改寫的作品中的意義，置於什麼樣的上下文，意義有無改變？有無引伸義？與原作之間有無斷裂關係？

4. 這樣的故事在書寫時（《文社月刊》出刊當時）的「時空」有無特殊意義？換句話說，移植在當時的社會環境中產生什麼樣的質變與新的意涵？

放到這樣的架構中來看，我們再回到短篇小說〈誘惑〉，其所敘述的是亞當與夏娃被撒旦誘惑、被上帝逐出並懺悔的過程。所以這樣一個故事放在《聖經》的文本中應當如何看待？解讀〈創世記〉可以有好多種策略，但是最有趣的一種或許是「多利達特」（Teledoth, éllêh tôl dôt）〔註2〕公式。除了第一個 Teledoth 述說的是「天與地」之外，其他重要的九處（應該是十處，其中〈創世記〉36:9 應該屬於 36:1 為同一段），都是接一個人名，從亞當一路下來到雅各。

這樣來看，短篇小說〈誘惑〉所擷取的《聖經》的故事，正是第一個 Teledoth，我們可以翻成「創造天地的來歷」（〈創世記〉2:4 第一句，主要敘述所造的人亞當夏娃的婚姻紀錄），從《聖經》的角度來看，不僅僅是第一個人類家庭的故事，也是人類犯罪、墮落、離開伊甸園的紀錄，更是人類整部歷史的開端。更深入分析來看，「離開伊甸園」是亞當的家庭史的關鍵事件，既牽連到人類最初的犯罪、墮落，也指涉從伊甸園之內到伊甸園之外的不同的生命階段，當然還有人類與上帝關係的斷裂：因此從《聖經》整體上考察，如果我們不否認「救贖」在上帝的計畫中的重要性，換句話說，上帝在人類歷史中持續進行其救贖計畫，修補「亞當的家庭史」所造成的與上帝關係的斷裂，因此某個程度上來說，就是把犯罪的人類帶回伊甸園，因此《聖經》的文本基本上就是不斷回應此一原初事件的過程，形成一種永遠不斷的回歸（Eternal Return）。

〔註2〕這是希伯來文片語 אלה תולדות 的音譯，意思是「這是後代」、「這是家庭史」、「這是記錄」。參考狄拉德（Raymond B. Dillard），朗文（Tremper Longman III）《21 世紀舊約導論》，台北校園出版，2002，p.53。此字的英文翻譯，根據 The NIV Study Bible 的譯本翻為 "The account"，參考 The Zondervan Corp., 1985, p.3。

事實上，〈樂園〉、〈葡萄園〉、〈夏娃的煩惱〉也都是環繞此一事件書寫，就某個程度上來看，《文社月刊》上發表作品的這一些作家都意識到了〈創世記〉2:4～3:24 這一段「創造天地的來歷」最適合加工、創作，原因無他，除了神學的因素之外，另一個更實際的理由或許是這一個故事最為人熟知，無論讀過《聖經》與否，亞當夏娃的故事早已是人人耳熟能詳。對照另一個舊約《聖經》〈士師記〉「耶弗他」故事的改寫，我相信對當時的讀者而言，知道者當少之又少。

因此，我們又面對了一個重要的問題，亦即《聖經》的文本在 1920 年代當時是如何被看待的？周作人顯然相當地肯定《聖經》在五四白話文學運動中的影響力，他在 1921 年出版的一期《小說月報》刊登的〈聖書與中國文學〉相當清楚地說明了他對《聖經》和合本在促進新文學方面的發展具有積極的意義：

> 有人主張「文學的國語」或主張「歐化的白話」，所說都很有道理：只是這種理想的言語不是急切能夠造成的，需經過多少研究與試驗，才能約略成就一個基礎；求「三年之艾」去救「七年之病」，本來也還算不得晚，……這個療法，我近年在《聖書》譯本裡尋到，因為他真是經過多少研究與試驗的歐化的文學的國語，可以供我們參考與取法〔註 3〕。

其實，周作人當然瞭解《聖經》和合本的翻譯主要的目的是宣揚宗教信仰，然而他更感興趣地卻是和合本對於當時中國正積極發展白話文學可能產生的重大影響力，例如周作人希望《聖經》中國語譯本（和合本）的完成，其中希伯來優美的牧歌與戀愛詩，可以幫助「中國新興文學（五四白話文學）衍出一種新體」（周作人語〔註 4〕），而他對此事深具信心：「在中國文學的改造上也必然可以得到許多幫助與便利，這是我所深信不疑的」。然而另一方面《聖經》國語和合本其實是乘「五四運動」之勢而起，尤思德這麼說〔註 5〕：

> 對國語版本最為幸運的巧事發生了，它出版的 1919 年，亦正是「五

〔註 3〕周作人原寫於 1920 年，刊登於《小說月報》1921 年，第 12 卷第 1 期，後輯於「周作人自編文集」之《藝術與生活》，石家莊市河北教育出版社，2002，p.42。

〔註 4〕周作人，《藝術與生活》，p.41。

〔註 5〕尤思德（Jost Oliver Zetzsche），蔡錦圖譯，《和合本與中文聖經翻譯》，香港國際聖經協會，2002，p.332。

四運動」的同一年，一個新文學的時代正式開始，國語（後來稱為白話）的現代文學中得到認可和使用。

很有意思的是《聖經》國語和合本初版在 1919 年 4 月 22 日出印刷場，正好在五四運動之前十多天登場，而文理版（文言文版）則在同年 6 月 25 日才刊行〔註 6〕，晚於五四運動一個半月，因此造成完全不同的命運，亦即「文理和合本的最後一版是在 1934 年出版的，而國語和合本直到今天仍然是標準的《聖經》中文譯本。」〔註 7〕

身為一個重要的學者，周作人是如此看待《聖經》國語和合本在五四運動白話文新文學發展上的可能影響力，換言之，他將重點放在「文學」上，而不是將之視為一本宗教信仰的重要經典。

另外一位五四時期的重要造思想家陳獨秀，他並未針對《聖經》發表過意見，倒是發表不少有關基督教的文字。然而，他所批評的基督教義並不是真正上的基督教義，僅僅是屬於他個人理解上的籠統教義。他說：「基督教底根本教義只是信與愛，別的都是枝葉。」〔註 8〕又說：「基督教底『創世說』、『三位一體說』和各種靈異，大半是古代的傳說、附會，已經被歷史學和科學破壞了，我們應該拋棄舊信仰，另尋新信仰。新信仰是什麼？就是耶穌崇高的，偉大的人格，和熱烈的，深厚的情感。不但那些古代不可靠的傳說、附會，不必信仰；就是現代一切虛無瑣碎的神學，形式的教儀，都沒有耶穌底人格，情感那樣重要。」〔註 9〕陳獨秀所謂的基督教義，抽離了基督教最根基的對神的信仰，只能算是單純的對耶穌人格的崇拜和敬仰，與事實上的基督教義是有區別的，其意見只算是籠統針對基督教而發；然而對於《聖經》的見解，我們可以從他用所謂的「科學」來批評基督教「創世說」、「三位一體說」等教義，大約可以推測，他是不相信的成分居多，也未曾以文學的角度視之。

海派作家葉靈鳳雖然不是教徒，卻很喜歡《聖經》，也喜歡引用《聖經》文本置入創作之中，《葉靈鳳小說全編》裡的 38 篇短篇小說，總計 16 篇運用到了

〔註 6〕尤思德（Jost Oliver Zetzsche），蔡錦圖譯，《和合本與中文聖經翻譯》，香港國際聖經協會，2002，p.306, 329。
〔註 7〕尤思德（Jost Oliver Zetzsche），蔡錦圖譯，《和合本與中文聖經翻譯》，香港國際聖經協會，2002，p.332。
〔註 8〕陳獨秀，《獨秀文存》，合肥安徽人民出版社，1987，p.279。
〔註 9〕陳獨秀，《獨秀文存》，合肥安徽人民出版社，1987，p.283。

基督宗教文本進行書寫，約佔42%，比例不可謂不高，他說：「我一向很喜歡讀《聖經》舊約和新約，將他們當作故事書讀，將他們當作文學作品讀。」〔註10〕

　　1920 年代是郭沫若小說創作的高峰期，他的自敘性作品〔註 11〕許多都挪用了《聖經》經文〔註12〕，在他 1936 年的小說〈雙簧〉裡，說了這麼一段話：「我說，我自己是深能瞭解耶穌基督和他的教義的人，《新舊約全書》我都是讀過的，而且有一個時期很喜歡讀，自己更幾乎到了要決心去受洗禮的程度。」雖然是帶著一點嘲諷地寫在了小說裡，但是仍然不失真地暗示了一個事實：亦即因著與第二任夫人安娜的交往，郭沫若的生命中出現了一段「信仰期」。就是這段「信仰期」，使得郭沫若熱愛讀《聖經》，並且差一點受了洗。郭氏在日本差點成為基督徒，應該是無可否認的事實，因此他對於《聖經》的看法，基本上是重視其為宗教經典，將之挪用文本、寫入作品中，其實代表的是一種面對生命的態度（因此 1924 年他書寫的自敘性作品都環繞《聖經》經文完成）。

　　當然他也將《聖經》視為一種「現代化的語言」。無可否認地，五四運動時期的文化觀，引用達爾文的進化論，建構一種「進化的」、「進步的」文化觀。當時運動的健將，陳獨秀、傅斯年、胡適、周作人、沈雁冰等人莫不作如是觀〔註 13〕。

　　在 1924 年《洪水》創刊號發刊辭中，我們看到編輯周全平使用基督教的術語將這種進步觀念以「破舊創新」（將不健康不完美的社會毀滅，以便從頭創造新世界）的方式表達出來。周全平在〈撒但的工程〉〔註14〕一文中指出：

> 上帝是全能的：渾沌的時候便創造，創造的不好便毀滅，一些沒有顧慮。本來惡劣的創造就是破壞，真正的破壞便是創造。……所以我們不妨說：美善的創造是上帝的本能。真正的破壞是撒但的天職。

〔註10〕 轉引自張慧〈《聖經》和基督教與葉靈鳳的小說創作〉，《文學教育》，2008.02，p.146。

〔註11〕 自敘性小說，陳偉華在他的《基督教文化與中國小說敘事新質》的第十一章「基督教文化與中國自傳體小說」裡稱為「自傳體小說」，他說：「自傳體小說……需要對作者有一定程度的瞭解，即要知人論事，……自傳小說中存在『小說契約』……自傳小說既有寫實的部分，……也有虛構成分。」參考陳偉華《基督教文化與中國小說敘事新質》，北京中國社科出版，2007，p.232。

〔註12〕 參考本書第一篇論文《郭沫若自敘性小說中聖經經文的挪用——以〈漂流三部曲〉、〈聖者〉、〈落葉〉為例分析》。

〔註13〕 參考喻天舒，《五四文學思想主流與基督教文化》，北京崑崙出版社，2003，p.124～6。

〔註14〕 全平（周全平），〈撒但的工程〉，《洪水》第一期，p.2～3。

非常清楚地，周全平運用「上帝 vs.撒旦」的架構建立論述，基督教的術語成為現代性的論述語言；而其中重要的寫手郭沫若在「創造十年續編」中，論到 1925 年 9 月 16 日復刊，改為半月刊的「洪水」刊名時說道〔註 15〕：

> 雜誌之所以命名為「洪水」者，本是出於周全平的心裁。他這心裁我知道得最確，是醞釀於他在當年替某教會校對過一次《聖經》，上帝要用洪水來洗蕩人間的罪惡。《聖經》上有這意思的話，這便是那心裁的母胎了。

「《聖經》上有這意思的話」（不只於「洪水」），構成了一種特殊的語言體系，於是我們看出來，在五四年代的一些特定的知識份子群體裡，形成一種論述「現代性」的語言。

因此，五四運動時期的一般藝文人士、知識份子看待《聖經》的方式，或是宗教經典，或是文學作品，或是一種特殊的「現代性」論述語言。

而教內的基督徒文字工作者，在五四時期又是如何看待《聖經》的？《文社月刊》上的意見，在 1920 年代的反教浪潮中，是具有相當代表性的！朱維之在 1925 出刊的第一卷第三期裡〈聖經與文學〉一文中，清楚地結論道〔註 16〕：

> 《聖經》是上帝的書，是我們靈性的食糧，……但《聖經》若被我們看得太嚴肅了，以為是神聖不可侵犯的，怕會變為枯燥無味的石餅……《聖經》原來是大大文學的書，若以等為是沒有文學興趣的，豈不是大大的冤枉了它麼？

明顯地，朱維之認為《聖經》不僅是一部信仰的經典（上帝的書）、生命的真理（我們靈性的食糧），更是一部充滿文學性與趣味的著作。同樣地，陳勳在〈《聖經》文學與基督教文字界的責任〉一文中，大量論述《聖經》的文學價值〔註 17〕。

除此以外，麥靈生在〈《聖經》與文化〉〔註 18〕一文中，說明在信仰經典與文學價值之外，《聖經》更具有改善社會與文化的功用。麥靈生在論述完科學與《聖經》之間的相關性後，繼續探討《聖經》與文化間的關連性：

> 那麼，《聖經》與文化，是有很大的相關了。蓋《聖經》是人生內

〔註 15〕郭沫若，《沫若自傳》第二卷「學生時代」之「創造十年續編」，pp.241。
〔註 16〕朱維之，〈聖經與文學〉，《文社月刊》第一卷第三冊，p.62。
〔註 17〕陳勳，〈《聖經》文學與基督教文字界的責任〉，《文社月刊》第一卷第三冊，p.63～66。
〔註 18〕麥靈生，〈《聖經》與文化〉，《文社月刊》第一卷第九、十冊，p.121。

在精神的修養的書，吾人若得了《聖經》的精神，則能發展人生的
事業，促進人類的幸福。試以開近世文明的門的工具說之，就可知
《聖經》大有造於文化也。

無疑地，麥靈生認為《聖經》對於文化具有極大的影響與改造能力，《聖
經》不僅僅是一種文本，且是一種能對現實世界進行改造的精神能力，更甚
而是近世西方文明發展的重要源頭。就這一點來看，麥靈生的意見已經超出
教外人士的看法，不再將《聖經》侷限於宗教文本、文學作品與現代性語言
的範圍，換句話說，《聖經》不再被視為是文化的產物，而是既在文化之中，
又在文化之上（改造文化、推動新的文化）的一種精神力。

陳勳在〈聖經文學與基督教文字界的責任〉〔註19〕一文中，看到了基督
教界的文字事業與工作的重要性。他認為基督徒所負擔的改善社會的責任，
就是要將人的精神引進《聖經》裡，因為《聖經》乃是闡揚真理、供應靈糧
的來源，確切的作法就是引介《聖經》（重新翻譯《聖經》）、介紹《聖經》
相關文學、《聖經》文學創作、建立風格的典範、進而影響讀者進入《聖經》，
「歸入基督門牆」〔註20〕。然而陳勳認為中國基督徒並未負起應盡的責任，
他說〔註21〕：

翻閱歐西文學史，當《聖經》自審定譯本出版後，那許多文學家都
依之為風格的模型……基督教來華已逾百餘年了，在這一世紀中，
很可以有創造新環境、良因緣的機會。

看得出來，陳勳希冀在引介《聖經》與相關文學之外，本土的作家也可
以創造出能夠稱得上以《聖經》為模型的風格之作，進而創造出一個具有宗
教氛圍的、新的文學環境。我相信自 1926 年 10 月之後，文社月刊即不斷刊
登文學創作直到最後一期，類似陳勳的意見，必然已經成為文社內部的共識。

經由以上的討論，我們看到基督教內、外知識份子對於《聖經》的看法，
於是我們可以試著來回答以下的問題：為什麼有那麼多作者要在其作品中引
用、改寫《聖經》經文與故事，而不是其他的經典文本？

〔註19〕陳勳，〈聖經文學與基督教文字界的責任〉，文社月刊第一卷第三冊，1925.12，
　　　　p.63～72。
〔註20〕陳勳，〈聖經文學與基督教文字界的責任〉，文社月刊第一卷第三冊，1925.12，
　　　　p.71。
〔註21〕陳勳，〈聖經文學與基督教文字界的責任〉，文社月刊第一卷第三冊，1925.12，
　　　　p.67。

　　至少我們從此一事實可以得知，在五四時期當時，文學創作裡引用、改寫《聖經》經文與故事，雖未必可以謂之「蔚為風潮」，然而已是一個不可忽略的事實（基督教外人士已然如此，遑論教內人士），換句話說，當時的知識份子與作家對於將《聖經》此一經典置入文本之中——而不是其他經典——的這一個現象，確實成為一種偏好，且構成一種集體的書寫傾向。

　　其實這是一種文本的旅行與轉化的過程：從生產與流通的過程來看，《聖經》文本大部分出自猶太人之手，只有極少部分可能出於非猶太裔作者（例如：寫下〈路加福音〉、〈使徒行傳〉的路加醫師），經由公元 70 年後猶太人分散世界各地以及基督宗教的傳教，旅行到世界各地；到達中國的時間，根據「大秦景教流行中國碑」的記載，應當就是在唐太宗貞觀九年（635 年）傳入中國，碑文說太宗讓傳教士阿羅本「翻經書殿」〔註22〕，二十世紀初發現於敦煌的《尊經》則記載景淨翻譯的三十部經典，其中有學者認為有幾部是屬於新、舊約《聖經》的譯本，一直到 1919 年中外許多學者合作將近三十年才譯出的漢語和合本《聖經》出版，正好與亟思改變的中國知識份子與文學作家撞擊出一種帶有現代性特質的文學火花。和合本《聖經》在五四文化運動時期（此時正好完成它具有階段性任務的翻譯與出版工作），跨越出了宗教信仰的範疇，即便在反教的重大社會壓力下，依然成為知識份子（尤以創造社成員為最）論述現代性的一種象徵性語言，以及文學界吸納、咀嚼之後，成為一種創作的養分，不僅引述、挪用、改寫、改編，展現出一種全新的文學語言——而這樣的文學新趨勢對於基督教徒而言，其實是饒富意義的，而且也是一種使命（——改變世界）的實踐：《聖經》走出了教徒的小圈圈的藩籬，進入社會，運用文學創作的形式，親近一般大眾，讓人有機會認識《聖經》的真理與福音。

　　於是，我們回到論文中要討論的《文社月刊》改寫《聖經》故事的討論架構中的第一個架構，亦即與《聖經》的關係的辯證，我們就可以更清楚明白，「為什麼有那麼多作者要在其作品中引用、改寫《聖經》經文與故事，而不是其他的經典文本？」像這樣的問題，答案除了時間的巧合之外，知識份子與文學作家的態度，背後應該是有一個動機，他們都背負著一個目的，中國的積弱有沒有機會改變？而這樣的反思其實是放置在一個思考架構下進行的，也就是面對船堅炮利的西方列強重新回頭思考千瘡百孔的中國文化的出

〔註22〕翁紹軍，《漢語景教文典詮釋》，香港漢語基督教文化研究所出版，1995，p.54。

路，無論對於教徒或非教徒（教徒要用《聖經》改變社會與人心；非教徒想認識西方強權背後的文化源頭基督宗教與《聖經》），無疑地《聖經》都成為一個重要的觀察的參考體。

三、舊約《聖經》故事的改寫

《聖經》的文本的在地化過程，除了翻譯之外，另外許多途徑中的一條就是經由《聖經》的故事的再述說（retold）與再書寫（rewriting），擷取、剪裁、拼貼、編織、延伸、或者甚至給他一個全新的樣貌，這其中當然牽涉的不同的時代、作者的操作，而生產出不同的、全新的意義。

《文社月刊》裡面的舊約《聖經》故事的改寫，根據表1的歸納有五篇，其中四篇集中在「創世紀」的離開伊甸園的情節，亦即第一個 Teledoth，述說亞當夏娃這個家庭的犯罪墮落、被上帝驅逐出伊甸園的故事，包括〈誘惑〉、〈樂園〉、〈葡萄園〉、〈夏娃的煩惱〉。

〈誘惑〉、〈樂園〉、〈葡萄園〉、〈夏娃的煩惱〉這四個故事也各有不同的偏重，〈樂園〉是戚揚六段的一首小詩，戚揚是浙江蕭山黨山鎮人士，1857 年生，1889 年光緒十五年進士及第，1945 過世，詩的前三段寫樂園裡的美好，第四、五段寫被誘惑、吞禁果、落入罪惡黑暗中，第六段寫勉勵青年讀者追求重回伊甸園生命之泉。除了結尾勉勵讀者之外，基本上只是以不同形式重新書寫的呈現。

西華的小說〈誘惑〉主角當與娃（將亞當與夏娃的名字以簡稱的方式書寫），吃了禁果（小說中稱為「智果」），被上帝發現、逐出伊甸園後，亞當在夢中潛回伊甸園，享受樂園生活，此時卻被發現、再一次被驅逐出園外，醒來後歸咎於夏娃，而夏娃也認錯祈求原諒，雖然是《聖經》故事的改寫，基本上維持原貌，可是西華仍舊加了一些想像情節，亞當的夢境與夏娃的認錯。其中最有趣的是亞當在夢境中再一次被驅逐，如果我們認為精神分析關於夢境的理論是正確的話，那麼被上帝驅逐這一個事件已然成為亞當生命中最深的意識的核心，他的「無意識」（the Unconciousness）已經被犯罪此一罪咎感佔據，然後以夢的形式表現出來。

〈葡萄曲〉是朱維之的一首新詩，六句一段，共二十段，一百二十行的詩，其實這一首詩雖然是「夢入伊甸園」的情節，然而實際上應該是回應一篇由朱維之、戚揚與馮雪冰三人聯名發表的一篇文學宣言〈葡萄園〉所寫的

詩。而這一篇文學宣言〈葡萄園〉事實上又是朱維之、戚揚與馮雪冰三人所組成的文學團體「葡萄社」的成立宣言。葡萄社主張基督教在當時 20 年代如果能夠發展，在中國社會中佔有一席之地，宗教（基督教）文藝是一個重要的基石〔註23〕。

　　朱維之的〈葡萄曲〉新詩與馮雪冰的〈耶弗他的女兒〉可說是對他們自己所發表的宣言做出的即時性的實踐，兩篇均與〈葡萄園〉一樣發表於 1927年 4 月《文社月刊》第二卷第六冊。〈葡萄曲〉寫道一個敘述者「我」夢到伊甸園，創造之神（上帝）命令「我」學農種植葡萄樹的一個過程，當然整首詩可以意指這一群年輕作家希望在基督教文學界（伊甸園）奮力耕耘的自我期許，也可以是象徵性地說明每一個亞當夏娃的後代的「我」，都希望能重回伊甸園，尋回先祖在悖逆犯罪之前與上帝同在的美好關係，其中第十段寫道：「創造之神命我在葡萄園學農」〔註24〕，整首詩可以說圍繞這一句詩發展而成，其中心意義就特別著重在「我」順服上帝的命令此一主題上。相同地，這樣的期盼對於「我」而言，只能發生在夢中，很有意思的是這和之前討論的小說〈誘惑〉使用相同的書寫架構，亦即無法回去的伊甸園，永遠只能在夢中歸回，與上帝的合一同在成為一個永遠無法被滿足的欲望。

　　以上討論的三個故事〈誘惑〉、〈樂園〉、〈葡萄園〉基本上算是故事的改寫，其書寫的意義可以說是建構築基於《聖經》故事「創世紀」的離開伊甸園的情節，被誘惑、不順服、吃禁果、犯罪、逐出樂園、悔恨，另一篇同樣植基於此一故事的〈夏娃的煩惱〉，則已經離開了改寫的途徑，變形書寫成為一種質變的創作，關於這一篇我們稍後再論。

　　馮雪冰的〈耶弗他的女兒〉基本上是用《聖經》舊約〈士師記〉十一章耶弗他打敗亞捫人的一段有名的故事為底本所改寫而成。《聖經》裡面耶弗他是一個妓女的兒子，且是被排斥、驅逐在外，無法加入一般以色列人的社會。以色列人為了抵擋亞捫人的侵略，召他回來作為軍事行動的領導人。攻打亞捫人的戰事大獲全勝，回程時他許願要將先出來迎接他的人獻燔祭歸給上帝，然而卻是獨生女第一個出來迎接他，悲劇性也就是建立在這樣基礎上。《聖經》（舊約〈士師記〉11:36～39）這樣寫道：

〔註23〕參考〈葡萄園──葡萄社作品〉一文，《文社月刊》第二卷第六冊，1927.04，p.66。

〔註24〕參考〈葡萄曲〉一詩，第十段寫道：「創造之神命我在葡萄園學農」，《文社月刊》第二卷第六冊，1927.04.，p.70。

他女兒回答說:「父啊,你既向耶和華開口,就當照你口中所說的向
我行,因耶和華已經在仇敵亞捫人身上為你報仇」;又對父親說:「有
一件事求你允准:容我去兩個月,與同伴在山上,好哀哭我終為處
女。」……女兒終身沒有親近男子。

顯然,在這裡耶弗他並沒有真正將女兒獻為燔祭,而是象徵性地讓女兒
以終生守獨身作為犧牲。而在小說〈耶弗他的女兒〉裡,做了一些修改:加
了愛情元素(耶弗他女兒的情人戰士麥丁,因無法結為連理,因此自殺殉情;
或許是因為《聖經》原文提及「終為處女」之故),以及修改原本是回程、改
為出發征戰之時就許願。事實上,這樣的改寫並未偏離《聖經》文本的主旨,
亦即耶弗他粗率地許願,導致女兒無謂地犧牲。

我們發現《文社月刊》重新書寫《聖經》的故事時,若是以偏離《聖經》
原文主旨與否作為判準來看,可以大約分為兩類:一是對《聖經》故事主旨
向心式的改寫,另一則是離心式的質變書寫;以舊約故事的改寫考察,〈耶弗
他的女兒〉與其他三篇〈誘惑〉、〈樂園〉、〈葡萄園〉屬於第一類,而〈夏娃
的煩惱〉則屬第二類。在討論〈夏娃的煩惱〉之前,我們發現〈耶弗他的女
兒〉的小說裡面,作者會將中國文化的符號加入,我們不妨將之視為一種處
境化的書寫,例如在第一幕中耶弗他的女兒瑪麗引嫦娥故事,加以比擬麥丁
與自己的愛情專一〔註25〕:

月裡嫦娥年紀輕,我把彎弓射她心。除了我的麥丁外,少年都想去
求婚。

另一個相同的例子,麥丁出征時,吟詩曰:「飲馬長城,壯士得生還,愛
情再把斷天連。」〔註26〕加上這一句「飲馬長城」,把中國文化的符碼融入改
寫裡,這樣的書寫其實會產生一個效果:亦即一種「中國性」。

另外,還有值得注意的是建築在文字的符號性特質上的完全屬於書寫的
虛擬趣味,亦即馮雪冰嘗試在這樣一個《聖經》舊約改寫的故事中,由於在
他的認知當中此乃一希伯來歷史故事,因此我們看見他竭盡所能營造一種希
伯來的文化性,這樣的文化符號性建構過程,我們發現從「命名」(naming)
開始,以及環繞名字的延伸性虛擬想像,例如給耶弗他的女兒命名「瑪麗」,
她的奶媽名為「馬大」,只要對《聖經》熟悉的人都知道,這是《聖經》新約

〔註25〕參考《文社月刊》第二卷第六冊,1927.04.,p.75。
〔註26〕參考《文社月刊》第二卷第六冊,1927.04.,p.77。

裡常見的名字，「約翰福音」裡有一家姊弟，大姊、二姊就名為「馬大」、「馬
利亞」（此為和合本的譯名），相信馮雪冰在此處是有借用之意，只是將馬利
亞改為「瑪麗」（New R. S. V.就譯為 Mary），在另一處新約故事裡，這一對姊
妹被描述為姊姊忙碌服事、妹妹一心親近耶穌的形象，放在〈耶弗他的女兒〉
的戲劇裡置換為奶媽、小姐的關係應該算是合適的。至於將馬利亞改為「瑪
麗」，這在〈樂園〉、〈夏娃的煩惱〉兩篇中不約而同地將亞當、夏娃所吃的分
別善惡樹的果子稱為「智果」，均可視為作家在創作書寫的過程中的加工。

另外，更有意思的例子是馮雪冰設計此一故事的高潮發生地點為「橄欖
山」，我們不妨來看看作者如何塑造橄欖山，在「序詩」中耶弗他吟唱道：「曾
記她攀登橄欖山的絕頂」〔註27〕，第三幕中舞台道具敘述則說：「橄欖山之高
峰，周繞餘山，其低者幾百丈，每一迴旋，又突一峰，距前者又高數十丈，
愈轉愈高，乃達橄欖山之峰；高插雲際，目不可極。」〔註28〕馮雪冰將這一
個戲劇的高潮發生地描述為一絕頂高峰，過程是「命名（希伯來性）→橄欖
山→高峰（高潮）」，頗為合理。然而，稍微對以色列地理瞭解的話，就知道
耶路撒冷舊城東邊的橄欖山，雖然海拔八百多公尺，但是與旁邊的耶路撒冷
比較的相對高度大約只有不到一百公尺高的一脈矮丘，從此一歷史、地理事
實回過來再看馮雪冰的書寫，其實完全是他的想像，塑造出一種崇高的悲劇
性美學效果。

於是，我們看到馮雪冰的改寫裡，從符號學的角度分析的話，兩種文化
性的融合、對話成為一種基調。一個希伯來的歷史故事，〈士師記〉裡的耶弗
他與他的女兒，從以色列以《聖經》舊約希伯來文的形式旅行，經過了複雜
的路線（不同的國家、人類、時代、語言、文字），來到了二十世紀初的中國，
被中國人以中文的語法、語意、典故、重新書寫、改動、詮釋，變成一個在
中國社會出版的《聖經》故事，裡面存留著一些希伯來符號（譯名）的希伯
來性與希伯來歷史記憶，包裹於中國的語言與符號之中，這其實就是歷史語
境的處境化書寫（historical contextual writing）。

然而〈耶弗他的女兒〉的故事，也並非完全與「伊甸園」故事脫離，我
們看到瑪麗與馬大在第一幕中的一段對話圍繞此一典故：

瑪麗：上帝只創造了快活的伊甸園，教他的兒女快活地享受。

〔註27〕參考《文社月刊》第二卷第六冊，1927.04.，p.73。
〔註28〕參考《文社月刊》第二卷第六冊，1927.04.，p.85。

馬大：你知道亞當把樂園失去以後，人類永遠擯棄在伊甸園之外嗎？

第一幕裡，瑪麗仍然陶醉在父愛的親情、與麥丁的愛情裡，因此她認為上帝創造伊甸園讓神的兒女快樂享受，但是奶媽馬大卻指出一個永恆的「無法滿足」：人類被永遠擯棄在伊甸園之外。在這一個戲劇裡，我們知道最終的發展其實是符合奶媽的認知，亦即人類終究是無法待在幸福的樂園裡的，在此三幕劇裡，從第一幕的天真到第三幕認清事實，我們可以從認識論的角度來詮釋，瑪麗並沒有讓她的生命進入追尋之旅，而是被迫認清人類在犯罪之後（以亞當為代表）的存在終極困境，再也無法重返那失去的樂園：即使她原先以為自己擁有樂園（親情與愛情的樂園），最後的事實卻是必然失去。

《文社月刊》裡的舊約故事改寫，我們要討論的最後一個故事是第二卷第九冊王皎我的〈夏娃的煩惱——三部曲〉，雖說是三部曲，加上前言與結語「現代之光」，其實是有五大段的一首新詩。這一個故事基本上應該算是一篇全新的創作，且極富新意，以夏娃為主角，開創出一個女性意識覺醒的文本。

我們知道在《聖經》舊約〈創世記〉的記載裡，夏娃是第一個受不了撒旦試探的（女）人，也是第一個違逆上帝旨意而犯罪的人類，〈創世記〉第三章 13、16 節說：

> 耶和華神對女人說：「你做的是什麼事呢？」女人說：「那蛇引誘我，
> 我就吃了。」……又對女人說：「我必多多加增你懷胎的苦楚；你生
> 產兒女必多受苦楚。你必戀慕你丈夫；你丈夫必管轄你。」

歷來的解經家都看見了夏娃的罪咎感，以及她和亞當如何帶著神的懲罰離開伊甸園，開始了人類在世界上流亡的歷史。然而，王皎我做了一個「徹底的翻轉」，與《聖經》的記載產生斷裂，彷彿是亞當與夏娃離開了伊甸園，王皎我的書寫也離開了《聖經》文本所隱含的內在權威的圈限，寫下了專屬於王皎我的亞當與夏娃的故事版本。在〈夏娃的煩惱——三部曲〉裡，把伊甸園寫成安逸的監牢〔註29〕：

> 不再讓四肢像石頭般的安閒，
>
> 要，掙扎出這狹小的獸欄，
>
> 要，跳出這號稱「樂園」的監牢。……
>
> 只有你，只有你這畏縮的鼴鼠，懼怕上帝的空言。

〔註29〕參考《文社月刊》第二卷第九冊，1927.09，p.54。

　　王皎我書寫下的夏娃、伊甸園、上帝、亞當其實已經與整部《聖經》沒什麼關連性，更確切地說他借用了《聖經》說故事的架構，填充了他自己的神學內容，所以他在「作後小言」〔註30〕裡說：

> 　　夏娃出了伊甸園纔變成偉大的和創造的神人，……在沙漠之園她成
> 　　全了她的偉大，實現了她神人的才幹……智果開不了她的慧眼，蛇
> 　　沒夏娃聰明，所以更不能誘惑她，即是誘惑了，夏娃也是不受它的
> 　　誘惑的。上帝何嘗因為吃了智果能力和祂一樣就把她驅逐出伊甸園，
> 　　不過上帝恰恰在夏娃吃智果的那天切實的認出夏娃是了不得的，遂
> 　　即讓她走到伊甸園外，完成她偉大的藝術。

> 　　不幸的很，現代的婦女多緬懷昔日的伊甸園，或試再返回伊甸園。

> 　　夏娃的沙漠之園完全忘記。

　　這就是王皎我的神學，一個對女性創造與操作能力的崇拜情結，他要的不是對創造萬物的神的敬拜，對他而言，神已經被塑造為一個「老邁的上帝」、「昏花的眼」，「重返伊甸園」這個整部《聖經》最重要的神的計畫，透過神子釘十字架的救贖行動，讓人重新與神和好，這一個真正的信仰核心概念已經取消。王皎我述說的是一個社會運動，更明白地說，就是高懸一個婦女運動的理想，讓當時的女性在創造與操作之中找到生存的意義。信仰與宗教情懷已經不是他的終極關懷，他真正的意圖只是借改寫聖經故事，抒發他認為當時中國社會最需要的革新；婦女地位的調整是一個，另一個則是他改寫新約聖經四福音故事耶穌行傳為一個「高舉藝術為人生最高價值」，作法如出一轍，邏輯前後一貫，都是要用一己的某些哲學取代基督教基本教義與信仰核心價值。

四、新約《聖經》故事的改寫

　　《文社月刊》裡所改寫的新約故事，整體上來看應該有四篇：〈聖誕夜伯利恆荒郊外〉、〈百利恆的悲劇〉、〈逾越節的宴席〉與〈藝術與耶穌的再生〉。除了〈百利恆的悲劇〉為戲劇之外，其他三篇均為新詩。

　　陳勳所寫的新詩〈聖誕夜伯利恆荒郊外〉，寫於 1926 年，是一首短詩，只有六十一行，完全以《聖經》新約裡的耶穌降生故事為本，擴張後稍加發揮，沒有太多的新意。

〔註30〕參考《文社月刊》第二卷第九冊，1927.09，p.62。

朱維之所寫的戲劇〈百利恆的悲劇〉，根據的是「馬太福音」第二章幾位東方博士拜訪猶太的希律王，引發其殺機的故事作為劇本的背景。朱維之在劇本裡設計了另一位來自東方大漢國的旅行家——李良，時代訂在耶穌出生後三天後，羅馬士兵奉希律王的命令要殺掉百利恆兩歲以下的嬰兒。這一事件當然是因為希律王害怕有一為傳說中的猶太王降生，危及他的統治權，因此才下了這一道命令，李良雖然使用賄賂的手段讓主人以利伯罕之子免於死亡，可是等李良離去，另一隊士兵來到，以利伯罕之子仍慘遭毒手。

事實上，朱維之想透過這一篇劇本與讀者分享的是當時中國的處境，特別是呼應長期受到帝國主義侵略的慘烈現實，文中不斷藉李良之口對帝國主義提出批判〔註31〕：

> 我實實在在地告訴你們：彌賽亞是永遠不會來的；除非是你們自己
> 去做彌賽亞。……帝國主義者氣焰正騰騰，若沒有『彌賽亞』出來，
> 為平等、自由、博愛而宣戰；你們的苦確不知何時是了。彌賽亞不
> 是坐著老等的，是要人人自己去努力的呀！

我們可以清楚看出朱維之提出的解決之道人本主義的色彩濃厚，神學的意義已然退位，彌賽亞已經不是那個在馬槽降生的耶穌基督，而是在每一個人自己的努力作為之中，最後李良甚至提出：「到了這個時候，還不革命？」〔註32〕

最有趣的部分是提出自己努力去做彌賽亞或者革命的人，不是被奴役、統治的猶太人，而是一個來自大漢國的旅行家李良。很顯然地，猶太國被奴役只是一個對照組而已，朱維之真正想說的是中國的被欺凌，中國才應該努力、才應該革命，中國才是需要彌賽亞的國度。耶穌基督降生的故事只是一幅畫的背景，那一幅畫真正凸顯且聚焦的是 1926 年之後，積弱不振的中國的彌賽亞又在哪裡？

我們看到朱維之改寫新約《聖經》故事，其目的不在於一般的福音故事的用意：運用耶穌降生故事傳達信仰，反倒是這個原本引述自《聖經》的耶穌降生故事，主角耶穌成為一個缺席的角色，其存在退居一隅，僅僅成為標示故事年代與背景的作用，祂的名字在正文裡從未被提起，顯然不再是宗教體系中具有救贖能力的符號，而是被翻轉指涉一個缺乏救星的時代：民初的中國。

不過，我們無法因此說〈百利恆的悲劇〉就是離心式的質變書寫，事實

〔註31〕參考《文社月刊》第二卷第一冊，1926.11.，p.52。
〔註32〕參考《文社月刊》第二卷第一冊，1926.11.，p.51。

上它仍然是向心式的改寫，因為所有《聖經》新約文本的元素的意義並未產生位移，其定位仍舊維持原樣，羅馬帝國依然是霸權，嬰兒耶穌依然還是那將來的救主，猶太人依然等待彌賽亞的來到，只是這一切被引伸、象徵化地說明當中國的處境。

馮雪冰寫的新詩〈逾越節的宴席〉基本上根據的是四個福音書都有記載的耶穌與門徒在他要上十字架之前共進的「最後的晚餐」，書寫的情節大致上從四個福音書裡擷取出來加以重組、創作，一般來說，在晚餐席間設立聖餐、暗示指出誰將出賣主耶穌。故事主架構植基於四個福音書，但是仍不免加上虛擬的想像，他描述晚餐用的是玉壺、黃金之杯，場合是：「忽然的鐘鼓齊鳴，合奏著洞簫清笙」〔註33〕，這與他所改寫的舊約故事〈耶弗他的女兒〉裡所塑造的橄欖山場景很類似，顯然中國文化的語境、誇大的修辭已成為馮雪冰改寫《聖經》的重要技巧。

比較有意思的是馮雪冰加了「香膏之瓶」的故事，亦即一位女郎打破香膏之瓶膏抹耶穌的事件。此一事件在新約裡面記載於二處，一是〈馬可福音〉第十四章，一是〈約翰福音〉第十二章，發生地點都是在伯大尼，時間則是不同福音書記載有異，〈馬可福音〉記載逾越節前兩天或者〈約翰福音〉所寫在前六天，但無論如何都不是發生在耶路撒冷逾越節當晚的最後晚餐的時節。為了營造出耶穌赦免人罪惡的恩典，馮雪冰重新編輯《聖經》，不僅拼湊縫綴「最後的晚餐」與「香膏之瓶」，且修改福音書內容，因為無論〈馬可福音〉或〈約翰福音〉都只是客觀地描述此一事件，並未提及女郎的認罪與耶穌的赦罪，明顯地他是有意地安排讓女郎膏主與猶大賣主並置，於是在女郎罪得赦免之後，基督設立聖餐說道：「這是我的血肉，要為世人犧牲，救贖那漫漫的罪惡……」〔註34〕然後接著基督就向著猶大怒道：「去吧，你醜惡的撒旦！去吧，去向你地獄裡沈淪！」〔註35〕

對於馮雪冰而言，無論舊約、新約故事的改寫，是自由的創作行為，忽視《聖經》的經典地位，刻意錯置、編排經節順序，經營他心目中基督宗教文學。儘管如此，此次的書寫展示，仍舊是向心式的故事改寫，其意義還是建構在《聖經》原有的意義系統之上（雖然經過重新排列）。

〔註33〕參考《文社月刊》第二卷第七冊，1927.05，p.110。
〔註34〕參考《文社月刊》第二卷第七冊，1927.05，p.112。
〔註35〕參考《文社月刊》第二卷第七冊，1927.05，p.113。

王皎我的〈藝術與耶穌的再生〉與他所寫的舊約改編故事〈夏娃的煩惱——三部曲〉有異曲同工之妙，雖然都以《聖經》的文本作為他創作的材料來源，其中〈藝術與耶穌的再生〉更是廣泛擷取新約四福音書耶穌行傳加上保羅書信揉合、重塑的。

某個程度上，我們幾乎可以說王皎我正在利用所謂的「本色化神學」進行一場書寫的宗教革命。我們看看他寫的詩，事實上是想透過教會內部的改革，進行一場社會運動，進而以他的「藝術神學」理念取代「神位格」的信仰，所以他說〔註36〕：

> 已經釘死十字架上的耶穌，
>
> 他要使被壓迫的得釋放，
>
> 他要使飢餓的人得飽足，他是個反抗最激烈的，
>
> 他是推崇戀愛自由的，……
>
> 妳們這些混人呀！硬說：
>
> 凡在軛下在僕人的，要順從，順從，無理由的順從，順從，善，惡，是，非，一律順從。
>
> 剝削，剝削為教會作工人的工資，八塊錢一個女傳道員，十二塊錢一個小學教員，五塊錢一個夫役；……

然而他並沒有真正攻擊到一個創造宇宙萬物的神與一個為人類救贖上十字架的神子，他其實集中火力攻訐的是一個無能且作惡的「教會」與其文化。我們都知道，耶穌並沒有推崇自由戀愛，明顯地王皎我只是藉耶穌之名推銷他當時的社會理念，這就是名符其實的處境化書寫。然而他卻用「藝術神學」不僅取代教會的運作，更進一步以「藝術」取代上帝，成為新的神祇，成為新的救贖，因此他又說〔註37〕：

> 宗教沒有給人解除了煩惱，……藝術呢？它的確解除無量數人們的苦悶。……偉大的藝術乃真世界廢掉，他的一點一畫不能廢掉，宗教的律法有那個敢再說如耶穌所說：「世界廢掉了，律法的一點一畫也不能廢掉」的話。

耶穌的意思當然是《聖經》是神的話語、永恆的真理，「世界廢掉了，律法

〔註36〕參考《文社月刊》第二卷第十冊，1927.10，p.43～44。
〔註37〕參考《文社月刊》第二卷第十冊，1927.10，p.49。

的一點一畫也不能廢掉」這句話是主張《聖經》無可挑戰與取代的地位，然而王皎我要廢掉《聖經》的經典地位，其實某個程度來說，他不僅僅是進行宗教革命，而且是在造一個新的神，就判教來說，其實說是「異端」也不為過。

於是我們看到《聖經》故事的改寫，其實牽涉到一個很重要的釋經學的問題，亦即在本色化的實踐過程中，《聖經》經文的內在權威與處境化書寫下的作者個人意志之間的拉扯作用。

五、結語

根據釋經學專家格蘭·奧斯邦（Grant R. Osborne）的意見：「從經文到閱讀到應用，權威的程度欲降愈低。」他認為《聖經》的閱讀行為其中包含的三個意義層次會帶出三個權威：第一層次是經文（內在的權威），第二層次是解釋（衍生的權威），第三層次是本色化（應用的權威）。

而《文社月刊》在王治心任主編之後，編輯方向改變，開始採用文學作品，關於這一點，沈嗣莊在目錄後一幅司徒喬的畫背面寫下一則「啟事」〔註38〕：

> 我們以後談本色基督教，……有幾條新的路，就是：詩歌、小說、
> 美術、戲劇（合電影）。這似乎偏重於「情」。是的，有了這情，然
> 後才能產生本色的神學，和本色的教儀，和一切屬於「知」方面的
> 事，然後才能支配我們的行為，影響我們的「意」了。

在本色化神學的實踐上，我們發現在「應用的權威」的層次上，產生了一種「拉扯作用」：一方面是《聖經》經文所擁有的內在的權威，另一方面則是《文社月刊》的作家們，他們閱讀、理解、詮釋、引用、延伸或重組、改寫、創作，於是產生兩種情況，一是與經文原初意義仍具有連結關係的向心式改寫，一是與原初經文意義產生斷裂關係的離心式質變書寫。

至於這樣的文學書寫，是否可以產生沈嗣莊所謂的「本色的神學」與「本色的教儀」，事實上是很可以討論的一個課題。我們發現內在的權威與創作的主體之間的拉扯作用，似乎是一個光譜的兩極。在基督宗教中漢語的表達上，完全忠於《聖經》文本的權威，基本上是位於翻譯的階段；再過來是「解釋」或「詮釋」的階段，所偏重的是神學的建造；最後則是運用《聖經》文本創作，有的是在作品中引用《聖經》文本，與作品產生對話、辯證效果（一方面保有《聖經》文本的權威，另一方面則產生斷章取義的效果），有的是將《聖經》故事改寫，但是仍不偏離原有意義架構，就應用的權威的角度來看，這

〔註38〕參考《文社月刊》第二卷第九冊，1927.09，p.112。

樣的拉扯作用是有一個平衡的效果維持著，然而最終不免會產生一種極端狀況，也就是改寫已經完全偏離《聖經》文本的意義架構，產生質變、斷裂的效應，《聖經》故事原本的典故價值已被取消，取而代之的是作家另行賦予的新的價值，書寫者的主體意識被強調，《聖經》在信仰中真理的地位被取代，本色化的過度強調，《聖經》內在權威消失了，應用權威被推到一個極致，信仰價值不見了，僅僅賸下一些基督教的語意符徵（符旨缺席），而應用權威上的社會學意義則無限上綱地被重視，成為一種借用基督教文本書寫其自我作品的創作行為（王皎我的作品可以為代表），至於其是否為基督教徒作家或者是否具有本色化的神學實踐，已經是無法證實的身份與意圖了。

表1

改編 聖經	故事出處	改寫文本（文類）	作者	文社月刊 卷數／期數／頁碼	出刊年月
舊約	〈創世紀〉伊甸園	〈樂園〉：新詩	戚揚	2／2／p.62～63	1926.12
	〈創世紀〉伊甸園	〈誘惑〉：小說	西華	2／3／p.89～92	1927.01
	〈創世紀〉伊甸園	〈葡萄曲〉：新詩	朱維之	2／6／p.68～72	1927.04
	〈士師記〉耶弗他與女兒的故事	〈耶弗他的女兒〉：劇本	馮雪冰	2／6／p.73～90	1927.04
	〈創世紀〉伊甸園	〈夏娃的煩惱〉：新詩	皎我（王皎我）	2／9／p.52～62	1927.09
新約	〈路加福音〉救主誕生	〈聖誕夜伯利恆荒郊外〉：新詩	陳勳	2／1／p.5～6	1926.10
	〈馬太福音〉希律王殺男嬰	〈百利恆的悲劇〉：戲劇	朱維之	2／1／p.43～52	1926.10
	四福音書逾越節的宴席、馬利亞膏耶穌	〈逾越節的宴席〉：新詩	馮雪冰	2／7／p.109～113	1927.05
	四福音書耶穌生平	「藝術與耶穌的再生」	王皎我	2／10／p.38～50	1927.10

左派的耶穌——
《文社月刊》中的基督形象

一、前言

　　1920 年代中國反教運動可以追溯及 1910 年代五四運動與新文化運動，對於德先生與賽先生的探討，漸漸轉而對破壞民主國體的軍閥與支持軍閥、侵略中國的帝國主義提出批判，同時也對與外國勢力有密切關係的基督宗教起了強大的反感。而中國共產黨建立之後，也順勢將政治鬥爭的矛頭指向基督教，爭奪年輕人的支持。

　　文社成立於 1924 年，結束於 1930 年，前後七年時間，也正是處於中國 1920 年代的反教風潮時期。上個世紀 20 年代基督教的重要出版物《文社月刊》，在兩年半的出刊期間（1925.10～1928.06），面對來自中國社會全面性的反教運動，除了以大量的論述不斷地做出回應，提出他們對於基督教傳播與經營的「本色化」主張之時，同時也擴張他們的關懷觸角。

　　這一群基督徒知識分子透過《文社月刊》所塑造出的耶穌形象相當具有現代性意義，透過耶穌與當代重要的思潮產生了重大的對話效應。

二、左派的耶穌

　　無可否認的，朱執信在 1919 年發表於《建設月刊》12 月號的〈耶穌是甚麼東西〉〔註 1〕，可以說是當時對耶穌形象最詳細的描述，而且確實也引起注

〔註 1〕本論文朱執信的文章，參考《耶穌是甚麼東西》一書。朱執信，《耶穌是甚麼東西》，上海華通書局，1929。

意。內文共分六部份：一、歷史的耶穌；二、聖經中的耶穌；三、新教徒的基督教；四、新理想主義哲學者的耶穌；五、托爾斯泰的耶穌；六、總結。

第一章「歷史的耶穌」裡，談及耶穌形象只有一個論點，那就是耶穌是個私生子，羅馬軍官硬上耶穌的母親瑪利，未婚夫約瑟只好接手扶養，長大後的耶穌不過是個想要反抗羅馬殖民政權的無能之輩。在「歷史的耶穌」這一章裡，朱執信的論述並沒有「歷史的證據與考證」為基礎，不過引述了日本學者幸德秋水的《基督抹殺論》的一些猜測，加上他個人的粗糙推論寫就。也因著朱氏論證與歷史史實的脫鉤，更看出「無能的私生子」正是朱氏心目中耶穌的真實形象。

第二章「聖經中的耶穌」則基本上是朱氏最看重的，篇幅也是最多的（一到五章也才 25 頁，這一章就占了十頁），他說：「能夠在社會上生影響的，不是歷史的耶穌，卻是聖經上的耶穌。」而《聖經》裡耶穌說的許多教訓（講平等、博愛、愛人如己、索袴與衣，和山上垂訓），朱執信雖然認同，但認為那並不是耶穌的專利，而是「上頭所講的好處，也是自古相傳的訓誡」，他舉了兩段《聖經》新約文字說明耶穌是個怎樣的人，一是「馬太福音」25 章童女點燈故事，一是「馬可福音」11 章咒詛無花果樹故事。朱氏認為前者顯示耶穌是個自私自利到不堪地位的人，根本不是真的如他自己說的愛人如己；後者則是咒詛無花果樹看出耶穌利己殘賊荒謬的人格。第三章「新教徒的基督教」主要談論新教和舊教一樣，一脈相承耶穌自利殘忍的復仇心態。第四章「新理想主義哲學者的耶穌」引述德國學者倭鏗論述的耶穌是「全然自立自尊，和世界戰爭能打勝仗，同時又有心靈內界生活的存在支持著他，所以又不至於自誇傲慢的一個人」，朱氏以為這樣一種自由俯仰無愧的人格純屬想像，絕非事實。第五章「托爾斯泰的耶穌」則認為托爾斯泰所認識的耶穌不過是投降主義，完全向世界現實妥協，看不出耶穌與其他宗教人士的相異處。結語則再次呼應耶穌乃是「口是心非、偏狹利己、善怒好復仇的一個偶像」。

面對朱氏的挑釁，五年後成立的文社、再一年後出版《文社月刊》的基督教精英份子並未立刻反擊，這中間我們知道 1922 年上海、北京的學生就因著「世界基督教學生同盟」要在清華大學召開世界年會而發起了反制活動，因此文社諸公要回應的不只是朱執信的耶穌看法，甚至是更廣泛、更大規模的非基運動的論述。無論如何，《文社月刊》還是在第三卷的第七冊（1928.05）由王治心提出了回答，文章名與朱氏全同，就叫〈耶穌是甚麼東西〉。

　　針對朱氏論點，王治心一一做答，認為朱氏一輩「成見太深，便生出許多誤解和矛盾」〔註 2〕，於是他以七點來重塑耶穌的形象〔註 3〕：

　　（一）耶穌是人──猶太的一個平民。

　　（二）耶穌是無產階級──到民間去的實行者。

　　（三）耶穌是實行家──注重實際生活。

　　（四）耶穌是革命者──宗教革命。

　　（五）耶穌是倫理學家──注重精神生活。

　　（六）耶穌是社會主義者──以愛解決民生問題。

　　（七）耶穌是熱心救世者──大同主義。

　　很有意思的是我們看到在 1919 年的朱執信描繪、批判的耶穌所使用的是描述性的日常語言，但是我們看到九年後王治心的回應使用的是另一套語言：帶著意識形態味道的術語。

　　事實上，會有這樣語言上的轉變絕對和共產主義思想與 1920 年代的反基運動脫不了干係。我們先來看一段 1922 年 3 月 9 日在上海出刊的《先驅》半月刊《非基督教學生同盟宣言及通電》上的一段話〔註 4〕：

> 我們知道：現代的社會組織，是資本主義的社會組織。這資本主義的社會組織，一方面有不勞而食的有產階級，他方面有勞而不得食的無產階級。換句話說，就是：一方面有掠奪階級、壓迫階級，他方面有被掠奪階級、被壓迫階級。而現代的基督教及基督教會，就是「幫助前者，掠奪後者，扶持前者，壓迫後者」的惡魔！

> 我們認定：這種殘酷的、壓迫的、悲慘的資本主義社會，是不合理的、非人道的，非另圖建造不可。所以，我們認定這個「助桀為虐」的惡魔──現代的基督教及基督教會，是我們底仇敵，非與彼決一死戰不可。

　　《非基督教學生同盟宣言及通電》所使用的語言，以術語為關鍵字分析，我們看到「資本主義」、「有產階級」、「無產階級」、「掠奪階級、壓迫階級」、「被掠奪階級、被壓迫階級」。社會組織的關係被壓縮簡化成一種資本的對立關係：兩種階級（有產、無產），有產階級掠奪、壓迫無產階級，然後基督教

〔註 2〕王治心，〈耶穌是甚麼東西〉，《文社月刊》第三卷第七冊，p.72。

〔註 3〕王治心，〈耶穌是甚麼東西〉，《文社月刊》第三卷第七冊，p.72。

〔註 4〕張士欽編輯，《國內近十年來之宗教思潮》，北京：燕京華文學校，1927，p.187～90。

與教會被放到這樣的對立架構中分析，成為有產階級的幫兇。然而，這裡並沒有詳細說明基督教與教會是如何幫助「助桀為虐」此一罪大惡極的資本主義社會的。不過審判既已定案，有無證據已無足輕重，重要的是總要有人頂罪，基督教與教會就成了替罪的羔羊。香港學者邢福增說：「朱執信要攻擊的耶穌是西方帝國主義的象徵」〔註5〕，如果所論正確，那麼非基運動者的論述仍然延續朱執信的邏輯，亦即基督教與教會正是資本主義社會向外擴張成為西方帝國主義（侵略中國、與世界弱小國家）的罪惡幫手（或代罪羔羊？）。

我們看到朱執信描繪的耶穌是私生子，是品格有問題的一個人，王治心認為其成見太深，並未就其論點給予太多著墨和反駁，反倒是以重新塑造一個新的耶穌形象作為回答。王治心給了耶穌七個定位：「平民」、「無產階級」、「實行家」、「革命者」、「倫理學家」、「社會主義者」與「大同主義者」，某個程度上很可以代表「文社」諸公回應反教勢力對耶穌的看法。

此處的分析並不是要證明非基運動者的論述有效與否，而是要來看清楚，很顯然的，整個分析架構已經把戰場從宗教批判拉到了另一個戰線：階級的鬥爭之中（當然我們知道，宗教問題從來就不會僅止於宗教範疇，一直是一個非常複雜糾結的問題），這種論述基本上和 1921 年七月成立的中國共產黨有著密不可分的關係。誠如眾所周知的，〈共產黨宣言〉在論述「資產者和無產者」時，開宗明義主張：「至今一切社會的歷史都是階級鬥爭的歷史。」從經濟的生產與交換的條件關係，分析出資產階級與無產階級的對立關係，為解決其中的壓迫與剝削行為，必須採取的手段則是進行革命。我們可以看得出來，非基運動者論述的語言與架構，完全是《資本論》式的。

而王治心特別強調耶穌是「平民」、「無產階級」、「革命者」與「社會主義者」，很明顯地，就是要把耶穌拉到一個從 1920 年代知識分子圈流行的「共產主義」看來政治正確的位置，至於二千年前的猶太地區是否是「共產主義」式的歷史哲學或其階級意識的論調不是重點，耶穌是左派的才是重點。

三、意識形態活看板

事實上，文社諸公都多多少少使用類似的語言來勾畫上個世紀20年代的耶穌形象，例如林漢達所寫的〈無產階級的耶穌〉〔註6〕，以及沈嗣莊的〈我

〔註5〕參邢福增：《回溯教會路》，香港證主，1997，p.63。
〔註6〕《文社月刊》第三卷第六冊，pp.2～8。

所認識的耶穌〉〔註7〕就非常具有代表性。林漢達在〈無產階級的耶穌〉描寫耶穌的家庭這麼說道〔註8〕：

> 他的家庭和普通的平民一樣的受統治階級奴役的壓迫，和資產階級經濟的掠奪。她已飽受了人類中百分之九十所受的痛苦了。現在懷了孕，滿望胎裡的生命或有一日幹起革命的工作，為全人類的幸福引導民眾創立新社會。……他是壓迫平民的嗎？他為了要打倒資本階級，為了要救拔平民，以被釘在十字架上。……無產階級的耶穌喲，……我深深的知道你，你豎起十字架奮臂，將特權階級打倒，揩盡貧民的眼淚。

對於耶穌的母親所處的時代，我們只知道當時乃是被羅馬人所統治，至於是不是被奴役壓迫，被資產階級經濟的掠奪，至少從《聖經》文本來考察，則不得而知，甚至可以說脫離歷史事實，流於想像與虛構；而這樣的想像與虛構，目的就是要把耶穌安裝進一個意識形態的包裝中，推銷給當代的知識分子，宣告耶穌的原生家庭是跟得上潮流的，是走在 1920 年代時代尖端的，是符合當時共產思想史觀以及擁有革命熱情的：耶穌是流行的時尚〔註9〕！

基督論神學上的正確性已經不重要，《聖經》新約〈羅馬書〉說：「因為知道我們的舊人和他同釘十字架，使罪身滅絕，叫我們不再作罪的奴僕」（6:6）。所以耶穌釘十字架乃是為了承擔人類的罪惡，而不是為了打倒資本階級、特權階級，但是對文社這一群基督徒知識份子來說，忙著把耶穌化妝成一個徹底的共產主義思想革命份子。

另外經濟學者沈嗣莊所寫的〈我所認識的耶穌〉，他認為對於人的認識有所謂「橫的認識」（然，結果）和「縱的認識」（所以然，造成結果的原因）。他說從橫的認識來看，耶穌是〔註10〕：

〔註7〕《文社月刊》第三卷第七冊，pp.12～25。

〔註8〕《文社月刊》第三卷第六冊，p.3～5。

〔註9〕然而，對於耶穌是革命家此一見解，主張最力的莫過於吳雷川，他雖非文社寫手，卻是同時代《生命月刊》、《真理週刊》、《真理與生命》基督教雜誌的重要寫手，他在《基督教與中國文化》中說道：「基督教唯一的目的是改造社會，……（耶穌）他必是本著個人的經驗，深知要徹底的改造教會，既不是愛與和平所能成功，而真理又不能因此就淹沒不彰，於是革命流血的事終久是難於避免。」不避諱革命可能導致流血的代價，可以說是最基進的論調。參吳雷川，《基督教與中國文化》，台北橄欖出版，2013，p.286～7。

〔註10〕《文社月刊》第三卷第七冊，p.13。

> 我們常稱耶穌是經濟革命家、政治革命家、社會革命家、倫理革命
> 家、宗教革命家……都是不錯的；并在各家上邊冠以「革命」二字，
> 尤其恰當不過。

就連文社的重量級寫手沈嗣莊也不能免俗，總是要替耶穌化妝成革命家。然而我們知道耶穌自己是這樣說的：「莫想我來要廢掉律法和先知。我來不是要廢掉，乃是要成全。」〔註11〕以色列這個民族所有的一切基本上都是環繞著宗教信仰發展的，我們知道甚至連他們的民族名「以色列」也和上帝有關，此名最早見於《聖經》舊約〈創世記〉32:28，希伯來文作（讀作 Yisra'el），乃是「上帝勝過」（God prevails）的意思；所以他們的經濟、政治、社會、倫理其實都是圍繞宗教，而律法與先知正是舊約時代信仰生活的中心，因此，某個程度上說，耶穌是最保守、最重傳統的，隨意冠耶穌革命家，未必如沈嗣莊自己所言是「恰當不過」。

沈嗣莊在探究耶穌之所以如此不同，其中一點是「奮鬥的精神」。他的論述牽涉到基督教神學歷史中的一個重大議題，亦即耶穌的神性與人性（神人二性）的問題，他是這麼說的〔註12〕：

> 他們（指其他學者）相信耶穌是天生的神，從人肚子裡產出來的神；
> 我卻以為耶穌生下來是個人，和我們一樣的人，所以不同者，他的
> 無上的奮鬥力，吸引他，催促他，鞭策他，走到神的途程。就實，
> 神性是人人共有的，人人能獲得的。

這裡我們並不想給這個在一千多年前初代教會就已經爭議不休的複雜的神學議題找個定論〔註13〕，而是想看看沈嗣莊究竟為何如此論述？他似乎想取消耶穌天生的神性，他就是個人，因著奮鬥而得著神性，所以他又說：「耶穌之所以耶穌，是因為他用人的資格來和試探決鬥，並得最大的勝利。」〔註14〕他就是強調耶穌在生命的掙扎中的人的努力！當沈嗣莊這麼論證的時候，又強調他不贊成有些人說的耶穌是「天生的神，從人肚子裡產出來的神」，很明顯地三位一體的神學在此退位了，聖父、聖子、聖靈三位中的聖子不再被

〔註11〕參《聖經》新約〈馬太福音〉5:17。
〔註12〕《文社月刊》第三卷第七冊，p.14。
〔註13〕敘利亞安提阿教派主教聶斯多留與亞歷山大教派主教區利羅之間的爭議，其中一個重大分歧即耶穌神人二性的神學。我的博士論文對此問題有基本的分析，參曾陽晴，《唐朝景教文獻研究》，台北花木蘭出版，2005，pp.61～65。
〔註14〕《文社月刊》第三卷第七冊，p.13。

視為神之子？事實上，有一大部分文社中的知識分子只要討論到耶穌，幾乎都強迫性地想取消他的「超自然」有關神的成分。

我們來看看張仕章在談到「童女懷孕」時，曾想過兩個可能的答案，一是他認為英文《聖經》中的「童女」在希伯來文中實為「少婦」之意，故根本不是處女；二是依宗教史看，各大教主誕生多染有神話色彩，耶穌降生也有附會〔註15〕。1920年代基督教知識分子在處理「童女懷孕」是有這樣的傾向，後來張仕章雖然說以上兩種說法都無意義，但這的確代表某類理性主義信徒的意見，他說〔註16〕：

> 我們所信的只在乎耶穌本人的主義：精神和人格，並不是為了他由童貞女懷靈胎而生的緣故。所以馬利亞到底是不是一個童貞女，或是耶穌究竟是不是一個私生子都和「耶穌主義」的論據無甚關係的。

同樣地，王治心也不反駁朱執信的耶穌是私生子之說，王治心說：「即使是私生子，便沒有人格了嗎？便是社會所當棄絕的人嗎？」〔註17〕因此他答朱執信的七點第一點就是「耶穌是人」，他的說明解釋就是歷史上確有耶穌其人，人格志業足為世人楷模。這和沈嗣莊的「耶穌主義」的主張同一論調，換句話說，耶穌「神的兒子」的身分沒有了，故意被忽略了。我們知道新約《聖經》四福音書多次寫到耶穌是神的兒子，〈馬可福音〉還故意在一開頭說：「神的兒子，耶穌基督福音的起頭。」

一定要把耶穌神的兒子的身分抹去，定位他為「一個人」，一個充滿奮鬥力、人格高尚的人，一種所謂耶穌主義的宗教理性，背後的原因必然是五四運動主要的訴求：德先生與賽先生，亦即民主與科學中的科學理性使得這一群文社基督徒知識分子對於耶穌「神的兒子」的身分總是有所忌憚、諱而不言、躲躲閃閃。

當耶穌只是個人的時候，對於像沈嗣莊這樣的學者自然會發展出一種類似「人本主義」的修養觀：「耶穌生下來是個人，和我們一樣的人，所以不同者，他的無上的奮鬥力，吸引他，催促他，鞭策他，走到神的途程。就實，神性是人人共有的，人人能獲得的。」最後的結論與孟子所主張的「人皆可以為堯舜」、有為者亦若是的精神就類似了，只是堯舜變成耶穌罷了。

〔註15〕張仕章，〈聖誕故事中的婚姻問題〉，《文社月刊》第三卷第一冊，p.37。
〔註16〕張仕章，〈聖誕故事中的婚姻問題〉，《文社月刊》第三卷第一冊，p.38。
〔註17〕《文社月刊》第三卷第七冊，p.72。

沈嗣莊的這種去掉超自然成分的修養論，自然也不談禱告與神蹟、恩典與神的主權，於是只談人的努力修為，其論述漸漸地與儒學合流，因此他又說〔註18〕：

> 宗教自然也含著修養說的，修養的目的不外是「致中和」。我們得不到能力的緣故，是我們對於自然沒有得到和諧……修養就是教我們將私心除掉。私心除掉了，我們和大自然中間就無所隔閡，無所障礙了，並可很容易的做到「富貴不能淫，貧賤不能移，威武不能屈。」

我們看到中庸的「致中和」，接下來就是「天地位焉，萬物育焉」，這幾乎可以說沈嗣莊與自然和諧說之所本，接下來除掉私心又與理學家的存天裡、去人欲，不謀而合，這樣的宗教哲學基本上和儒學中的宋明理學差別不大。與自然和諧合一成為沈氏宗教的最高境界，於是再一次我們看到「神的旨意」隱沒了，「自然」取代了神。於是，耶穌像個像苦行僧、理學家一樣地修行著，很自然地沈氏書寫的耶穌成為充滿奮鬥精神、實踐犧牲、無所畏懼的勇士，認為這樣就讓耶穌：「從人的地位，跳到神的高座上了」。

不！耶穌並沒有因此跳到神的高座上，而是活生生被拉下那神的寶座，永遠是個人。這樣的耶穌，這樣的勇士與英雄，好像在其他宗教（或者神話）也找得到！

獨一真神的兒子，童貞女馬利亞的兒子，充滿醫治、趕鬼與神蹟的傳道經歷，行走在水面上、平靜風浪、甚至讓死人復活（拉撒路、拿因城寡婦之子、管會堂的睚魯之女）、自己也從死裡復活、升上高天坐在父神右邊的寶座的主基督──不見了！

一個很有趣的解經，耶穌行道傳福音三年多期間，常常醫治病人，可是耶穌的醫治，究竟是一種醫療行為，像醫師一樣，或者有其他意義？我們看〈馬太福音〉12:22 耶穌醫治一個又瞎又啞的人：「當下，有人將一個被鬼附著、又瞎又啞的人帶到耶穌那裡，耶穌就醫治他，甚至那啞巴又能說話，又能看見。」這絕不是一般的醫療行為，即使是今天這樣的病患也未必能夠得醫治；而且一般來說，耶穌不是給他們打針、吃藥、或民俗療法，而是透過禱告、以一種超自然的方式使人得醫治，特別是那種在當時醫療水準視為不可能醫治的疾病，耶穌都有辦法醫治，這種醫治表現出一種特殊能力，是有其神學意義的，〈路加福音〉5:17 這麼說：

〔註18〕《文社月刊》第三卷第七冊，p.24。

> 有一天，耶穌教訓人，有法利賽人和教法師在旁邊坐著；他們是從
> 加利利各鄉村和猶太並耶路撒冷來的。主的能力與耶穌同在，使他
> 能醫治病人。

很清楚地，寫〈路加福音〉的路加「醫生」特別加以說明是因為上帝的
能力與耶穌同在，所以可以有超乎自然的醫治能力，而不是一般的醫生的正
常醫療行為。可是沈嗣莊卻說耶穌是一個「郎中」〔註19〕：

> 他（指耶穌）不但是一個精巧的木匠，也是一個苦口婆心的郎中。
> 即令不能像《聖經》所說教死人復活，長大麻瘋得潔淨的高妙，可
> 是他儘可懸壺濟世。

沈嗣莊的修辭基本上就是不想談論耶穌可以「教死人復活，長大麻瘋得
潔淨」，他寧可把新約《聖經》裡的耶穌詮釋為一個一般的郎中，也避免神化
了耶穌，這樣才符合他們理性解經的心理需求：這樣說明大家都能理解，這
樣的耶穌形象很安全，不會引起爭議，不會有衝突；反教人士已經引起太多
衝突了，不是嗎？在20年代的中國，談神性，太沉重；論超自然，太過敏感。
於是，一個大能的、行神蹟式醫治的耶穌，搖身一變，成為了一個江湖郎中。

究其原因，就是像沈嗣莊這樣的學者，要把耶穌一定留在人間〔註20〕，
所以待在人間的耶穌，最好還是只關心人間的事業（然而，耶穌不是在十二
歲朝拜耶路撒冷聖殿之後對著尋找他的媽媽馬利亞說：「為什麼找我呢？豈不
知我應當以我父的事為念嗎（或作：豈不知我應當在我父的家裡嗎）？」〔註
21〕）。因此，沈嗣莊認為在政治理念上，耶穌是二十世紀的無政府主義者〔註
22〕（因為他講求精神生活、不願意做王，反對過激、暴動的共產主義和無政
府主義），在經濟地位上，他是個自動的無產階級〔註23〕（他可以醫病、做木
工，成為小資產階級，卻選擇放棄）：我們看到理想主義的耶穌，服務貧苦大
眾，反對所有政治制度的壓迫，但他絕不像個神（或神的兒子）。

事實上，文社月刊的作者們不只在政治經濟社會層面定位耶穌的形象，

〔註19〕《文社月刊》第三卷第七冊，p.18。
〔註20〕例如，董文田在〈我對於耶穌的觀感〉裡說：「耶穌的生世，與其把他恭維在
　　　　神宮裡而敬拜他，倒不如把他請來作我們實地的指導者」。參《文社月刊》第
　　　　三卷第八冊，p.24。
〔註21〕《聖經》〈路加福音〉2:49。
〔註22〕《文社月刊》第三卷第七冊，p.16。
〔註23〕《文社月刊》第三卷第七冊，p.18。

而且只要能夠展現耶穌的現代性的精神，他們是不餘遺力的，所以婦女問題當然也不能錯過了。汪兆翔所寫的〈耶穌是壓迫女性的嗎〉，乃是反擊汪敬芝所寫的小說〈耶穌的吩咐〉裡，故意地毀謗耶穌為一個壓迫女性的猶太宗教人士〔註24〕。於是汪兆翔引用、解釋《聖經》經文〔註25〕（〈約翰福音〉8:3～11 與〈馬太福音〉5:27～28，21:31），證明耶穌不只不事一個壓迫女性者，根本就是一個解放女性的女權主義者的一員，他說〔註26〕：

> 誰也要承認耶穌不特不壓迫女性，並且是提高女性的人格，解放女性的罪惡，半點看不出耶穌對女性的惡意來。

耶穌不只站在女性這一邊，且反過來攻擊那一些壓迫女性的男性，汪兆翔說：「他對於壓迫女性者，且大抱不平，竭力攻擊他們！深惡痛絕他們！」〔註27〕於是耶穌在兩性關係中成為一個政治正確、高舉女權運動大旗的先鋒〔註28〕：

> 耶穌確是一個力倡婦女解放的一員，他要恢復婦女的人格，奪回婦女的損失……直至現代，基督教仍不失解放婦女的精神，就吾國論，開中國女學先河的，是基督教，倡天足廢妾的，是基督教！基督教實為中國婦女爭解放的先鋒！飲水思源，當然要得耶穌教對於女權運動的貢獻了。

在 1920 年代之前，梁啟超是女學先驅，許多人辦報、辦雜誌談女性議題〔註29〕，基督教宣教士也辦雜誌深入此一領域（如美國宣教士亮樂月女士 Laura White 創辦《女鐸》），但甚少有人特別想到將耶穌與婦女運動和女權論述拉上關係，可是就因為王靜芝的小說書寫觸及此一議題，於是汪兆翔就特別為文

〔註24〕關於其中的詳細論證與分析，請參考本書下一章〈五四時期男性知識份子社群的女性想像的時差——從《新青年》到《文社月刊》〉，或廣東汕頭大學學報，2012，p.11～21。

〔註25〕《文社月刊》第三卷第八冊，p.82～84。

〔註26〕《文社月刊》第三卷第八冊，p.83。

〔註27〕《文社月刊》第三卷第八冊，p.84。

〔註28〕《文社月刊》第三卷第八冊，p.84。

〔註29〕有些報刊雜誌是原本就以女性為主題與對象編輯，例如 1902 年陳擷芬主辦《女學報》，1904 年、1907 年秋瑾主辦《白話》和《中國女報》，以及 1907 年（光緒 33 年）由留日女學生燕斌、劉青霞等人所辦的《中國新女界雜誌》；有些一般綜合性雜誌也開闢專欄談女學，如陳獨秀主編的主流雜誌《新青年》闢「女子問題」專欄等，詳見本書下一章，〈五四時期男性知識份子社群的女性想像的時差——從《新青年》到《文社月刊》〉。

塑造耶穌為一個二千年前支持女權運動的男性先鋒。

我們可以看出來，耶穌入世精神形象的塑造，對於文社這群基督徒菁英知識分子來說，整個書寫論述策略是防守的、回應的、反擊的部署，無論是回應朱執信的文章，反擊汪敬芝的毀謗，或者防守不使反教勢力繼續進逼，基本上整個戰局是處於一種被動的形勢。然而，我們知道，其實基督徒才是最有資格主動描述耶穌形象的，可是在 1920 年代在整個基督教信仰的戰場，特別是耶穌入世形象的塑造這一部分卻是由一般學者（朱執信、王靜芝、非基運動者）展開戰爭、拉開戰線，文社基督徒學者才加入戰場、隨之起舞，甚至採用相同的語言，於是被圍限在世俗的、20 年代的、現代性的戰場中，無法脫身，也不敢脫身，最終耶穌成了一個現世的宗教偉人與革命家，喪失了祂「神」的身分。

不過，也有一部分的文社論述者從不同角度主動描繪耶穌的形象，以《聖經》為本的文本改寫或創作是其一，另闢蹊徑者（如王皎我的藝術觀點）又是其一。然而二者基本的動機是一致的，亦即透過對《聖經》裡的那一個耶穌的重新書寫，尋找 20 年代中國基督徒知識菁英心目中的耶穌。

四、文學中的耶穌

文社月刊裡，登載了不少的文學作品，其中一些作品描繪了耶穌的形象，一般來說都是擷取《聖經》「新約」中直接與耶穌有關的材料，加以引述、改寫、挪用與書寫，大約都是從四個福音書下手。

文社月刊在第二卷一開始就是聖誕特輯，當然一定會用到耶穌降生的故事作為書寫的材料，趙紫宸的〈禱文〉，主要是一篇觸及耶穌誕生與上十字架的禱詞，最中心的主題是救主，看似為個人生命的救贖禱告，其實是緊緊連結著「國族」的命運。他先澄清大家對耶穌的誤解，耶穌其實並不是與有力者、資本家、祭司、宣教師、帝國主義與軍閥站在一起，而是為著痛苦哀慟的大眾來到世上的，於是希望耶穌可以救拔（中國人的）苦心與傷心[註30]：

> 慈悲的救主啊，你若果然是為我們降生，我們別無所求，但求你將
> 自己的寶血洗滌這顆心，將自己的夢象，自己那些平等自由的主
> 義……撒在我們的心田裡。

他的禱告依然環繞一個重要主題，耶穌要救中國，從國家到民族，從民

〔註30〕《文社月刊》第二卷第一冊，p.3。

主到自由平等，從政治到社會，耶穌誕生對趙紫宸來說不是慶賀的時光，而是呼求國族得救贖的時刻！

他一面期待耶穌的救恩，一面又害怕似乎不知何時才會來到，另一面又質疑會不會錯認耶穌，他說〔註31〕：

> 主啊，你是為我們降誕了，但是……誰證明你的主義是永遠峙立的真裡呢？誰到我們這裡來，使我們知道，所來的就是你呢？

耶穌，在那個內憂外患交迫的國族極度需要改變的時刻與當下，對於趙紫宸而言，他到底會不會來？或者，如何知道來的是不是他呢？趙紫宸的救主彌賽亞已經成為所謂的「耶穌主義」，王治心為耶穌主義下了定義〔註32〕：

> 我們不說「基督主義」而說「耶穌主義」的緣故，讀者當能明白我們的研究立場，是從平民主義的觀察而出發的。「基督」這個名稱，乃是產生於猶太人歷史的階級思想，不若耶穌這個名字的平民化……從他的言行歸納出他的主張，便稱牠為「耶穌主義」。

然後王治心說明「耶穌主義」乃是自由、平等、博愛的精神，最後結於救國救世，等於「孫文主義」。於是，他不是擁有神的身分的「祂」，他僅僅是歷史中的一個偉大人物，甚至是政治困境裡的現代革命家，他所有偉大的作為成為一種象徵性的啟發，耶穌是一個「人」（且是平民），他帶來的宗教就是「耶穌主義」，和其他所有人間的千千萬萬的主義與宗教一樣，是平等的、並列的。祂不是獨一真神，也不是超自然的上帝的兒子，不是三位一體中的神子，於是，在聖誕節的禱告裡，聖靈感孕的奇妙、童貞女生子的喜悅統統不提，這和沈嗣莊描繪的耶穌如出一轍，拿掉超自然，剩下現實界！就這一點而言，陳勳所寫的新詩〈聖誕夜伯利恆荒郊外〉〔註33〕，也在等待那一位救主，也一樣絕口不提童貞女聖靈感孕的超自然的情節。

耶穌，身為救主的身分，當然會牽涉到基督論，也就是所謂的彌賽亞，朱維之在劇本〈百利恆的悲劇〉裡，特別提及這一個問題。這個劇本以耶穌降生三天、希律王準備對兩歲以下嬰兒大開殺戒為背景，寫百利恆城裡以利伯罕的兒子被殺的經過，只不過從頭到尾耶穌都未正式上場。我們知道有時候沒出場的人未必是不重要的腳色，耶穌雖沒有上場，但祂的重要身分「基

〔註31〕《文社月刊》第二卷第一冊，p.3。
〔註32〕《文社月刊》第二卷第三冊，p.16。
〔註33〕《文社月刊》第二卷第一冊，p.5～6。

督」（希臘文）或「彌賽亞」（希伯來文），卻被朱維之藉著東方大漢國（中國）來的李良大發其對彌賽亞與帝國主義的議論〔註34〕：

> 彌賽亞是永遠不會來的，除非是你們自己去做彌賽亞去。……帝國主義者氣燄正騰騰，若沒有彌賽亞出來，為平等、自由、博愛而戰，你們的苦確不知何時何時是了？彌賽亞不是坐著老等的，是要人人自己去努力的啊！

我們看出朱維之的彌賽亞論（基督論）與《聖經》可以說大相逕庭。他要的是一個革命英雄，而且是人人都應該奮起「自己去做彌賽亞去」。這在基督宗教裡是無法想像的，基督或彌賽亞指的就是救世主耶穌，沒有任何人可以取代，朱維之的說法，彌賽亞是一個政治偉人加軍事強人，他要人人一齊朝此一目標努力，以為這樣就可以救國救民於帝國主義者的壓迫與水火。說法看似很新，其實不過重彈的老調，換個方式高呼愛國口號罷了。朱維之已經離開基督宗教的宗旨，和把人類從罪中的生命拯救出來的釘十字架的神之子耶穌沒任何關聯，果然，這和〈百利恆的悲劇〉情節中耶穌是個缺席者，原來不在場的耶穌老早被朱維之請出他的信仰之外了。

文社諸公中某些人對於耶穌所擁有的神的位格（persona）之「神之子」一事，感覺似乎極不自在，總想法子取消其超自然的成分，讓耶穌成為一個完全的人，然後成為皆可複製的典範，終究出現了像朱維之的「自己去做彌賽亞去」與異端無異的論調。

最後，我們來看王皎我的〈藝術與耶穌的再生〉，則是唾棄教會為斂財作惡所製造出來的有如傀儡般的「耶穌」〔註35〕：

> 吃耶穌，喝耶穌，假藉耶穌來募捐，來滿足它們慾望的，齊聚一堂，你看看我的鬼臉，我看看你的鬼臉。

他繼續控訴教會領袖們〔註36〕：

> 你們已把耶穌釘在十字架上，你們已把耶穌的身體保了你們的腹腸，你們已把耶穌變賣成金錢裝入你們的錢囊，你們已把耶穌看作弄利的活寶，作惡的護照。……你們的耶穌已被你們埋葬在墳墓中了，你們的耶穌已被你們埋葬在你們舌頭中了。

〔註34〕《文社月刊》第二卷第一冊，p.52。
〔註35〕《文社月刊》第二卷第十冊，p.42。
〔註36〕《文社月刊》第二卷第十冊，p.43。

　　王皎我詩中的觀點所看到的耶穌是與教會綁在一塊的生命共同體,耶穌被扭曲、錯解、僵化,過度使用,成為一塊破敗的招牌。其實,他真正要反對的是教會的掌控文化:「凡在軛下在僕人的,要順從順從,無理由的順從,順從,善,惡,是,非,一律順從。」與當時牧者們的剝削行為:「剝削,剝削為教會做工人的工資。」,耶穌不是剝削者、掌控者,但成為教會剝削者、掌控者的擋箭牌;於是王皎我要重建耶穌的形象,因為耶穌已經被現代教會(或者教會歷史)完全誤用與摧毀,彷彿一次又一次地重釘耶穌十字架:「已釘在十字架上的耶穌,已釘在十字架上的耶穌呵!……他不願人人和他一樣,他不願人人以他去做榜樣……」〔註37〕然而,我們知道按著聖經來看,耶穌的教導卻不是這樣:「耶穌又對眾人說:若有人要跟從我,就當捨己,天天背起他的十字架來跟從我。」(路 9:23);又說:「我實實在在的告訴你們,我所做的事,信我的人也要做,並且要做比這更大的事,因為我往父那裡去。」(約 14:12)

　　王皎我真正的目的是要創造一個新的耶穌形象,至於是否符合聖經上二千年前的那一位耶穌,那又是另一個問題了。耶穌成為一個新時代、新精神的代表,所以王皎我說〔註38〕:

　　　　他要,他要他的精神,他勇敢的精神,他犧牲的精神,他愛人類的

　　　　精神,活躍在,奔放在,沸騰在,人們的血液中。

　　這個新的耶穌,同樣的無關乎「神的獨生子」、「王中之王」,王皎我給了一個鮮明的意象:吹笛的牧童。他吹著音樂,鼓舞愛人、勇敢、犧牲的精神,鼓勵年輕人自由戀愛,充滿與時代俱進的「思想的自由」,王皎我認為這就是藝術精神,永遠與時俱進、永不過時。王皎我稱這一位牧童是「再生的耶穌」,換句話說,他認為舊的耶穌過時了,耶穌也要重生,在尊崇現在與將來的藝術裡重生,他結論說〔註39〕:

　　　　偉大的藝術乃真世界廢掉,它的一點一畫不能廢掉,宗教的律法有

　　　　哪個敢再說如耶穌所說:「世界廢掉了,律法的一點一畫也不能廢掉」

　　　　的話。

　　其實王皎我不必大費周章要把自己的那一套「藝術化的宗教」的主張,

────────────

〔註37〕《文社月刊》第二卷第十冊,p.45。
〔註38〕《文社月刊》第二卷第十冊,p.45。
〔註39〕《文社月刊》第二卷第十冊,p.49。

硬套耶穌這個名字上面，他真的可以自創一個藝術宗教，自封為教主，因為他談的可以說除了批評教會之外，與耶穌或基督宗教沒多大關連。王皎我大可以直接稱這一位救主「牧童」，不必遮遮掩掩硬說是「再生的耶穌」，只是這一個救主並沒有為人類的罪上十字架、也沒有三天後復活，和神的兒子無干，也不是三位一體的真神，只是一個秉持藝術精神、奮鬥犧牲、勇敢愛人的好人罷了：不過這其實就是文社諸公要的「耶穌」的樣子。

從沈嗣莊奮鬥精神的修養論，到王治心的耶穌主義，到朱維之的人人皆當為基督，我們都看到當耶穌的名字與救贖主基督分割之時，當耶穌喪失了祂（三位一體）的神子的身分時，當聖經的詮釋不再顧及全體的統一性時，文社學者們似乎離開基督宗教的基要真理越來越遠了，亦即神藉著他的兒子耶穌上十字架這件事在基督教神學裡好像可有可無了。甚至到最後會發展出像王皎我造一個新的耶穌，或者說一個新神「藝術救主」，這似乎讓我們聯想到在基督宗教剛傳進中國唐朝時的一篇景教經典《志玄安樂經》裡，老早塑造了一種新的（近乎異端的）基督（彌施訶）救贖論，認為人可以靠著「積代善根」[註40]而得救（人竟可以無原罪）。

當基督教的信仰不能夠一直回到神學的零度點，亦即最基要的真理——神藉著神之子耶穌救贖人類，換句話說有人如果無需耶穌上十字架所付的贖價（有人靠善根；有人靠藝術）就可以完成救贖，那麼唐朝景教的經典《志玄安樂經》的異端現象，經過一千五百年依然會出現「藝術救主」的類似論調。

五、結論

文社諸公在上個世紀 20 年代從成立、出刊、到匆匆落幕，一路可以說忙著抵擋來自學界、社會大眾、知識菁英的批判與敵視，希望用一個最與人為善、最不會引發衝突的方式，重新介紹耶穌給大眾認識。反教人士因為耶穌是西方帝國主義與文化的代表人物定他的罪；於是，文社諸公為耶穌平反辯護的策略是塑造出一個能被當時反教人士接受的「新身分」，既是共產革命份子，又是無產階級平民的現代性代表人物：一個左派耶穌。而這一切的努力，文社諸公不過是想告訴他們的讀者（大部分是基督徒）：耶穌是跟得上時代的，

[註40] 參閱曾陽晴，《唐朝漢語景教文獻研究》，台北花木蘭文化工作坊，2005，p.92～93。

耶穌不是攔阻社會現代化的勢力，反而是進步的代表！他們努力讓耶穌看起來合乎科學理性的要求（取消祂的超自然神聖的成分），像個社會主義的改革鬥士，也許更像個反階級壓迫的共產黨員！也就是他們製造耶穌的現代性意義，好讓基督宗教在當時可以合理化自己，甚至生存下去。更深層的一面，我們看到了基督教知識菁英份子的內在集體焦慮，對於社會議題漸漸失去主導性（當各樣西方思潮引入中國，他們不再像以往具有絕對的影響力），特別是在面對科學與共產主義的挑戰時，於是急於對耶穌形象中他們認為反理性的成分進行某種切割手術。

　　然而這也造成了信仰上的災難！這一群基督徒知識菁英，在面對耶穌最鮮明的「超自然」與「神性」的形象時，扭捏作態，沒有辦法正視那位童女所生、可以行神蹟、醫病趕鬼、讓死人復活的耶穌！於是竭盡所能地替耶穌擦脂抹粉，無非是希望說服他們自己，讓耶穌可以符合他們的理性需求，想盡辦法取消耶穌所擁有的超自然「神性」，因此祂被文社諸公從「三一真神」扁低為「一個偉人」；這與二千年前釘耶穌十字架的大祭司、長老與文士們採取的理由有同功異曲之妙，大祭司問耶穌是否是神的兒子基督時，因為耶穌回答「我是」，大祭司據此定耶穌死罪〔註41〕，而這一次文社諸公在面對反教人士的批判時（他們根本沒問耶穌是否為神的兒子的問題），則是搶著替耶穌答非所問地回說：「我不是」。

　　當耶穌不再是神的兒子，那座原本立起來要為世人贖罪的十字架，上也不是、不上也不是，只好祭起左派大纛，革命去也。然而，耶穌終究在文社人士筆下成了一個革命狂熱分子，與救贖世人生命的那位基督無干了。

〔註41〕《聖經》「馬可福音」14:61～64。

五四時期男性知識份子社群的女性想像的時差——從《新青年》到《文社月刊》

一、前言

　　清末民初，中國已經開始大量的性別論述，特別是集中在女性的各個範疇的議題的討論上，包括婚姻、家庭、社會、教育、經濟、政治各層面均有涉及，發言的主體也不僅只於男性，女性在此論述空間開始展開其發言權〔註1〕。如1902年陳擷芬主辦《女學報》，1904年、1907年秋瑾主辦《白話》和《中國女報》，以及1907年（光緒33年）由留日女學生燕斌、劉青霞等人所辦的《中國新女界雜誌》等。民國初年基督教徒也積極地參與當代女性地位與角色的建構，尤其在宣教士的帶領與幫助下，創立了幾本女性刊物，1912年在美國宣教士亮樂月女士（Miss Laura White）創辦的《女鐸》可以為代表。

　　在男性所發的女學論述方面，民國成立前後就已經有許多思想先進人士對於女性地位的改善進行討論，其中梁啟超算是這一方面的先驅。他早期的女學思想以《飲冰室文集》〔註2〕（1896年至1902年間公開發表之文字）裡的論述可為代表，倡導透過對女性的教育（所謂的「女學」），一方面養成賢妻、良母，另一方面使女性經濟獨立，從而建立幸福家庭，造就富強國家。梁啟超的意見在當時是引起諸多般回響的。

　　稍後，五四文化運動風起雲湧，在當時作為主流雜誌、在上海創立的《新

〔註1〕參考陶飛亞編《性別與歷史：近代中國婦女與基督教》，2006，p.24。
〔註2〕梁啟超，〈變法通義・論女學〉、〈倡設女學堂啟〉，《飲冰室文集》第一冊、第二冊，台北中華書局，1960年。

青年》同樣也注意及這一方面的議題，不僅設立一個「女子問題」的專欄，且由女性執筆論述，是一個相當至得注意得作法。

《新青年》的研究汗牛充棟，至於其女性論述方面，王冬梅〔註3〕認為《新青年》中的「女子問題」討論，女性身體解放的私人性一面往往被忽略，而其與國家利益相關的公共性一面則被凸顯出來和刻意強調。男性論者更多地申述民族自強、國家獨立對於女性的要求，彰顯女性意識與國家思想相交融的一面，體現出對女性性別身分的想像。劉慧英對於《新青年》中「女子問題」的女性論述看法，認為基本上仍在梁啟超所開創的女權啟蒙話語框架中發言，一直到 1918 年才真正視女性主體的討論〔註4〕。

十年後，上個世紀 20 年代同樣在上海基督教的重要出版物《文社月刊》，在兩年半的出刊期間（1925.10～1928.06），面對來自中國社會全面性的反教運動，除了以大量的論述不斷地做出回應，提出他們對於基督教傳播與經營的「本色化」主張之時，同時也擴張他們的關懷觸角，對於當時中國社會性別的狀態提出他們的構想，特別是對於女性地位與未來發展的建構。在最後一卷裡（第三卷第一冊到第八冊 1927.11～1928.06），刊登多篇有關女性的文章；另外，在第二卷中，則有多篇創作（包括劇本、詩、與小說）強烈釋放出作家們對於當時女性社經地位的反思。這些論述與創作書寫具有某個程度的相應性，也透露出當代的（男性）基督徒在書寫中模擬的女性形象與企圖形塑的理想願景。

本論文則就《文社月刊》之女性論述，與之前的《新青年》同質書寫進行比較研究，此一研究也是此一領域的初探。

二、「女子問題」裡的女性論述

在當時作為主流雜誌的《新青年》相當注意及這一方面的議題。陳獨秀可說是五四文化運動的開路先鋒，身為當代的意見領袖，其實他對中國女性的意見，大多是原則性的指出一個大方向，並未有深入、細節的論述〔註5〕，

〔註3〕考王冬梅，〈性別想像與現代認同——《新青年》的「女子問題」探考〉，湖北《黃岡師範學院學報》28 卷 1 期（2008/02/01），p.40～43。

〔註4〕參考劉慧英，〈從《新青年》到《婦女雜誌》——五四時期男性知識份子所關注的婦女問題〉，《中華文化研究》2008 春之卷，p.124。

〔註5〕《新青年》第一卷第一到第五號裡的幾篇文章，無論是陳獨秀翻譯的文章〈婦人觀〉、或其書寫的〈歐洲七女傑〉，或者記者的報導〈挪威之女子選舉權〉等

例如他說道〔註6〕：

> 我們相信尊重女子的人格和權利，已經是現在社會生活進步的實際
> 需要；並且希望他們個人自己對於社會責任有徹底的覺悟。

陳獨秀在此指出男性應該尊重女性的人格與權利，並且女性應該自覺所當負的社會責任，然而「如何做？」在那一個時代顯然是更迫切的問題，而陳獨秀的論述均未及此。不過對於「女性自覺」的部分，《新青年》的編輯有一個新的作法，規劃了一個專欄「女子問題」，讓女性自行書寫她們的反思。學者劉慧英對於這幾篇文章進行歸納與分析〔註7〕，認為其觀念的闡述、論證的深度均不及之前由一位署名「李平」投稿「讀者論壇」的文章〈新青年之家庭〉。其中如李張紹南的〈哀青年〉就一些社會現象淺論，在末段提及中國女子之纏足、在家庭中不受重視與多妻納妾之陋俗，對照歐美遠遠落後，僅此而已。而陳錢愛琛的〈賢母氏與中國前途之關係〉可以說完全落在梁啟超論述的範圍內，亦即透過女子教育造就賢良母親，教育下一代，達到強國之目的。

接下來梁華蘭的〈女子教育〉認為當務之急乃達成男女兩性的教育平權，當效法美、日，普及女子教育，則女權終必與男權平等矣。梁氏說：「女權愈發達，其教育愈趨於平等」〔註8〕，而女權如何能愈發達，則女子教育為關鍵也；而女子教育的關鍵則「應以賢母良妻為主義也」，換句話說，女子受教育的目的與內容均應集中在造就一位「賢母良妻」。因此我們看到梁氏主張男性與女性應有相等的受教權，然而受教育的內容不應該完全相同，甚至要因勢利導，善用中國女子服從的天性（歷史長期壓制的結果），未必要一味地盲從學習西方制度，取精華、去糟粕，設計最適合國情、歷史現實的教育模式。

等，大半仍集中在對於歐洲女性表現的描述，並未正視中國當時女性的真實情況。可以得知當時中國新女性形象的產生，乃是由這一批五四的新文化運動先驅翻譯西方國家（主要集中在歐洲，或先進國如亞洲日本）的所謂「現代女性」的想像與觀看所得致的。鄭堅在其〈新文學中的現代女性形象譜系考察〉一文中，顯然搞錯了，他認為陳獨秀的《歐洲七女傑》（一卷三號，1915.11）也屬於「女子問題」（1917.02 開始）的專欄文章。參見《求索》2006 第 12 期，p.169～171。

〔註6〕《新青年》第七卷第一，1919 年 12 月 1 日，p.4。

〔註7〕劉慧英，〈從《新青年》到《婦女雜誌》——五四時期男性知識份子所關注的婦女問題〉，《中華文化研究》2008 春之卷，p.121～122。

〔註8〕參考梁華蘭，〈女子教育〉，《新青年》第三卷第一期，「女子問題」p.1。

我們看到梁氏對於女性與男性的區隔與自我定位、國族主體性的自覺反思，已經在梁啟超的論述更往前走了一步，換句話說，她從望向西方轉身，回看中國自身與女性的位置。

在第三號裡有兩篇論述：一是高素素〈女性問題之大解決〉，一是陳華珍〈論中國女子婚姻與育兒問題〉，我們先檢視陳華珍的文章。陳氏認為當日中國國民女子弱不禁風，男子東亞病夫，必須找出改善之道〔註9〕：

> 吾可斷言曰：非培植健良完全之國民，以任國家之事不為功。欲培植健良完全之國民，舍從女界上進行，其誰屬哉？然則普及女子教育，改良婚姻與育兒問題，豈非今日第一急務哉？

陳氏的見解認為當斧底抽薪，從根做起，反對父母媒妁之言與早婚，主張自由戀愛結婚，注重家庭教育，如此就能建立強健的下一代。於是，女子教育應該重視育兒教育、養成賢妻良母為中心。整體來看，「國強家富」仍舊是其論述的背景架構，亦即將女性自身的發展置於「婚姻／家庭／社會／國家」的擴散結構中，從強種到強國，女人成為改善國家機器的生物性起點。而這樣的論述基本上還是在梁啟超所建構的框架之下進行的。

在我們分析高素素〈女性問題之大解決〉之前，第三卷第四號上仍有兩篇文章，其一為吳曾蘭的〈女權平議〉，另一為孫鳴琪的〈改良家庭與國家有密切之關係〉。而吳曾蘭氏此一文章經考證乃其夫吳虞所執筆〔註10〕，故〈女權平議〉實在應該排除在「女子問題」為女作者執筆此一特殊安排之外。因此，我們來看孫鳴琪的文章，她所發表的意見比較像是一篇論說文，歸納美國婚姻、家庭發生問題的三大原因：婚前認識不夠、教育不足、經濟壓力；解決之道則是男女不再早婚，均應受教育，並瞭解生命之意義，能夠維持生計之職業等等。其論述總結一句：「必先有好家庭然後可成強國」〔註11〕，很明顯地仍然在梁啟超的架構之中，未有超越性的反思。

回過頭來我們來看高素素〈女性問題之大解決〉，似乎可以視為這一系列「女子問題」專欄文章的總結，她歸納女性問題有幾端，男尊女卑、男女嚴別、蓄妾弊風、節孝名教、教育問題、結婚問題、職業問題等。事實上，這

〔註9〕參考陳華珍，〈女子教育〉，《新青年》第三卷第三期，「女子問題」p.6。
〔註10〕劉慧英，2008，p.123。
〔註11〕參考孫鳴琪，〈改良家庭與國家有密切之關係〉，《新青年》第三卷第四期，「女子問題」p.7。

七方面高素素也只是提出一個大方向、大原則，例如「教育問題」她認為應
該考慮女子本身與國家之需要，而不是為了供男性役使而受教育；「結婚問題」
則是必須要有愛戀作為基礎，至於如何做，實際的施行方案並未及於一言，
說是問題之大解決，確實言過其實。然而她自己也知道「所轄甚廣，皆未甚
詳」。最後她歸納〔註12〕：

> 解決女子問題有兩前峰，曰破名教曰破習俗；有兩中堅曰確立女子
> 之人格，曰解脫家族主義之桎梏；有兩後殿曰廣充女子之職業範圍，
> 曰高舉社會上公認的女子之位置。

高素素主張的就是男女完全平等，男性、女性在職場、教育上不當有差別待
遇，特別是女性不該被家庭、家族桎梏限制，打破原有的社會規範（所謂破
名教、破習俗），至於當女性走出家庭，那原先的家庭勞務與下一代的教養問
題該如何圓滿解決，高氏並未論及。我們看到當女性的論述一旦注視其主體
性的建立之時，教育的規劃必須重新定位，原先的社會分工也一併被打破，
我想這是高氏之論值得反思之處，也是他與梁華蘭合流之處，而與梁啟超將
女子置於「家／國」論述架構之下分歧之處。

　　高素素對於男女的愛情有她非常獨特的見解，可以說在五四時期那個時
代絕無僅有的，我們來看一段她的話〔註13〕：

> 人也者，介乎神物之間，夫婦之道基於神的愛，而不專係乎物的遺
> 種。視物的遺種為結婚的為一目的者，不異自儕於禽獸……去神格
> 趨物格也。

　　高素素特別提出「神的愛」、「神格」，這樣的語言是透露出一些訊息的，
很有可能是屬於基督教的語言，當然有沒有可能高素素是一位基督徒？或許
她只是借用《聖經》神按自己的形象造人加上孟子說的「人之所以異於禽獸
者，幾希？」來論述？

　　不過，高素素在解決女子問題之時，又提出一點具有結構性的策略，亦
即：「女子問題不僅繫於女子」，換句話說，解決女子問題，男性亦當參與，
方有解決之可能，也就是女子與男子乃是社會之聯合結構，牽一髮動全身，
兩者不僅僅是對立的，也是相互建構的！單一性別、且是弱勢性別的呼籲，
是很難讓改革奏效的；既得利益階級的男性，也是社會權力中心的性別，如

〔註12〕參考高素素，〈女性問題之大解決〉，《新青年》第三卷第三期，「女子問題」p.5。
〔註13〕參考高素素，〈女性問題之大解決〉，《新青年》第三卷第三期，「女子問題」p.2。

何在接收到女性的呼求時，做出正確的回應，給予適當的互助與合作，或許是女性問題解決的一個重要關鍵。

但是，無可否認地，當時的女性論述乃由男性主導，我們從《新青年》的編輯狀況，可以得知一二。1915 年九月創刊於上海，由陳獨秀主編。第一卷名《青年雜志》，第二卷起改名《新青年》，1922 年七月休刊。

就《新青年》的編輯拓樸學來看，這樣的大眾媒體（無論是報紙的版面或雜誌的前後位置）編輯是有一定的處理稿件的原則：重要性與其放置空間是息息相關的，重要的文章放在重要的位置（例如陳獨秀對青年的說話與對國家、社會、時事的看法總是列在刊首），而我們看到留給「女子問題」的版面位置總是在雜誌的最後段幾頁，以一種附錄的形式存在著（上下兩段式的印刷，更甚者連字體的大小也不同，到「女子問題」專欄字體明顯縮小），這樣的呈現其實已經宣告在《新青年》雜誌中「女子問題」其戰略位置是居於邊陲地帶的。這不僅僅反應編輯、雜誌社的立場，事實上，這些同樣也反應出整體社會與讀者的期待（亦即消費市場是如何看待女性覺醒此一議題）：讓女性來處理的女子問題不是「太」重要的問題，這樣的位置（最後的位置）就是適當的位置。

最有趣的是第四卷第一號陶履恭寫了一篇〈女子問題〉，算是這一系列論述的結語，除了書寫者是男士之外，其刊登的位置也從後段邊陲移回雜誌前段（第三篇，p.14～19），印刷方式也恢復一般內文一段式直行印刷，讓我們再一次看見《新青年》男性論述中心如何宰制女性意識的呈現，即便陳獨秀如何強調女性人格、權利與徹底之覺悟的重要性。換句話說，當由男性論述此一問題時，這一個範疇再一次回到主流位置，原因不是因為女性意識的覺醒，而是因為男性再一次成為論述的操作者，所以重點是當女性議題由男性發聲主導並成為那個詮釋者，在那個時代這才是政治正確。

甚至其專欄名字「女子問題」，也是相當耐人尋味。在五四那一個文化運動與民族主義風起雲湧的時代，女子議題是以「問題」的狀態存在著，換句話說，它是有待被解決的。問題是：誰來解決它？以專欄是為女性投稿人開放這樣一種設計來看，似乎女性是解決者。可是更弔詭的是：是誰賦予這一些女性投稿人話語空間的？無可否認地，是男性，更確切地說是陳獨秀。雖然高素素在發表了一篇〈女性問題之大解決〉，但是我們看到實際上一個問題也沒解決，只是整理出一些待解決的範疇罷了。倒是這一個專欄在陶履恭寫

了〈女子問題〉一文之後劃上了句點，女子問題仍然由男性下了結語。事實上，陶履恭的〈女子問題〉嚴格來說並不算是「女子問題」專欄中的一篇，從其刊登的位置與編輯體例觀察，即可知編輯是將其置於一個更高的位階來處理這份稿子，亦即它是檢討總評「女子問題」專欄文章的文章，換句話說它是「meta——女子問題」的一篇論述，取名〈女子問題之總評〉或許更恰當。明確地看，「女子問題」專欄是專為女性作家所設的一個專欄，證據有二：一為陶履恭在〈女子問題〉一文一開始所說的：「《新青年》徵集關於女子問題之文章，既有日矣，而女子之投稿者，寥少已若珠玉之不多覯…」〔註14〕；二為《新青年》第六卷第四號（1919年4月15日）所刊登的一則「女子問題」徵稿啟事，明確指明要的是女性作者之文章。

從這樣一個觀點我們再來觀察，很有意思的是這一系列「女子問題」專欄文章（第二卷第六號到第三卷第四號）其實可以說是被兩篇男性書寫者的論述給包圍的，亦即《新青年》第二卷第二號的李平寫的〈新青年之家庭〉與第四卷第一號陶履恭寫的〈女子問題〉。如果我們不認為這樣一種想法是詮釋過度的話，我認為李平與陶履恭在形式上似乎成為一對上下括弧，一個引號，或者兩個衛兵，一雙看守者的眼睛。在《新青年》裡，女性論述被安排的表述場景（女性問題），似乎總是置於男性的監督之下，放在男性權力論述場域中被適度控制地操作著。更讓人難堪的是其中還有一篇是丈夫捉刀之作，男性書寫的竄入似乎透露出一種焦慮的氣息，一種不安，一種無法自制的介入，一種粗魯無聲的插嘴，更令人值得深思的是他是暗中滲透進來的，運用假的身份進行臥底：變性。

一個本來開放給女性的、專門論述女性意識的專欄，為何會有一個男性偽裝成為一個女性（丈夫裝成妻子）來投稿？我們若不僅停留在書面的文本進行思考，而是試著回推其製作過程，就更加有趣了，也就是這是誰的點子？是妻子的？或丈夫的？原本發表的名字「吳曾蘭」，在文末加了一個附註「此文作者吳女士即又陵吳先生之夫人也」，很引人深思的是為何獨獨這一篇要特別註明「吳先生之夫人」？

被稱為「打店老英雄」的吳虞，與《新青年》主編陳獨秀聲氣相通，在五四時期擁護魯迅〈狂人日記〉最力，認為中國人就是能一邊吃人、一邊高喊禮教的極相矛盾的民族。我們不妨來看看吳虞的見解。吳虞〈女權平議〉

〔註14〕參《新青年》第四卷第一期，p.14。

大量引述《易經》與〈易傳〉的說法，且認為詩經、禮記、春秋中透露出「男尊女卑」的思想，都出於《易經》，這樣的倫理傳統影響法律制度，無論唐律、清律例均如此，他認為這是中國落後西方、「不文明」的重要原因，而根源則是儒家的影響，此所以吳虞批判儒家不遺餘力。他說〔註15〕：

> （中國）重男輕女，刑禮同然。夫父子夫妻倫理上之名分不同，法律上之人格則一。……吾國專重家族制度，重名分而輕人道，蔑視國家之體制，道德法律並為一談，此西人所由譏吾為三等國，而領事裁判權卒不能收回，貽國家莫大無窮之恥也。

吳虞儼然將中國在清末民初的積弱不振全歸咎於儒家「二千年以上之陳言」所害。最後主張其實非常簡單，但卻是一個新的創見，在梁啟超的「家／國」架構與梁華蘭、高素素的「注視女性主體」的路徑之外，看見了一個更基本的問題範疇，亦即「法律層面」，也就是必須將倫理道德與法律制度清楚分開，男女平等不只在教育、社會（婚姻、家庭）方面著手，而是必須建立在法律的規範與保護之上，而首先要確立的是：婦女與男子在法律上具有一切平等之權利。換句話說，在五四時期的女性論述，吳虞可以說又往前推進了一步。

然而這卻是一個偽裝女性者的論述，這樣的論述是有效的嗎？如果這真是由吳曾蘭執筆，答案就是無可置疑的！然而因為作者的偽裝身份與性別，導致這樣的論述讓人質疑：它是偽裝的論述嗎？或者換一種問法，也是更加耐人尋味的問法：這樣的偽裝根本就是一種論述？

話語或論述，我們知道不只是話語和論述，而是必須探究是誰的話語和論述，以及為何製造這樣的話語和論述。

我們不禁要質問吳虞這一位男士為何要在明明是為著女性開闢的一個專欄裡偽裝成妻子發表文章？當吳虞以妻子的身份發表這一篇文章時，我們先有一個認識，亦即吳虞並不是沒有機會在《新青年》上刊登文章，在同一期（第三卷第四號）就有他的另一篇文章〈儒家主張階級制度之害〉，上一期則有他另一篇論述〈禮論〉，下一號則有他另一篇〈儒家大同之義本於老子說〉；換句話說，他還是《新青年》的重要寫手（且在 1917 年六月前後刊登頻率甚高）。我相信如果他用本名來發表〈女權平議〉，沒有理由不被接受，就如之後的陶履恭。我們不妨作一個推測：吳虞偽裝為妻子發表文章，似乎是要營造一種印象，像這

〔註15〕參考吳曾蘭，〈女權平議〉，《新青年》第三卷第四期，「女子問題」p.5。

樣的一套說法與反思，乃是女性自發的，亦即當時女性自身已經看到要真實地改變女性長期在社會上、家庭中、婚姻裡的被歧視狀態與困境，法律的規範是一個必須採取的關鍵性行動：在兩性平權的議題中找到新的戰略位置。而且吳虞是很認真地偽裝成一位女士在發言的，他說〔註16〕：

> 抱樸子曰：……吾亦曰：吾國女子……立憲時代，女子當平權，有
> 意識之平權也，是即法律所許國民平等自由之權，吾女子亦當琢磨
> 其道德……同男子奮鬥於國家主義之中，追蹤於今日英德之婦女。

整篇文章的結尾，他又批評儒家兩千年陳腐言論「為禍之烈不獨在吾女子也」，當然有人還是可以說這不過是吳虞故意用此語氣（出自一男子之口的「吾女子」）來加強對女性的認同；然而如果連文章署名都是妻子之名，那麼我們就要說這些「吾女子」就是刻意的偽裝。

我要說，這樣的偽裝就是一種論述！吳虞似乎在透露一個訊息（至少在五四文化運動時期的那個中國），這樣的一個女性論述的集結，雖然看似是由女性主體自發的、有意識的反思，可是不只是由男性主編允許才有成功呈現的可能，且其中極具關鍵的一些看法，表面由女性提出，可是包覆在內中最深的思考卻是出於一位男性：這才是一種最為有效率的控制，男權（無意識地 unconciously）再一次展現其不願意鬆手的本質。

從題目來看，高素素〈女性問題之大解決〉似乎可以視為的總結，然而之後沒多久（半年多之後）第四卷第一號陶履恭寫了一篇〈女子問題〉，竟就結束這一個專欄的生命。首先最值得注意的是同樣論述的是「女子問題」，然而陶履恭的〈女子問題〉竟然被放在不同的位置，不是蜷縮在雜誌後段的一個角落，不是以兩段式縮小字體的方式印刷，而是被放置在一個顯眼的正文的第三篇，一欄式放大字體。出版品的呈現形式，與內容一樣具有重要性，絕對饒富意義。以「女子問題」的女性作者群和陶履恭的〈女子問題〉來看，明顯有兩套標準，毫無疑問中間有歧視存在（陶履恭的〈女子問題〉論點未必更加高明，卻用更重要的形式呈現）。

「女子問題」的結束竟是如此被收編了。

在一個權力不對稱的領域裡，例如將「女性議題」置於像《新青年》這樣完全由男性掌控、編輯的環境，從他們整個的處理流程可以看出來：最有效的控管是給予對手舞台、空間，等其展演正進行時，強行打斷，加以貶抑，

〔註16〕參考吳曾蘭，〈女權平議〉，《新青年》第三卷第四期，「女子問題」p.5。

收回權利，讓對手完全無能力對抗，也不想對抗，唯一能作為的就是：保持沈默，因為原本表演舞台就是男人施捨的，發言空間是男人允許的。除非對手自己搭建舞台，自己掙取為女性詮釋的權利。

然後，1918 年《新青年》從第四卷五號到第五卷二號，共四卷，幾位重要作家均提出了有關女性貞操的譯文或論述，包括周作人、羅家倫的翻譯，胡適、魯迅的書寫：全是男性。對於女性主體最具關鍵性的身體的論述（貞操），諸位大師競相發言，女性話語消失，男性話語再次掌控女性的身體詮釋權──綁住了女性的身體，靈魂也不得自由。王冬梅認為：「也許女性心靈自我訴求的真實聲音，只有在女性自身的寫作中才能有所表露。」〔註17〕然而，我們看見這樣的樂觀其實是要失望的，就在我們之前所分析的「女子問題」的操作中可以預見男性權力的控制必然繼續運作。

最有意思的是之後的一則廣告〔註18〕，標題「女子問題」之「新青年記者啟事」：

> 本志於此問題，久欲有所論列。只以社友多屬男子，越俎代言，慮不切當。敢求女同胞諸君，於「女子教育」、「女子職業」、「結婚」、「離婚」、「再醮」、「姑媳同居」、「獨身生活」、「避孕」、「女子參政」、「法律上女子權利」等關於女子諸重大問題，任擇其一，各就所見，發表於本志。一以徵女界之思想，一以示青年之指針。無計於文之長短優劣，主張之新舊是非，本志一律匯登，以容眾見。記者倘有一得之愚，將亦附驥尾以披露焉。

我們看到這其實是之前「女子問題」的一個延續徵稿，然而這一個活動並未真正實現。收回的舞台，再度開放使用，終於還是無法上演：還有甚麼比這樣更具象徵性意義？在一個男性主導的論述空間，看其編按「無計於文之長短優劣，主張之新舊是非，本志一律匯登，以容眾見」，收稿何其寬鬆，比諸那一群男性社友的作品的嚴謹審稿，看出編者對於女性的論述能力是抱持著一個歧視的態度：論述的性別歧視。

女性論述的舞台空間，畢竟還是要由女性自行搭建，就像《女鐸》雜誌一樣。

〔註17〕參考王冬梅，〈性別想像與現代認同──《新青年》的「女子問題」探考〉，湖北《黃岡師範學院學報》28 卷 1 期（2008/02/01），p.43。
〔註18〕《新青年》第六卷第四號，1919 年 4 月 15 日。

　　十年之後，在一份（由男性）基督徒所辦的雜誌《文社月刊》也討論起女性議題，我們不妨也來檢視其編輯理念、製作過程與論述內容。

三、文社月刊之女性論述

　　《新青年》的「女子問題」專欄到陶履恭的〈女子問題〉（1917.02～1918.01）總計一年整的時間之後約十年，《文社月刊》這一份原本因應反教運動、定位於建構中國基督教本色文化的雜誌也開始注意女性的議題（1927～1928 年間）。我們發現這中間十年的落差〔註 19〕，社會、文化界、宗教界都發生不少大事件：1919 年因著巴黎和會引發的山東問題，從北京延燒出去，擴散到全國在各地展開各式各樣的愛國行動，社會運動也隨之風起雲湧，德先生與賽先生被高舉，白話文學運動成為風潮，《聖經》國語和合本初版也在 4 月 22 日出版；1922 年上海學生以「非基督教學生同盟」名義發表宣言，擴及北京組織了「非宗教大同盟」響應；為了因應此次大規模、持續將近三年的反教運動，「文社」成立了，隔年 1925 年《文社月刊》發行。

　　在《文社月刊》第二年（1926），主要的編輯委員就已經感覺到了第一年刊登的文章過度集中在基督教的文字傳播事業上面，於是沈嗣莊在〈我服務文社的最後總報告〉中說〔註 20〕：

　　　　到 1926 年的春間，因為感覺到過去的《文社月刊》範圍太狹，所以
　　　　又將本色教會的討論，和基督教思想與行政等問題，都包括到裡面
　　　　去了。

　　於是，沈嗣莊加以說明，認為中國當時政治革命已漸漸達到自由的地步，社會改革也將達到平等的階段，接下來「宗教界的革命」必須跟上腳步〔註 21〕；我認為這正是《文社月刊》在第二年之後（主要在 1927～1928 年間）加上一部份的女性關懷的創作書寫與論述的重要原因。然而，另一方面沈氏

〔註 19〕這一個專欄的開闢（1917.02）實質地在出版市場上（特別是雜誌界）帶來了一
　　　　些影響與效應，當時極為知名、為基督教青年會（YMCA）所創辦的《青年進
　　　　步雜誌》，在過了八個月之後，其第六期（1917.10）在「社會事業」欄目下有
　　　　一篇惲代英所寫的一篇〈女子生活問題〉p.14～19，顯然這可以視為基督教界
　　　　一次快速的回應，然而我們也只能將之視為《青年進步雜誌》的編輯對於當時
　　　　仍是武昌中華大學學生的惲代英的意見的認同，真正的基督徒男性知識分子
　　　　的意見則還沒形成。十年後《文社月刊》比較有規模地對此一議題加以論述。
〔註 20〕參考《文社月刊》第三卷第八冊 p.5。
〔註 21〕參考《文社月刊》第三卷第八冊 p.14～15。

的這一番說法，透露出一個很特殊的社會意義，也就是在基督徒的知識份子當中，存在著一種見解：宗教界如果要有甚麼改變、甚或革命，那也必須是跟在政治革命與社會改革之後。

這中間似乎隱含在上個世紀的 20 年代，基督教界有一些教會界人士對自身的社會定位，亦即認為基督教社團是一種高度保守的團體，相對於其他的社會團體，其內部結構是穩定的，是不容易改變的。我們再看看沈嗣莊的另一番話〔註22〕：

> 基督教運動之國文著作，並引起此類文字閱讀之興趣，實屬正大而重要；尤當現在國民革命歷程中，教會自養自傳自理之時，更覺十分重要。我們認定基督教思想苟不能與本地文化打成一片，雖云自養自傳自理，仍屬無裨。

沈嗣莊發出的「認定基督教思想苟不能與本地文化打成一片」，看得出來當時的基督教徒（特別是這一群基督教知識分子菁英）是急著與社會上的時髦議題搭上線的，對於能否與社會對話（特別是標示著進步思想的流行議題），有高度的焦慮，顯現出某種內在驅迫性。

這裡所謂的教會人士，如果我們以「女性議題」作為觀察對象，會發現男性知識分子與女性教會界領袖的看法是有落差的，我們可以做一個比較：由女性基督徒自辦的女性雜誌《女鐸》在 1912 年發行，編輯全由女性出任，關心的議題從女性自覺、戀愛婚姻、家庭角色、工作職涯發展到社會定位與政治參與〔註23〕，無一不觸及。事實上，《女鐸》的出現雖然晚於梁任公在女性議題上的發論，但是卻早於《新青年》諸公「女子問題」專欄（1917～1918）的規畫，且更為深入而廣泛。如果再回過頭來看，和《文社月刊》比較，《女鐸》領先的就更多了。

所以當沈嗣莊說要進行宗教界的革命時，且在編輯台加入女性議題的設定，已經與整個大時代趨勢有了一個十多年以上的時差：說是「代溝」更為確切。我們可以更加仔細檢視《女鐸》與《文社月刊》之間的代溝：女性自覺的自我啟發與教育的編輯方針，對上了男性以指導姿態出現的各樣論述，

〔註22〕沈嗣莊〈中華基督教文社報告〉，載《文社月刊》第 3 卷 4 冊，1928 年 2 月，第 101～102 頁。

〔註23〕陶飛亞編，《性別與歷史：近代中國婦女與基督教》，上海人民出版社，2006，p.27～28。

二者之間的有趣對話。

「文社」諸公有關女性的書寫，一般來說範圍集中關切女性的婚姻、家庭、教育與「社經地位之改善」，不過也及於參政問題。事實上，前面說過在民國初年中國基督教界關乎女性議題的論述，女性基督徒是走在前面的，檢視 1912年發行的《女鐸》當時雜誌的欄目包括：家政（相夫教子學問）、學術（科普知識）、道域（宣揚信仰文章）、說部（小說）、坤範（中外閨秀傳記）、文藝、時事（中外婦女新聞材料）、戲劇，以及附上手工製作二頁、歌譜一則。我們知道《女鐸》是一份針對女性讀者發行的基督教雜誌，與其他的基督教雜誌不同的是除了宣揚一般的基督教信仰知識之外，它乃是從基督教立場發表對女性、婚姻、家庭的意見，不只是論述女性在婚姻、家庭、社會中應當的位置與發展，或對國家應負擔起之責任，更進一步告訴婦女實際上該如何進行；因此不只是停留在「應然」之論述，而是進入「實踐」的階段，希望透過此一媒體實質地的讓女性讀者可以採取行動，改善其在所處環境之現實狀態。以「學術」一欄來看，不只刊登「兒童科學啟蒙文章」可以讓婦女自行進行教育，還刊出了「傳染病一夕談」（1916 年十月）之類的醫學保健文章，開風氣之先，讓婦女不僅知道要衛生保健，還能實際維護家庭之衛生保健。而且更可注意的是《女鐸》在 1927 年一月「本刊宣言」中明確宣告以「家庭月刊」自居。

反觀晚成立十三年且同樣是基督教雜誌的《文社月刊》，當然他們的定位是有所不同的，讀者消費群也是有區隔的，但是無可否認地文社諸公在「女性議題」上，似乎比較偏重於大方向、大原則的討論，實際執行層面的則是缺乏的。另一方面，比諸十年前就已經設計出「女子問題」欄目的《新青年》，讓女性能夠擁有論述空間的作法，無論其執行手法如何粗魯、展現出何等的權力傲慢，終究是透露出一個想法，女性有權、且應當論述女性事務與議題。然而《文社月刊》在進行其女性議題之反思時，看得出來並沒有結構性的規劃與思考，只是即興式的書寫與論述。因此，我們看到一種交叉現象，亦即在民國初年到五四時期基督徒中間對於女性的論述，基督徒男性菁英份子社群似乎是落後的，但是女性基督徒的則是領先於時代。

在《文社月刊》裡，以第三卷刊登最多有關女性議題的論述，當然散佈在第二、三卷中有一些創作，其實是可以辨析出來特別著墨於女性議題的，例如第二卷第 9 冊王皎我的〈夏娃的煩惱〉（p.52，第 10 冊裡有一篇讀「夏娃

煩惱」的評論 p.79）〔註 24〕與第三卷第八冊劉靈華的〈聖母馬利亞及聖女使馬大諸姊妹頌〉（p.76）。

在論述中，有三篇建構在新約《聖經》故事之上，圍繞著童貞女馬利亞的懷孕與婚姻，以及耶穌對於女性的看法；另外一篇則是純粹論述當代婦女所面對的經濟挑戰。

《文社月刊》的女性議題大致上可以分三方面：一是澄清惡意抹黑所導致的誤解，例如汪兆翔所寫的〈耶穌是壓迫女性的嗎？〉〔註 25〕；二是女性意識覺醒，透過瑪利亞的懷孕、婚姻論述；三是社會、經濟與教育方面的女性論述，另外王皎我也透過想像的夏娃再現女性的現代性意義。

我們先分析汪兆翔所寫的〈耶穌是壓迫女性的嗎？〉，他之所以會寫這篇文章，原因是當時文學週報社出版了汪靜芝的小說〈耶穌的吩咐〉，書中引用〈約翰福音〉8:3～5, 7 節，故意的誤用加上一篇「序言」，讓汪兆翔不得不跳出來解析汪靜芝惡意的挪用。汪兆翔認為汪靜芝故意不引第 6 節與 8～11 節，是不想讓讀者瞭解此一事件的全貌，於是就可以斷章取義，扭曲詮釋。

表面上，汪靜芝的小說企圖將耶穌塑造為中國社會進步的阻力與絆腳石，而汪兆翔花了大半篇幅在於揭發汪靜芝的故意扭曲，事實上我認為汪靜芝這樣的書寫應該放在一個更大的架構下來解讀，它代表的是當時許多知識份子的反教情結，不管基督教真實的情況與內涵為何，甚至可以故意帶著偏見加以曲解、引發仇恨，背後的動機其實是民族主義，為的是激起對於列強帝國主義的同仇敵愾，以及敵視他們認為與西方帝國主義掛勾的所有基督教活動與文本。因此，我們認為汪兆翔為耶穌所提出的辯駁與校正，並不能讓汪靜芝所代表的反教人士去除偏見，因為這樣的偏見本身就是一個故意的行為，背後的內涵更多的是排外的民族主義所帶來的情緒與仇恨。

汪兆翔花了大量篇幅的校對與考證，包括引用五個丈夫的撒瑪利亞婦人（約 4:1～26）、馬利亞的香膏（路 7:36～48），結論就是耶穌絕非舊禮教的代表，也未曾壓迫女性，而是解放婦女的先河，因此基督教是擁有「解放婦女

〔註 24〕王皎我的詩作，表達對女性創造與操作能力的崇拜情結，他述說的是一個社會運動，高懸一個婦女運動的理想，讓當時的女性在創造與操作之中找到生存的意義，至於實際如何進行，則付之闕如。參本書〈《文社月刊》中聖經故事之改寫研究〉。

〔註 25〕詳見《文社月刊》第三卷第八冊 p.81。

的精神」，也是「開中國女學先河的」，廢妾、唱天足、是解放婦女的先鋒〔註26〕！汪兆翔雖然給予基督教在解放女性此一議題上如此高的評價，但是實質內容上也只提出廢妾、唱天足，可以說在整個女性議題的論述史遠遠落後，姑不論《女鐸》、《新青年》的意見，甚至連梁啟超在 1896 年〈論女學〉裡早已說過：「是故纏足一日不變，則女學一日不立。」〔註27〕（1897 年梁氏創立「不纏足社」）；另外，1900 年梁啟超與譚嗣同創立「一夫一妻世界會」〔註28〕，可見汪兆翔的論述有近三十年的時差。

四、基督徒的婚姻現代性

在這樣一份基督徒所辦的雜誌《文社月刊》裡，深入地論述當時的婚姻問題的應該只有張仕章的〈聖誕故事中的婚姻問題〉，這篇登載在第三卷第一期的長文一開始就討論新約耶穌誕生的重大議題：馬利亞童女生子。

本篇文章主要分為五個問題，加上一篇引言。引言裡行文的邏輯與推理不清楚，首先處理童貞處女生子的問題，他敘述自己以前的理解，「童女」根據「希伯來文中實在是『少婦』的意思。那時馬利亞既是一個青年婦人，可見他已經不是一個童貞處女了。」〔註29〕於是他推理耶穌乃是馬利亞婚後按正常生理生下的。他所說的英文的 virgin、希伯來文原文「童女」，事實上這個字可以解為「年輕女子」或「處女」，然而《聖經》新約中此字童女為希臘文出現 11 次，均為「處女」的意義，且在《聖經》之外，此字從來沒有用來指稱過已婚婦女。關於此字可以作處女以及在《聖經》之外從未指已婚婦女，他都未說明，更重要的是詮釋經典時，想要推翻歷史語意必須要有足夠的證據與新的解釋架構；然而作者只憑有這樣可能的解釋（況且事實上是根本沒有這種可能的解釋），再加上他個人認為宗教經典帶著神話色彩（合理的解釋當去其神話色彩），於是採信當作「婦人」解。我們認為就是因為其為宗教經典，因此更應該注意在詮解富含所謂的神話色彩或者「理性範疇之外」的事物之時，不被一般常識下的理解扭曲其原意。

張仕章的五大問題為：獨身、擇偶、貞操、解約、結婚。張仕章在論述

〔註26〕詳見《文社月刊》第三卷第八冊 p.84～5。
〔註27〕梁啟超，《飲冰室文集》台灣中華書局台一版，1896/1960，p.44。
〔註28〕梁啟超在〈紀事二十四首〉中清楚載明他與譚嗣同創立「一夫一妻世界會」，參考張品興主編《梁啟超全集》第九冊，北京出版社，p.5419。
〔註29〕詳見《文社月刊》第三卷第一冊 p.37。

這幾個問題時，談及他的理由〔註30〕：

> 馬利亞和約瑟的婚姻問題，可說是一千九百年前東方猶太民族中最
> 顯著的一個例子，並且也可作為我們中國民族的前車之鑑。

無可否認地，馬利亞和約瑟的婚姻確實很有名，但是還有其他千千萬萬顯著的婚姻，為何這樣一個近二千年前的一椿婚事可以作為中國民族的前車之鑑？其實我們知道張仕章的意思，這一個婚姻之所以可為借鏡，純粹是因為他們二人生出了基督教的中心人物耶穌之故。但是我們不禁要質疑，為何不是其他《聖經》中的偉大屬靈人物的婚姻？例如亞伯拉罕、摩西、大衛王的婚姻，而一定是耶穌的父母？原因很簡單，就是因為耶穌是上帝救贖計畫的中心，祂被視為是上帝的兒子、沒有犯過罪、且遵從順服上帝的旨意與計畫上了十字架，如此才完成上帝之救贖計畫，將人類從始祖亞當因著背逆犯罪種下的原罪拯救出來。因此其「神格」的色彩是無法被抹去的，然而當張仕章說：「神話或神學斷不能算為我們宗教信仰上最高的權威或最大的基礎的，況且我們所信的只在乎耶穌本人的主義、精神和人格，並不是為了他由童貞女懷靈胎而生的緣故。」〔註31〕因此我們看到張仕章所信仰的是一個「人文主義」式的宗教，一個宗教偉人耶穌，而非神的兒子基督。

於是接下來的「貞操」問題，對於張仕章而言，其論述就變得牛頭不對馬嘴，將歷史文本位移、扭曲，終至成為一個歪斜系統。張氏引用正典新約《聖經》的〈馬太福音〉、〈路加福音〉，外史〈雅各記〉、〈偽馬太福音〉、〈馬利亞之誕生〉等資料，所排筆的結果一致，都說馬利亞因著上帝的聖靈懷了胎、保有童貞、生下耶穌；而張氏則將此「實然」之命題硬生生轉為「應然」的命題〔註32〕：

> 但是像馬利亞這樣的懷孕方法究竟失了貞操沒有？我們不必問她到
> 底是真天使、還是假天使叫她懷孕的，我們只要問她對於約瑟應不
> 應該保持未婚妻的名義或是該不該遵守「從一而終」的節操？

對於馬利亞而言，沒有「應然」的問題，張氏之所以如此提問，只不過是想轉移問題座標，符合五四文化運動知識菁英份子一貫以來的論述模式：婚姻的社會意義中「自由戀愛」所帶來的自主選擇對象的權利意識所佔的主

〔註30〕詳見《文社月刊》第三卷第一冊 p.39。
〔註31〕詳見《文社月刊》第三卷第一冊 p.38。
〔註32〕詳見《文社月刊》第三卷第一冊 p.47。

宰地位。而對於那個時代的知識份子來說，自由戀愛的意義就是自己尋求愛情、然後忠於愛情，更重要的是一種對抗傳統規範的革命情懷，甚至懷抱一種壯烈犧牲的社會想像。可是這是馬利亞與《聖經》時代的猶太人關心的嗎？至於對馬利亞或者那個時代的年輕女子，或甚至信奉基督教的信徒，究竟該不該守《聖經》（包括新約福音書與舊約的律法）的教導？

　　張仕章把約瑟與馬利亞的婚姻問題分成五個子題：1. 獨身 2. 擇偶 3. 貞操 4. 解約 5. 結婚。我們先來看獨身的問題，張氏引用〈偽馬太福音〉第七章與〈馬利亞之誕生〉第七章，說明馬利亞的心志乃是願意在聖殿中以童貞之身服事上帝，因她認為那是神所喜悅的；另引用〈雅各記〉與〈約瑟〉說明祭司們覺得馬利亞已經長大，應當回家結婚，以免發生玷汙聖殿之事。這四處的記載在《聖經》中都沒有，對於馬利亞的婚事與懷孕，《聖經》的記載從她已經許配給約瑟開始，並未述及其獨身與擇偶想法。這其中涉及資料使用的問題，亦即《聖經》為何成為正典？其重要性在基督宗教與神學研究的歷史上當如何看待？如果張氏真的認為馬利亞的婚姻問題很具有代表性，值得大書特書，作為五四時期討論婚姻的一個重要範例，那麼我們認為在資料的使用上就顯得重要無比。因此，張氏在討論這一個議題的時候，就不應當是採取一個粗糙的觀點，他說：「照現在的《聖經》批評學家看來，〈馬太〉與〈路加〉的起首二章都不過是一種傳說；那麼牠們的價值實在和外史相等的。」〔註33〕無論是就一個教徒或者學者來看，這樣的論斷都是極為粗糙且充滿偏見的。我想張氏應當先告訴我們，是哪些學者、說了哪些論點，以及為何他們的說法就足以採信？因為《聖經》成為正典是經過多少的會議與討論的結果〔註34〕，斷言說新約重要的兩卷福音書的開頭是傳說，是何等的指控，如果沒有充分的證據與論證，這樣的論述操作，實非一個負責任的學者所當為。外史的資料頗多，又為何用這幾種，不用其他幾種，張氏的說法也是頗為隨興，看起來是只因為手邊有此資料，所以採用。

　　當然我們也可以採取一種寬鬆的態度，將張氏的文章視為散文隨筆，他真實的目的應該只是藉外史材料所敘述的馬利亞婚姻狀況來抒發他自己對於

〔註33〕詳見《文社月刊》第三卷第一冊 p.39。
〔註34〕以公元 400 年迦太基大公會議給西方教會所訂下的新約之前，公元 200～400 之間，有爭議的書卷名單從沒有出現四福音書。詳見陶理博士，《基督教二千年史》，1997，p.135。

五四時期女性在婚姻中所當採取的態度。然而，張氏的論述又扣緊外史資料，仔細分析大肆議論，讓我們不得不回應其說法。張氏認為馬利亞之所以願意與約瑟訂婚，乃是被祭司壓迫而屈服的結果，非其所自願；而祭司所代表的宗教與社會觀念，乃是要女子早婚，於是議題就轉到張氏所關心的二十世紀二十年代早婚與沒有自主權的婚姻問題架構上。然而我們知道在耶穌當時十四歲論婚嫁乃是正常時程，不算早婚，之所被認定早婚是以今天的標準認定之故。如果十四歲不算早婚，那麼在馬利亞與當時代的人心中就沒有「早婚」的問題，因此這其實是一個假的議題，張氏想談論「早婚」的議題實不必藉馬利亞事件發揮，直接提問或許更加有效。

這其實顯現了一個問題，基督徒領袖與知識份子在揭櫫「本色化」的神學後，任何重大議題都要透過《聖經》文本進行本色化論述，至少在基督徒社團之中，因著透過《聖經》文本之詮釋取得議題論述之主導權和正當性，與更重要的是在議題的本土化過程中取得具有共識的合法性。這就是張氏一系列馬利亞婚姻論述的操作模式，看似在信仰上站得住腳，在社會議題上也跟得上潮流：這或許是當時「文社」諸公衷心想達成的目標。然而我要說兩方面都落空了！在一般社會人士的論壇，這個議題老早是陳腔濫調，光緒 27 年 1902 年梁啟超流亡日本，已倡議〈新民議‧禁早婚議〉〔註35〕；而在基督宗教界裡，離正統的詮釋也越來越遠。

在信仰上，文社諸公與教外人士以教導者、啟蒙者自居不同，教內人士在同一個問題上，其合法地位必須透過耶穌為他們的想法背書，採取的立場則是希望印證耶穌符合他們的期望！換句話說，《文社月刊》的作者們的論述必須植基於他們創社的宗旨，亦即透過文字書寫事功建立「本色化」神學：在這樣的論述主軸上，其操作策略，以張仕章處理馬利亞的婚姻問題來看，不是按著《聖經》文本進行一種詮釋循環式的分析（亦即從部分到全體，再從全體回到部分的一致性詮釋過程），而是找到一個他們想處理的主題，然後在基督宗教文本中尋找其論述的合法性基礎（在這個案例中，偽經、外經都被搜羅進來），為其已然設定好的結論進行宗教背書（早婚的議題就是一個很明顯的操作）。

另一個例子，就是這一篇論述的結尾「綜合的結論」〔註36〕：

〔註35〕梁啟超，《飲冰室全集》，台南大行出版社，1975，P.125～132。
〔註36〕見《文社月刊》第三卷第一冊 p.53。

新約正傳和外史裡所載的聖誕故事，實在是馬利亞和約瑟二人的婚姻
革命史，也就是要說明提高女性和和私生子的地位的種種神話。

張氏的論證是這樣的：引用〈雅各記〉、〈偽馬太福音〉，其所敘述之馬利
亞懷孕事件，經過在祭台前喝苦水的試驗，證明兩人都沒有犯罪（婚前性行
為），因此接受這乃是神的旨意；事實上，兩種記載在之前都述說了馬利亞乃
是經由聖靈受的孕，亦即耶穌是神的兒子，其無罪是因為祭司們相信神親自
在他們之中作證，馬利亞沒接觸男性，是超自然的過程使其懷孕：這是一個
神學的判斷。但是，到了張氏手裡，他下的結論是：「提高女性和私生子」地
位的「革命」神話。然而，這絕非實情，也完全違背歷史事實。無論是《聖
經》或〈雅各記〉、〈偽馬太福音〉的記載，完全沒有意思要提高女性與私生
子的地位。根據《聖經》〈馬太福音〉1:19 約瑟知道馬利亞懷孕，想要暗暗地
把她休了，新國際版研讀本的解釋是如果讓馬利亞接受公開審判，她是會被
判「用石頭打死」的刑罰〔註 37〕，而馬利亞此事完全沒有改變此一律法的規
定。事實上，我們綜觀張氏的五大主題，訴求不外是「不重視婚姻形式，只
重戀愛精神」、「打破童貞的崇拜與羞恥觀念」、「反對早婚」、「自由戀愛、擇
偶」幾項，基本上全都是五四新文化運動的訴求，與耶穌時代的社會規範不
符，可以看得出來新文化運動時期的基督教知識精英份子常常想利用一種強
迫式的詮釋，移動《聖經》（與其相關）文本的意義座標，達到「社會運動與
思潮革命」的目的。

對此，張氏認為在他所引述的文本中可以看出「當時民眾的心理、宗教
的信仰、和社會的道德」〔註 38〕，而我們所看到的反倒是直指張氏自己的價
值觀與其信念，其背景則是相隔一千九百年的中國的五四新文化運動的時空；
且大費周章得來的這一些訴求，梁啟超與〈新青年〉雜誌已經討論多年，未
見有新的創見，也只是一些女性在婚姻中主體的觀念的陳述，至於如何實際
地在社會上開展其新的婚姻與家庭生活，則付之闕如。

五、基督徒學者經濟論述中的婦女處境

沈嗣莊這一位農業經濟學學者，同時也是一位基督徒，他寫的〈經濟革
命中婦女之地位（告婦女書）〉，應該是這一系列論述中對於婦女社會經濟地

〔註 37〕《聖經》新國際版研讀本，更新傳道會，Milltown, NJ, 1996, p.1803。
〔註 38〕見《文社月刊》第三卷第一冊 p.38。

位發言最具分量的文章。

這一篇文章首先讓人注意及有意思的部分就是沈嗣莊在主要題目下加了一個副題:「告婦女書」,以及文本中不時出現的「第二人稱多數」的稱謂。我們在閱讀其文字時,無法不產生一種「男性導師在教導無知女性大眾」的感受,換句話說,敘述者以啟發者的姿態君臨其讀者:「你們女性」,讓我們來看一段沈氏的典型話語〔註39〕:

> 其實你們在過去的歷史中,並不是沒有地位的……

明顯是以教導者的身分對其潛在的讀者說話,而他口裡那種以「上對下」姿態所發出的「你們」,既代表像先知一般啟示大眾,又多多少少透露出書寫者對於處於另一邊的「你們」展現出一種優越感:或許作者並不自覺,然而其中的「書寫者/閱聽者」之間的關係透露出某種緊張的力道〔註40〕:

> 女子職業是你們唯一的救星,是你們恢復地位應付的代價。……以
> 上是你們和現在經濟制度的關係。

無可否認地,這很明白地可以讀出一種屬於專業的傲慢的語氣和姿態,其中假設了女性是無法理解其自身所處的地位,亦即她們沒有法子自我定位,既不知道自我的歷史位置,也無法察覺自身的困境與可能的答案。

我們並不想誤讀,我們當然知道沈氏是想為女性同胞在一個現代化的困局中尋找答案,他自己一定認為是與女性站在同一陣線,他是女性的同理者,正準備與女性一起尋找出路。然而,其最深沉的無意識(unconciousness)突破檢查機制(censorship),在話語的裂隙中,就在特別選擇的說話方式——以「你們」第二人稱作為其啟示的對象——中不自覺地顯現出來:仍是男性的傲慢。

沈氏以他的專業定調女性的問題乃是經濟的問題,他說〔註41〕:

> 婦人被貶的緣故,不在智力之不足,體力之不充,直截快爽地說,
> 是經濟關係。…人類繁殖,自然所給我們的有限,再加上我們貪得
> 的惡根性,於是不得不爭,講到戰爭,那婦人就相形見絀了,因為
> 妳們是慈母,是不肯殺人的。

沈氏的論點歸結就是「資源有限」,於是相爭。可是他不認為體力不充足是女性在兩性關係中落於下乘的主因,而是因為女性的母性使得她們不願殺

〔註39〕見《文社月刊》第三卷第八冊 p.38。
〔註40〕見《文社月刊》第三卷第八冊 p.42。
〔註41〕見《文社月刊》第三卷第八冊 p.39。

人（退出競爭），於是相爭殺人的任務就落在殘暴的男性身上（主導競爭），歷史於焉發展。其實以他的分析架構來看，人口增加、資源不足、競爭的歷史發展主軸，女性成為弱勢幾乎是必然的，似乎與女性是否為慈母不肯殺戮無關。

於是，他繼續分析經濟制度下之四大惡現象：怨婦（無愛情的婚姻）、蓄妾、娼妓、女工。其中最有意思的是他論述「娼妓與商業」的問題〔註42〕，開展了一套理論：商業和娼妓的關連性成為正比：商業越盛，娼妓越發達；娼妓越發達，商業越盛。事實上，商業越發達，很多東西都越昌盛，不獨娼妓，例如休閒業、奢侈精品的市場必然興起。然而他的論證反過來則未必成立，亦即娼妓越發達，商業是否越盛，很值得懷疑。

對於女性進入職場，沈氏也有獨特的見解。他基本上不同意女性進入工廠成為女工，原因是資本家的剝削，與女性無力為自己爭取權益。

然而，我們知道勞動市場所能提供給這一些不具有太多專業能力的女性勞動力的工作機會基本不會太好，換句話說大概都是門檻障礙很低的工作，工資當然就低廉了。對於女性能夠在這樣的狀況下加入勞動市場，事實上有其歷史條件的限制，工廠大概是能夠在此一時期大量容納女性投入職場的產業。沈氏認為這樣的產業結構問題出在「私有制度」，解決之道在於「共產制度」。他所謂的「共產制度」當然與1920年代共產黨成立、共產思想流行不無關係，可是其主張的精神則有異〔註43〕：

> 我們的所謂共產，用不著恐怖主義。因為我們在生物學理找到的，
> 不是鬥爭，而是互助。

事實上，在當時許多基督教學者都把耶穌當作一位革命家，且在經濟領域中，是反對資本主義的，例如汪兆翔在〈基督教與民生問題〉中說道〔註44〕：

> 耶穌雖然不完全反對私有制度，然對於貧富不均，卻力力反抗。我
> 們讀（路加十六章十九節末）耶穌所設財主與拉撒路比喻之中，足
> 見耶穌竭力為無產階級代報不平……你看他對資本主義，何等深惡
> 痛疾！

從《聖經》的角度來看，實在看不出馬克斯《資本論》中那樣的資產階

〔註42〕見《文社月刊》第三卷第八冊 p.41。
〔註43〕見《文社月刊》第三卷第八冊 p.43。
〔註44〕見《文社月刊》第三卷第三冊 p.10。

級與無產階級對立的論述結構。但是使用馬克斯主義的術語進行經濟問題的論述，已然成為基督教某一些菁英知識份子的趨勢；又例如林漢達的一篇文章〈無產階級的耶穌〉〔註45〕，光看題目即可領略：馬克思思想已經成為當時論述的一個流行理論與問題架構，這當中也包括經濟學者沈嗣莊自己。沈氏認為女性進入工廠，不只被剝削，對於已婚婦女來說更為不利，他引述《資本論》說〔註46〕：

> 馬克思在《資本論》裡說得好；既婚的婦女，最有注意力，並且容易對付。

實際的狀況是薪資少了四分之一以外，更兼而引發流產、育嬰乳汁不足、嬰兒夭折。沈氏這一方面的洞見，確實展現了專業的分析能力，基本上是看到了「新青年」那一些書寫者所未見的重大問題；十年前的那一批論述者，基本上只有在婦女育兒的問題上才論及婦女與下一代的關聯，然而沈氏卻從社會經濟學的角度，見到了婦女投入職場所引發的家庭運作上的重大可能變革。

他提出的解決之道「經濟革命」有三大條件：教育、道德、犧牲；而其中心精神則是：互助；最終的理想是：共產。至於共產如何可致、如何能攻克人的私心，則付之闕如。以下略評述其經濟革命三大條件。

教育方面，沈氏主張女子必須參政與進入職場，這都需要教育為前提：職業教育和中學教育事他認為最為迫切的，每一個女子至少受到中學教育，且同時進行職業教育，如此是女性獨立的第一步：

> 念了書，所為讀書明理，或進而至於參政，主政，來指導群眾。有了職業，就可以獨立。

參政，可以說是沈嗣莊對於女性發展的願景，亦即唯有透過參政，才有真正改變女性地位的可能性；而職業則是女性獨立的必要條件，經濟無法自主，獨立是假的。這樣的意見與之前「新青年」裡梁華蘭在〈女子教育〉中認為男女兩性的平權，集中於女子教育，而吳虞則認為當透過法律規範男女平權，沈嗣莊又往前跨了一步，認為女性必須參政，成為制定平權法案的主導者，乃沈氏之創見，其前提就是不能等待由男性來完成這一切，女性唯有透過政治立法才能竟平權之全功。

接下來的道德與犧牲，更加有趣，基本上這兩點是從未出現在「新青年」

〔註45〕見《文社月刊》第三卷第六冊 p.2。
〔註46〕見《文社月刊》第三卷第八冊 p.42。

的「女子問題」論述中。沈氏所謂的道德，集中於不離婚、對婚姻忠誠（以美國女子經濟獨立後導致隨意離婚為借鑑），他認為女子即便讀書，回家仍應掃地、做飯、順服〔註47〕，換句話說，女子以後可能既要工作，又要擔任家庭勞務（他似乎沒看出這中間隱含的矛盾與時間的排擠效應，亦即出外工作必定犧牲家庭勞務時間，甚至育兒品質，而這是他所不樂看見的，女工的問題如此，女性進入其他職場亦復如此）。

另一方面所謂的犧牲，乃是要女子能吃苦、不慕榮利，鼓勵「間接犧牲就是在幫助男性達到經濟革命的目的的過程中，所有的犧牲。」〔註48〕在此我們看到沈嗣莊的所謂幫助，竟是當「英雄的製造者，革命的安慰者」，看來女性在其經濟革命的規劃中，仍舊只是「配角」，退居幕後，擔任安慰者的工作；而身為英雄的男性才是舞台中央的主角。事實上，我們知道其主張的「順服」、「犧牲」，隱含著《聖經》對女性的德行要求，順服丈夫、幫助男性（丈夫），因此我們知道沈嗣莊的女性論述中對於解決經濟問題的方法，除了在社會上就業，在政治上參與，在內在的品格上則要求道德與犧牲，這樣的要求基本上與《聖經》一致。

呼應沈嗣莊的論述，劉靈華的〈聖母馬利亞及聖女使馬大諸姊妹頌〉很具有代表性。劉靈華這一首詩是《文社月刊》最後第二首詩，可以說某一方面總結了「文社」諸公對於女性論述的主張，他抬出馬利亞作為樣板人物〔註49〕：

> 聖母馬利亞，解放自由花。衝開法賽俗，約瑟愛成家。誕生天然子，
>
> 打碎婚姻枷。助男倡勞工，避難走天涯。教養聖耶穌，傳道發光華。

馬利亞成為五四時期男性基督徒精英份子對於現代女性想像的象徵性人物：她代表了解放與自由的欲望，她要掙脫禮教枷鎖，她要自由戀愛，她要靠自己勞力獨立，她是男性的幫助者，她仍然是一位最佳的母親。

或者我們可以說這樣的女性形象，其實是那個時代男性基督教徒心目中現代完美女性的典範，與真實的女性欲望其實沒有相干的。

六、結論

五四文化運動時期，無論由陳獨秀領軍主編的《新青年》，或者又一群男性基督徒知識分子為書寫主體的《文社月刊》，似乎有一個共識，要表現出他

〔註47〕見《文社月刊》第三卷第八冊 p.45。
〔註48〕見《文社月刊》第三卷第八冊 p.45～6。
〔註49〕見《文社月刊》第三卷第八冊 p.76。

們陣營的現代性,「女性論述」是一個不可或缺的部門,這樣的論述場域成為當時媒體陣營具備現代性的一個基本配備。

《新青年》的女性論述製造過程算是創新,在一個以男性為主導的媒體中,成立一個「女子問題」專欄,讓女性自己論述女性,表面上看起來最具有正當性,最尊重女性的發言權與解釋權,然而實際的狀況卻是男性主導一切,因為這樣的書寫權力乃是男性釋放出來的,且一切由男性監控,兩件事清楚的透露這個訊息,一是「女子問題」專欄由一位男性(陶履恭)書寫的〈女子問題〉作為終結,且被置放於一個更高位階的欄目之中發表,男性才是女性論述的真正詮釋者,說明了解釋權由男性釋放,也由男性收回,女性書寫者的地位因為不具有真實的權力而仍處於未定位的階段,因此這樣的論述基本上是失敗的(然而卻激活女性必須創造自己的論述與詮釋空間);二是吳虞藉著妻子的名義假名投稿,更顯示出男性操作女性論述的虛偽與粗暴。

十年後的《文社月刊》,一樣由男性主編的雜誌,其中所刊登的大量集中討論的女性論述,其製造者基本上都是男性基督教徒的知識菁英份子,其主題與主張基本上不脫之前《新青年》(延續梁啟超以降)的女性論述(十年的時差),除了沈嗣莊另闢蹊徑,透過經濟學專業的分析與《聖經》對女性的倫理學要求,突破了之前《新青年》的論調與範疇,指出一些新的方向(《新青年》所沒有的):參政解決不平權政治、經濟、社會上的困境,以及就業進行自我獨立的第一步,另一方面不鼓勵離婚,提出對婚姻、家庭進行更加保守的論調(在這一點上,與基督教教義吻合)。

五四文化時期,關於男性菁英知識分子社群所生產的女性論述,我們看到兩種操作模式:一是《新青年》的兩手策略,一方面看似放手讓女性暢所欲言,實則監督掌控其所為,另一方面在 1918 年由諸位重量級寫手對女性身體的居戰略地位的性關係規範道德(貞操)進行檢驗,於是完成由內而外的包裹,女性論述被包裝成解放與進步的象徵,實際上卻是男性權力另一種形式的擴張。二是《文社月刊》的指導方案,男性以代言人與指導者的身分現身,表面是關切女性利益,允許女性解放諸般制梏,其內涵卻是性別的傲慢與權力的展現。

對於十年後才開始論述女性議題的《文社月刊》,應該是站在一個更高的戰略位置,在梁啟超、《新青年》與《女鐸》的基礎上,提出具有基督宗教信仰色彩的女性論述,然而事實卻產生了一個顛倒:像汪兆翔、張仕章等學者

透過基督宗教的文本（《聖經》、外經或偽經等），多方辯證的結果，沒有看見
任何依循基要神學與真理的女性論述，反而幾乎是照單全收、整體湊合，於
是沈嗣莊所謂的「基督教思想苟不能與本地文化打成一片」的說法導致了一
種結果，對於那一些已經過時的重大社會議題，其論證與結論完全落在世俗
學者的框架範疇之中，基督宗教文本在女性議題上基本上就是展示了一個世
俗化的應用。反倒是沈嗣莊從經濟學入手的論述，得到突破性的結果，雖然
仍舊是在世俗化的知識體系中進行；然而最值得思考的是其「經濟革命」所
需的三大條件中的道德與犧牲，雖未提及任何宗教性（當然只的是基督教）
參考文本，卻與《聖經》對女性的教導和主張氏一致的（道德，要求不離婚、
對婚姻忠誠與重視家庭，犧牲所談及的順服、幫助男性與丈夫），從這個觀點
來看，在女性議題上，五四那一個文化運動風起雲湧、反教勢力鋪天蓋地的
時代，沈嗣莊雖然在論說的性別位置上採取過高的姿態之外，總算讓我們看
到一個真正有見地的、基督教的諤諤之士。

《女鐸小說集》之女性形象研究——
20 世紀 30 年代上海女性的婚戀家庭焦慮

一、前言

　　《女鐸報》成立於 1912 年，結束於 1951 年，前後四十年時間，出版 412
期，可謂中國近代史上發行最久的一份婦女雜誌。《女鐸報》除了刊載當時基
督教界婦女所關心的各樣議題，也常有小說的登載，後來於 1935～1939 年間
集結出版了三本《女鐸小說集》。這三本小說集裡的各篇小說，書寫了各樣的
女性腳色，這些小說不像其他非常重視文字事業的基督教雜誌（如《文社月
刊》）所刊登的小說含有強烈的宗教色彩，或是環繞教會生活、或是改寫聖經
經文故事等等），似乎是刻意呈現出一種降低「宗教性」的特質，然而其主題
又多多少少與基督宗教有所契合，所以可以視為一種隱性的基督宗教小說。

　　民國初年基督教徒積極地參與當代女性地位與角色的建構，尤其在宣教
士的帶領與幫助下，創立了幾本女性刊物，1912 年在美國宣教士亮樂月女士
（Miss Laura White）創辦的《女鐸報》最能代表民國初年由女性主編、書寫、
操作、生產的基督教出版品〔註 1〕。

　　對於《女鐸報》上所刊登的小說作品，之前的研究成果，劉麗霞的〈《女
鐸月刊》與中國基督教純文學〉〔註 2〕算是接近此一主題的初探，將當時的基

〔註 1〕當然，清末發行的基督教雜誌《萬國公報》老早開始女性議題的討論。
〔註 2〕《女鐸月刊》即《女鐸報》。劉麗霞，〈《女鐸月刊》與中國基督教純文學〉，《船
　　　　山學刊》，63 卷第 1 期（2007 年 01 月），p.209～11。

督教文學分為廣義與狹義兩種〔註3〕，她認為《女鐸報》中所刊登的小說算是中國基督教新教在 30 世紀上半葉純文學上相當具有成績的表現。然而，並未深入分析研究三集《女鐸小說集》的書寫。

　　此外，劉麗霞的另一篇論文〈現代激進主義文化思潮中的家庭重建——以《女鐸》小說中的婚姻家庭觀為視角〉〔註4〕，其中所研究分析的小說大多是集中在三集《女鐸小說集》的文章，內容針對當時所謂激進的男女自由戀愛、不和則離（婚）的社會思潮，在小說創作中提出一種積極的、屬於基督徒的回應。

　　宋莉華的〈美以美會傳教士亮樂月的小說創作與翻譯〉〔註5〕，則是對《女鐸報》第一任主編亮樂月的小說創作與翻譯進行全面的檢視與分析研究，亮樂月的作品雖然屬於《女鐸報》早期作品，但是後來也有不少選進《女鐸小說集》。

二、女性編輯的女性書寫

　　《女鐸小說集》，就整個出版的製作流程來看，編者是女性，作者大半為女性，作品角色為女性，所設定的讀者亦為女性。我會在討論分析的過程中特別強調編輯群的角色，是因為這些小說故事，都是挑選出來的，《女鐸報》刊登的小說其實篇章算是多的，出版的這三本《女鐸小說集》只佔其中一部分，而且作者名字全數拿掉〔註6〕，亦即《女鐸小說集》裡看不到作者的名字，只呈現「女鐸月刊社編」〔註7〕在小說封面，更讓我們會把三集《女鐸小說集》當作是編輯部的一個整合打包的作品，給讀者看甚麼，不給讀者看甚麼，編

〔註3〕劉麗霞在〈《女鐸月刊》與中國基督教純文學〉文章中說道：「狹義的基督教文學是只限於讚美詩、禱文、宣道文等……廣義的是指基督教作家本著基督教的主義和精神、不違背基督教思想而具有文學要素的一類文學」，p.209。

〔註4〕劉麗霞，〈現代激進主義文化思潮中的家庭重建——以《女鐸》小說中的婚姻家庭觀為視角〉，《雲南民族大學學報》〔哲學社會科學版〕第 29 卷第 3 期，2012.05，p.126～130。

〔註5〕宋莉華，〈美以美會傳教士亮樂月的小說創作與翻譯〉，《上海師範大學學報》哲學社會科學版，第 41 卷第 3 期，2012.05，p.94～101。

〔註6〕例如 1938 年第 27 卷第 2 期《女鐸報》刊登〈聖母像前〉小說，p.14～20，作者署名謝德貞，到了《女鐸小說集》第三集，放在第十篇，可是作者名字拿掉，目錄頁、本文都沒有作者名。

〔註7〕《女鐸報》在其雜誌的目錄刊首署名《女鐸報》，例如《女鐸報》1950 年 12 月雜誌最後刊的目錄即是如此，p.34。可是有時候又自稱《女鐸月刊社》，如此處。

輯放送出強烈的主導性。當然，作者的作品的內容才是決定最後呈現在讀者
面前所產生的效果，但是作者名字已經取消，當《女鐸小說集》以獨立出版
品的方式在市場上流通時，消費者看不到每一篇作者的名字，只看到編輯在
封面上以群體的（匿名，編輯們的名字躲在「女鐸月刊社編」後面）方式出
現，其實更代表這是出版社方（或雜誌社方）的一種有意識的設計與規劃，
而這個意圖是和《女鐸報》一貫的編輯原則相合的，《女鐸報》最早的主編亮
樂月女士，一直從事教育，後到廣學社擔任《女鐸報》主編，這一份雜誌得
自我定位，一開始就以負擔教育使命，輔助學校課業為主：

> 本報以破除女界積習，增進女界智德為宗旨，與尋常牟利者不同。

〔註8〕

《女鐸小說集》，如第一集的書前斐頁所說：「本集共載小說十篇，有係譯
者，有係創作者，都在女鐸報中發表過。……喜歡讀小說者，或專門研究小說
作品者，都應人手一編。」可見小說結集出版其市場區隔是很清楚，專對那些
喜歡閱讀小說的讀者與研究小說的學者，而非專對基督教徒，更且小說出版之
後，隔年即再版，顯見受到市場上集大的歡迎。而後1936、39年又各出一集，
顯見小說集在市場上銷售是成功的。因此之故，我們可以幾乎可以說《女鐸小
說集》透過作品所釋放出來的「女性形象」是在向社會上一般讀者大眾直接傳
達原先在《女鐸報》中被（主要是女性的）編輯認可的一種形象。

《女鐸小說集》從其小說內容來看，教會生活與直接引述《聖經》或者
改寫的高度基督宗教色彩的書寫並不多見，反而是適合一般讀者大眾的文本，
因此相當程度的可以看出這樣的出版品想要對一般讀者（而非特定教徒）產
生影響力，因此第二集的編者前言說道：「小說是時代社會的反映，是各色人
類生活的縮影……要使讀者瞭解社會的一切。」換句話說，《女鐸小說集》想
要產生與社會對話的效果，而大眾又知道其為基督教出版品，因此更代表了
1930年代基督教出版界在「女性議題上」欲與外界溝通的一種想法。

而這種溝通是帶著教育意義的，是文以載道式的，是價值觀與道德觀的
文化行銷。第二集的編者前言繼續說道〔註9〕：

> ……留給他們（讀者）最好的印象，這纔是一本成功的小說。作者
> 感覺到現時女子尚浮華，不願實際，以致夫婦間、婆媳間、同事間，

〔註8〕《女鐸報》第1卷1期，1912年04月，p.1。
〔註9〕《女鐸小說集》第二集，上海廣學會1936年初版、1940年三版，版權頁編按。

　　朋友間常發生種種問題和誤解，演成各方不安寧的現象，才用她靈

　　活的筆描寫出來，警惕世人。

　　這裡很清楚，編輯設定目標讀者群為女性，而且所編選的小說是帶著目的性的，希望能達成「教導都會女性解決各層面的人際關係的問題」的目標。至少在編輯的心目中，認為這些小說的書寫者（女性作家）認為當代都會的女性形象是崇尚浮華，不顧實際的一群。小說的編輯也想觸及這一群女性讀者生活中所產生的婚姻、家庭、職場、社交各層面的人際問題。所以可以看出編者希望這些小說對於解決都會女性的諸般人際困擾，至少是有幫助的。

　　這是一種相當傳統的、但又浮動的、動態的觀點。我們知道早期佛教進入中國，因著翻譯經典被理解的困難，於是採取了以通俗故事傳播佛教思想的策略，學者徐志平說：「魏晉六朝的志怪小說……一類是為宗教宣傳而作……主要是佛徒為達傳教目的，有意誇寫佛或佛經的神奇力量，以及因果輪迴的真有其事」〔註10〕。當然，到了唐朝，佛教已然被大眾理解與接受，佛教思想就隨著作者的筆融滲在作品之中，這種宗教就在書寫者與閱讀者之間彷彿成為一種預設知識。

　　然而，基督宗教（景教）從唐太宗時進入中國，歷經元朝一波的景教復興（也里可溫教），再到明朝利瑪竇從義大利傳來的天主教，再到英國人馬禮遜傳來基督新教，直到 1930 年代，基督宗教都未在中國形成普遍性被接受的信仰。以 1819 年由傳教士米憐（William Milne）所寫的首部基督新教小說《張遠兩友相論》，雖然開始以小說傳播基督宗教思想，卻僅只於兩個角色對談基督教思想，基本上缺乏文學修辭、說故事技巧與小說美學。

　　我們回過頭來看三集的《女鐸小說集》，從第一集到第三集，事實上，編輯的理念是在轉變的。

　　《女鐸小說集》雖然在短短五年內就出版了三集，我們從其內容作一個分析（表 1），發現大部分小說都與愛情婚戀、親子家庭與基督宗教三大主題有關，其中愛情婚戀的內容佔最大宗，且每一集都超過 50%，顯然此一主題是最被關注的，也認為是最有市場性。當然，《女鐸小說集》所有的小說其實都是在《女鐸月刊》中曾經刊登過的小說，編輯挑選的範圍有限，我們可以說《女鐸小說集》的內容比例分配與分佈，在《女鐸報》的編輯與出版時就

〔註10〕徐志平：《中國古典短篇小說選注》，（台北：洪葉出版社，2006 修訂三版），
　　　　頁 84～85。

已經結構性地被限制了。然而，《女鐸報》之所以呈現、刊登這些小說，其實正與編輯有密不可分的關係，而這一群編輯其實是與《女鐸小說集》同一批的〔註11〕。

　　三集《女鐸小說集》中愛情婚戀、親子家庭兩大主題主宰了編輯方向，也給小說定調：《女鐸小說集》就是只出版女性讀者感興趣的內容，定位清楚，專為給（年輕的）女性讀者設計、量身訂做的小說。以愛情婚戀 21 篇、加上親子家庭的 13 篇小說來看，扣掉交集的 5 篇，共 29 篇小說是與這兩大主題相關的，佔總篇數 35 篇約 83%，換句話說，編輯群認定這兩大主題是他們的讀者群感興趣的，也是他們想與讀者溝通的範疇。

　　我們從《女鐸小說集》的內容結果分析可以看出是有一定的編輯操作原則。以宗教色彩為例，第一集中還有兩篇涉及基督宗教之外的其他宗教的小說（印度教與佛道摻雜的民間信仰），在第二集之後就再也沒有類似的篇章，我們幾乎可以確定是編輯部的策略改易，雖然當年度的月刊所刊登的廣告裡宣稱《女鐸報》刊載的小說沒有明顯的宗教宣傳色彩〔註12〕，然而之所以要做這樣的宣告，很明顯地就是因為《女鐸報》是一個基督教女性雜誌，他們也許想給讀者一個印象，就是《女鐸小說集》裡並不都是有關基督宗教與講述教條的小說，所以特別在廣告中說明〔註13〕。然而有意思的是，《女鐸小說

〔註11〕三集的《女鐸小說集》扉頁上都註明了「女鐸月刊社編」。

〔註12〕《女鐸報》第 24 卷 7 期，1935 年 12 月。

〔註13〕一個基督教宗派（美以美會）來華成立的宣教據點出版這樣的小說選集（女鐸小說集），符合宣教的使命嗎？按照編輯的意見，看起來好像對宣教的幫助不大。但是有一點我們一定要注意，意即《女鐸小說集》雖然看似獨立存在的出版品，可是它實際上是《女鐸報》的附隨產品，小說集所有內容由《女鐸報》抽繹編輯而成，真正負擔宣教的功能的是雜誌主體《女鐸報》，李冠芳說：「（《女鐸報》）引領中國在家庭在學校在社會之各階級女子，歸向基督，與基督之嘉言懿行潛移默化，俾各知奮勉，造就人格」（李冠芳，《女鐸月刊二十周紀念之回顧》，《女鐸報》1931 年 6 月 1 日卷 20 第 1 期，第 7 頁。）而一般來說，《女鐸小說集》則只負擔教育功能（編輯收錄的大部分不具宗教色彩，小部分小說是有宗教色彩，但也不是太具有明顯的宗教特色，例如主角上教會、也會禱告作為其生活細節的背景之用，但是不會收錄那些宗教色彩過於明顯的作品，例如，亮樂月的小說《五更鐘》，原名《五次召》，寓有上帝五次召人回頭之意，且多處引用《聖經》中的大段文字，這樣的作品是不選錄的），運作方式是藉由更加具有閱讀趣味的小說集子，吸引、接觸更多面向的讀者（小說集的銷量大大超過《女鐸報》月刊），糾正不良女性習性，而建立一種符合基督教價值觀的現代都會的正面女性形象。

集》第一集的首尾二篇，竟然是印度教與中國民間宗教的小說，似乎想傳達編輯群是有包容性的感覺。更有意思的是第一集中有 60%是具有基督宗教色彩背景的小說，換句話說，加上上述兩篇其他宗教小說，竟然高達 80%是有宗教色彩的小說，或許編輯的意思是他們的產品只是軟性行銷宗教信仰（基督宗教的故事背景架構，以及價值觀），而非強行推銷式的傳教（hard sale）。

不過，到了第二集《女鐸小說集》，基督宗教背景的小說已經降到 36%，其他宗教則缺，這樣的調整是極其明顯的，或許是讀者的反映，或許是編輯群的反思：如果還要有宗教成分，寧可只呈現基督宗教的符號，然而大約也只有 1/3 的篇幅觸及基督教材料，比例的下降（60%降到 36%）代表編輯群更避免太多宗教背景的作品。

表 1《女鐸小說集》內容分析表

內容 集數	小說 篇數	愛情婚戀篇 數（百分比）	基督宗教篇 數（百分比）	其他宗教 （百分比）	親子家庭	其他
第一集	10	5（50%）	6（60%）	2（20%）	3（30%）	1（10%）
第二集	11	7（64%）	4（36%）	0	5（45%）	2（18%）
第三輯	14	9（64%）	7（50%）	0	5（36%）	1（14%）
總計	35	21（60%）	17（49%）	2（6%）	13（37%）	4（12%）

在這個統計表裡，之所以會有篇數、百分比加總超過篇數總和與 100%的情形，乃是因為「愛情婚戀」、「親子家庭」、「基督宗教」這三項主題會以不同的組合方式、重疊出現在同一篇小說中之故。這中間我們如果排除純基督宗教議題（共有三篇，全在第三集中，魔鬼引出人的邪惡〈魔鬼與麵包〉、為人犧牲的精神〈他的需要比我大〉、論及苦難與饒恕的〈上帝之其實惟須等待〉）、純民間宗教議題（詐騙故事第一集〈聖藥〉），以及其他特殊主題的篇章之外，亦即其他 27 篇都與「愛情婚戀」或「親子家庭」是有關的，佔了 77%。

當然也有學者認為，《女鐸報》的小說也多少負擔福音布道功能，學者宋莉華說：「從表面上看，這些小說的主旨在於幫助婦女改良家政，重點集中在家庭領域的福音布道工作。」（上海師範大學學報（哲學社會科學版），2012.05，p.96）但是她指的是早期由亮樂月編纂刊登在《女奪報》雜誌上的宗教色彩濃厚的小說。但是很晚期才出版的《女鐸小說集》，1935～39 五年間三集，此時亮樂月主編早已回美（1931 年因病歸美，1937 年過世），新的編輯群顯然有新的編輯概念，亦即《女鐸小說集》並不負擔宗教、或宣教的功用。

基督宗教扣除 4 篇純基督宗教議題的小說，其他 13 篇或涉及愛情婚戀，或關乎親子家庭，或者兩者皆觸及之〔註14〕。

《女鐸小說集》的編輯群的企圖心顯然不是框限於家庭、親子與愛情，似乎想將讀者帶到更寬廣的場域，進入社會議題當中，我們在〈我怎麼送我的老父到養老院去〉這一篇小說裡，發現作者觸及的課題相當尖銳，對於同住的老父親像一個累贅的想法（非常真實的心靈呈現），以及基本上在當時中國文化碰都不感碰的問題，例如父母親是否應該干涉、涉入兒女的婚姻、家庭生活，以及親職教育（甚至是兒女的性教育），很真實地探討老人問題（對於家人的情緒勒索），不得不說《女鐸小說集》在這一點上是很先進，走在時代與社會的前沿〔註15〕。

三、故事中的女性形象

我們先來看一篇我在分類時我將之歸於其他類的小說，其題材相當值得注意，亦即第二集中的〈一隻小貓〉，這一則故事強調冒險精神，出現在以女性讀者為主的《女鐸小說集》，確實具有革命性的意義，無法否認地這強烈地與「大門不出，二門不邁」的傳統中國文化是抵觸的，這正符合了《女鐸報》發刊辭所說的〔註16〕：

> 蓋欲以是為女界中之木鐸……使中國女界皆得藉此鐸以振之、警之，
> 俾於嘉言懿行，各知奮勉，……默而化之，潛而移之，庶幾四千年
> 婦女柔弱之痼疾，可捐棄於一旦矣。

欲將「四千年婦女柔弱之痼疾」一掃盡淨，當然不是一件容易的事，但是將〈一隻小貓〉的故事選進《女鐸小說集》，我相信編輯是希望藉著作者描述的這一隻小貓，塑造出一種新的女性形象：積極、勇敢、具有冒險精神的中國新女性。這絕對不是單一的現象，我認為這其是實與《女鐸小說集》中想建構的女性形象相互建構的。

我們來看一篇在當時很具代表性的作品，第三集的第一篇〈一陣狂風〉，故事大要是女主角唐熙因丈夫金銘近日脾氣變差以及婆婆要來住的事鬧得不愉快，憤而離家出走，回到婚前工作的飯店謀職，不僅獲得正式職位並有機

〔註14〕《女鐸小說集》35 篇小說中，只有三篇小說同時呈現出三大主題「愛情婚戀」、「親子家庭」、「基督宗教」。
〔註15〕《女鐸小說集》第三集，p.176～177。
〔註16〕《女鐸報》第一卷第一期，1912 年 4 月，p.3。

會升遷。比較同一時代 1934 年的一個劇本《新女性》，女主角韋明被丈夫拋棄，她興起了一個想法〔註17〕：

> 婚姻幸福的幻滅，和一種漸次抬頭的女性獨立意識，促起她另創一個新的獨立生活環境去的意願。

這一部當時預定由阮玲玉主演的電影劇本，在劇本內文之前「劇旨提要」裡寫道：「鼓勵婦女自食其力之獨立生活」，可以想見 30 年代的上海正流行所謂的新女性是必須具備職場就業能力與經濟獨立，顯然《女鐸小說集》也抓住了上海這個大都會的脈動。然而，這種自食其力的經濟獨立能力決不是《女鐸小說集》想要凸顯的女性形象特質。

〈一陣狂風〉女主角唐煦雖然離家出走，順利找到工作、自力更生，然而事件的起因卻完全不是如她所想像的，丈夫金銘的脾氣暴躁乃是因為工廠即將倒閉、面臨失業的壓力；婆婆要來住乃是因為丈夫金銘希望媽媽可以運用她的人脈介紹工作，唐煦的離家竟是因著誤解、沒有溝通所起的衝突，在小說中總結此事只顯出女主角的冒進衝動〔註18〕：

> 而她竟因一時的怒氣把他拋到九霄雲外！她竟因一時的冒昧鬧出這一大場風波。

但是小說真正的主題卻是在強調夫妻之間的「互相體諒」的愛的重要性，顯然在〈一陣狂風〉中女主角唐煦算是一個負面教材，雖然她有獨立生活、經濟自主的能力，而《女鐸小說集》的編輯群對於女性的獨立與能力，還在文章中藉著男主角金銘的口說道：「我恭喜你能獨立，我對你不起因為我沒本領。」當然她的丈夫會如此說，乃是因為她是在他最困難的關頭不告而別，女主角的衝動決定只顯得幼稚、欠考慮。

因此，《女鐸小說集》所想表達的女性形象，某個程度來說，經濟獨立與工作能力絕非佔據優先順序的前端。如果我們對照另一篇小說〈被嫌疑〉的話，就能看出《女鐸小說集》編輯群推崇的女性形象乃是獨立加上善良（對於人的軟弱的包容）。女主角莫子英是一位在都會工作的單身女子，小說是這樣寫的：「獨自在上海謀生」，故事的場景是職場（一家大型糖果店），主題是愛情故事。

〔註17〕孫師毅編：《新女性》電影劇本，（上海聯華影業公司第二廠印，1934 年），頁 2。

〔註18〕《女鐸小說集》第三集，p.11。

　　故事大要是：老闆的兒子吳士珍要求父親將莫子英升為管理員，而將原管理員施小姐調到蘇州分店，心有不甘的施小姐和未婚夫本立聯手密謀，讓吳老闆以為本立是子英的未婚夫及偷錢，而讓老闆辭退她。但施小姐事後良心不安，請求子英不要將實情透漏，之後會跟老闆解釋，後來老闆的兒子吳士珍盤問另一位服務員陸雲才知道真相，於是決定和子英訂婚。

　　小說運用一個非常簡單的結構，讓施小姐和莫子英成為一個「對照組」，比較之下襯托出女主角的高尚人格，且是符合基督宗教價值的人格，莫子英相對於施小姐（與未婚夫共謀）妒忌、說謊、自私的負面人格，小說中則是呈顯她的寬宏大量、忍耐、閉口不為自己辯護的善良，甚至在小老闆吳士珍想幫她忙，找到她調查事件的隱情時，莫子英仍堅守對施小姐的承諾，保持著沉默；甚至到最後士珍強烈表達對她的愛意之下，要求她說出真相，她寧可吞下苦楚〔註19〕：

　　　　子英眼眶裡噙滿了眼淚，喉嚨哽咽著。她恨不能立刻撲在士珍懷裡，把自己對他的深情蜜意告訴他。可是她始終竭力抑制自己，重複的說：「我沒有話可以回答你。」

　　故事的重點在於在一個都會職場發生的愛情故事裡，呈現出一個女子的完美形象，子英雖被誣陷，卻還能替施小姐著想：這就是《女鐸小說集》所想表達的女性形象「獨立且善良」。

　　同樣在 1930 年代出版的一部長篇小說《解放女子小史：警世小說》〔註20〕，一篇認識論的小說〔註21〕，女主角對於自由戀愛與婚姻，終究有了深刻的體悟。在第 11 章裡，女主角文鵑覺悟自由戀愛與結婚的真理，她看著楊翠峰與著西裝男子乘汽船呼嘯而過，文鵑見狀想道〔註22〕：

　　　　他們各人有了高深學問，有了獨立精神，然後方行自由戀愛的文明結婚，有這樣美滿的結果……自由戀愛的婚姻，是建築在學問上的，方能鑑別英雄；自由戀愛的婚姻，是建築在獨立精神上的，方能免除外界的壓迫。

〔註19〕《女鐸小說集》第二集，p.86。
〔註20〕徐再思編輯：《解放女子小史：警世小說》，（上海會文堂新記書局出版，1930年03月）。
〔註21〕認識論的小說，Epistemological novel，意指主要角色在整體故事之前、之後，人生有重大認識與體悟，也算是一種生命成長小說。
〔註22〕徐再思：《解放女子小史：警世小說》，頁189。

　　顯然《解放女子小史：警世小說》已經比一般學者與作者多了一層反思，自由戀愛不僅僅是個人追求幸福的權利，還認為應該具備學問（所指當是為人處世的學問）與獨立精神（經濟獨立與承擔壓力的能力），這與《女鐸小說集》編輯群高舉的都會女子形象很能呼應。

　　另外一篇〈愛情的重擔〉〔註23〕講述愛情與愛心的美麗故事，大要是婦人胡瑪利因丈夫胡其傑失明，且公司周轉不靈、付不出原本應給胡其傑的生活費，迫使瑪利到裁縫店工作，並假裝買布料做衣服給自己。時裝公司經理包小姐給瑪利大客戶顧太太的上等綢料做衣服，但卻因丈夫胡其傑不小心將成品弄髒，瑪利親自向顧太太道歉，顧太太想起自己以前清苦的日子，很友善地幫助胡其傑在自己丈夫的公司獲得工作。

　　丈夫生病，妻子打工；丈夫闖禍，妻子承擔。故事中我們看到瑪利高度壓抑，既要瞞先生自己辛苦打工（不要給先生壓力，不讓先生內疚），又要養先生的身體（讓先生吃肉、自己吃菜蔬），為了維持家庭生計，瑪利為愛打工、犧牲到一個令人心酸的地步，呈現出一種大都會女子面臨危機可以扛起責任、不懼壓力，為了丈夫的幸福願意自我犧牲的形象。另外，時裝公司包經理與大客戶顧太太都具備高度的情緒管理能力（EQ），包經理看到大客戶的高級衣料被髒汙、又見瑪利面色如土，「就是有氣也不忍發作」〔註24〕，而顧太太得知意外事件始末，不僅不發怒，還能體會瑪利的痛苦（高EQ加同理心），更進一步還幫瑪利的丈夫找到一份不用眼力的工作（恩典），這似乎又與《聖經》耶穌犧牲自己，上十字架，救贖世人連結上了。瑪利似乎也如耶穌一樣，犧牲自我，為了讓丈夫安心養病，換句話說，她正透過婚姻關係中的緊密連結（《聖經》說：二人成為一體〔註25〕），犧牲自己成為丈夫的救援者。然而，畢竟她不是基督，她不是真正得救贖者，所以在她無路可走之際，另一個角色顧太太演繹出了上帝的另一屬性——祂是那位體恤人類軟弱、充滿恩典的神（同理心+恩典）。

　　所以在〈愛情的重擔〉裡，諸位女性角色以團隊的方式，呈現出一種新穎的都會女性形象，意即以基督為典範的形象，以都會女子的故事為包裝，且不露宗教形跡式的包裝。因此，我們理解到原本編輯群說的：「作者感覺到現時女子尚浮華，不顧實際」，所以出小說集的選材也都是這些去除浮華、照

〔註23〕《女鐸小說集》第二集，p.57～68。
〔註24〕《女鐸小說集》第二集，p.64。
〔註25〕《聖經‧創世記》2:24。（和合本，香港聖經公會印行，1961年版），頁3上。

顧實際的女子形象，而更讓人印象深刻的是完全符合基督宗教的價值觀與精神，且在無形當中推銷新的都會女子形象。

當然，《女鐸小說集》編輯群也鼓勵勇敢追求自己的幸福，第一集中〈碧仙的婚史〉〔註26〕姐姐敏麗掌控妹妹碧仙的人生，羅太太知道之前碧仙因姊姊敏麗而不與所愛男子沙寧共結連理，就在沙寧妻子過世後兩人再次聯繫，羅太太幫助他們避開敏麗見面及夥同神父見證他們結婚。是的，自由戀愛與勇敢追求自己幸福已經成為《女鐸小說集》的價值觀，當然「勇敢與主動」也成為她們所支持的都會女性形象。

當然，小說也呈現了負面的女性形象，例如《女鐸小說集》第二集〈杜老太太〉〔註27〕裡，驕傲懶散的媳婦，被充滿包容的婆婆感動改變，而關鍵就在杜老太太願意犧牲自己（上十字架），恢復了這個家庭的和樂與秩序。另一篇在《女鐸小說集》第三集〈聖母像前〉〔註28〕中，凌夫人發現洋媳婦慧研有了外遇，替她隱瞞實情，而讓慧研看見婆婆的慈愛後，下定決心改頭換面，收拾起驕傲的個性重新生活。兩篇基本上如出一轍，都是婆婆改變媳婦，而婆婆表現出的仍是犧牲之愛與饒恕之愛：這又是另一個《女鐸小說集》作者所肯定的、隱然與基督宗教連結的女性形象。然而，媳婦的驕傲懶惰雖然改變，可是洋媳婦的「外遇」問題卻並沒有真正的處理。驕傲懶惰造成的婆媳問題與家事怠惰雜亂，在媳婦改變與婆婆的相處態度與勤奮之後，基本上問題解決了；但是「外遇」問題卻不是這樣，這牽涉到夫妻之間的誠信、承諾、背叛、認罪、饒恕，與重建關係。雖然婆婆說要幫她兒子〔註29〕：

> 「不，我必得盡母親的責任，我必得恢復他失去的快樂。」凌夫人
> 堅決的想著。

然而，凌夫人採取了非常手段，以「謊言」來掩飾媳婦的「外遇」。小說是這麼寫的，媳婦與外遇出遊卻發生車禍而受傷，正好被上街的凌夫人撞見，送去醫院，但是事後跟兒子說媳婦是陪她去探訪友人在大街口被撞。這很明顯，不是隱瞞事實，而是說謊，所以婆婆凌夫人自己說，她這一生「未曾對兒子撒過謊」，顯然婆婆也意識到他所做的不僅僅是隱瞞真相，而是說了謊言〔註30〕。

〔註26〕《女鐸小說集》第一集，p.24～34。
〔註27〕《女鐸小說集》第二集，p.7～25。
〔註28〕《女鐸小說集》第三集，p.117～139。
〔註29〕《女鐸小說集》第三集，p.130。
〔註30〕《女鐸小說集》第三集，p.135～138。

作為一個中國母親，我們很能體會她很人性化的想替兒子找回婚姻的幸福的努力，雖然表面上看似解決了問題，然而這種婚姻輔導只是粉飾太平。問題的癥結，至少從小說文本分析，其實是作丈夫的振聲全時間奉獻給工作，根本無暇經營夫妻關係，妻子慧妍要自己找快樂才有了外遇，問題的根源依然在，作丈夫的不但被蒙在鼓裡，且無緣改進。而且更根本的問題是夫妻之間的裂縫與背叛的修復，是否該由做母親的扛起責任？這樣的想法基本上是與《聖經》的教導違背的：「人要離開父母，與妻子連和，二人成為一體」（創世紀 2:24）為母的手如此深入的介入夫妻的關係基本上是傳統中國文化式的家庭觀念，家庭是附屬在大家族概念之下的，沒有單純的以夫妻兒女為主體的小家庭的想法，兒女「成人、獨立、脫離」的過程是不被強調的。因此，母親會仍然認為兒子的婚姻幸福與否是她的責任，而不認為是應當由兒子與媳婦自己來處理的問題。

更不可忽視的是本來媳婦慧妍跟婆婆凌夫人求饒恕之後，還要去跟丈夫振聲坦承求饒恕的，她問婆婆是否丈夫會原諒她〔註31〕：

> 昨天，你雖然隱藏了我的過失，讓我有自新的機會，然而良心的譴責，使我忍受不住，我必得把這事告訴他。母親，你想他肯原諒我嗎？

事實上，這可能是他們夫妻關係的轉捩點，問題暴露出來，才有解決的契機。然而，婆婆凌夫人卻阻止媳婦慧妍的坦誠〔註32〕，認為她自己的謊言才是挽救他們婚姻的恰當方式：

> 現在，何必再在白壁上染上污點呢？對於這事，他縱然能寬恕你，然而在他的心之深處，終會刻下一個永不泯滅的傷痕；所以我把這事隱藏起來了。有生以來，我未曾對兒子撒過謊，昨晚之所以破例，也是為了成全你們的幸福，……

婆婆為了兒子的婚姻的和諧，阻止媳婦慧妍對丈夫的坦白，這樣的世俗智慧與包容的心胸，我相信正式作者所肯定的現代婦人的形象（真實中國文化的劇本大多是婆婆先凌辱、再趕走外遇的媳婦），能夠解決一場婚姻危機於無形。然而我們可以質疑，是否這樣兒子的婚姻就可以幸福下去？因為如果兒子繼續加班、以工作為重，妻子當如何自處？妻子的需要被忽略的問題，

〔註31〕 《女鐸小說集》第三集，p.138。
〔註32〕 《女鐸小說集》第三集，p.138。

小說沒有解決（這當然可以透過溝通達到這樣的目的，可是小說中妻子一直抱怨先生沒有陪伴，但是先生未與正視）。事實上，小說的名字〈聖母像前〉似乎給了一點線索：

> 粉白的牆上，掛著一幅聖母瑪利亞的畫像。……是她的母親遺下給她的禮物，她很珍愛這莊嚴美麗的聖像，……她對於聖母瑪利亞，萬分敬仰，把她尊為導師，……現在她願意把這聖像送給她的媳婦……能夠效法聖母的賢德。〔註33〕

原來，凌夫人是希望她用聖母一般的賢德來對待媳婦，盼望媳婦也能傳承家族女主人的美德，不料媳婦不是一個甘於待在家中主持家務的妻子，反倒喜歡大都市的各樣娛樂，因此沉迷玩樂，甚至交上婚外男友。這當然不是作者心目中的現代都會女子形象，顯然作者更肯定婆婆的持家、智慧的形象。

我們深入分析〈聖母像前〉裡凌夫人的形象，她為了「保護某種關係」（即文中婆婆說的：成全你們的幸福）、似乎採取非常實際的態度、而說點善意的謊，是被允許的。只是，按照此種邏輯，是否只要動機良善，就可以權宜採取不合乎一般道德標準的行為（說謊）？誰可以是那一個動機是否良善的判斷者？自己，或哪一個方面的他者？又動機是否良善的判準，如何確立？這當然又是另一個層面的問題，顯然也不是〈聖母像前〉的作者的重點。總地來看，〈聖母像前〉這一篇作品透過小說文學的形式，傳遞出善良的母親的形象，是擁有世俗智慧的、以及一顆包容的心。

四、家庭議題新視野

最具爭議的小說當屬《女鐸小說集》第三集第13篇的作品〈我怎麼送我的老父到養老院去〉，討論老人與小孩教育的問題。首先，這個題目並不是以問號結尾的問句，而是一個事實的陳述句，意思是我是如何把老爸送去養老院的。光是看這個題目，在1939年那個年代就夠驚世駭俗的，做兒女的怎可不奉養老父、還過份地把他送進養老院？不過，從角色、地名的名字看來（克老克、雷夢、求利、約翰、加爾等等人名，與美國、「泊羅克台兒」這樣的地名），這很能是一篇翻譯小說，但也有能是作者故意設定一個異國背景。這個異國（美國）文化的效果使得許多衝擊力道強大的敘述，有了緩衝的認知與心理空間——這可能只是外國的現象，中國人應不致如此不孝。可是，反過

〔註33〕《女鐸小說集》第三集，p.117。

來思考，這樣一篇對於中國孝道文化來說離經叛道的小說，由當時上海最具代表性、歷史最悠久、對女性意識深具影響力的基督教女性雜誌社《女鐸報》引介，似乎又帶給女性讀者某種新的、現代的、都會的女性心聲，還是產生了某種程度的衝擊力，可以看出《女鐸小說集》在這個上海都會前衛風氣中，企圖突破中國文化的引領風騷之勇氣。

有趣的是敘述者是一位女性，而且是第一人稱「我」來講述故事，這讓〈我怎麼送我的老父到養老院去〉中呈現的女性形象更加鮮明。女主角對於父親的同住造成困擾，說出真實的心聲[註34]：

> 說起來有些兒慚愧，我時常夢想著，我的父親有一日，會被車子軋死的，或是忽患腦膜炎死了。

如此赤裸裸的表白，對於講究孝道、或者至少表面上講究的中國讀者來說，應該是過於誠實、以致於無法接受吧。然而，這卻是最真實的人性，女主角夫妻需要有自己的私人生活，可是父親卻成為他們的永無終止的噩夢，於是她用另一個夢想——來終結噩夢——幻想父親死去。

女主角還舉了幾個友人例子（雷夢先生、梅求利女士兩位各自的婚姻），接了老母同住之後，結局不是離婚，就是差點離婚。女主角的父親有著重聽的問題，造成許多生活上的困擾：[註35]

> 父親既然患有一些兒重聽，……只知一味自言自語。每次在請客的當兒，他不知道怎樣款客，除了一些美國獨立戰爭的故事。這些故事就是他從書本上讀得的，他居然會講得津津有味，似乎他自己身在其境的模樣……未免令人生厭。

這樣的困擾還不止於待客，其他如家事的管理、與夫妻的日常生活也遭到影響，到不堪其擾的地步。女主角甚至認為父親某些自憐的控訴，已經造成他們夫妻精神上的情緒勒索[註36]：

> 我的父親時常對我們說：「我也許是你們的重擔，但是我已經沒有多少日子好活了。」在他以為是滿心好意，不知道這樣一來，反而使我倆生出一種反感來了。

小說藉由女性的聲音（女主角的敘述觀點）表達獨立的年輕夫妻需要私

〔註34〕《女鐸小說集》第三集，p.170。
〔註35〕《女鐸小說集》第三集，p.173。
〔註36〕《女鐸小說集》第三集，p.176。

密空間，所以這還是回應了《聖經》：「人要離開父母，與妻子連合」的教導。這個故事中，丈夫的聲音付之闕如，沉默的男人逃避處理岳父的問題，或者加班、或者打高爾夫球，甚至轉而發展與其他女性的社交關係。當女主角發現丈夫與女性友人上館子，卻不願回家吃飯，她驚覺可能要步上朋友梅氏離婚的後塵〔註37〕：

> 一日晚上，我的丈夫加爾帶了一個女友，一同上館子去吃飯，他並不陪她到自己家裏來遊玩。這使我恍然覺悟，……如果我再不加以改良話，我們也許再蹈梅氏家庭的覆轍了。

女主角只好正面迎戰父親帶來的婚姻生活的干擾與破壞。另一方面親職教育的問題更加嚴重，亦即父親對於孫子、孫女的教養觀與他們夫妻意見強烈相左，造成兩代之間更大的衝突。女主角的抱怨，例如父親用糖果賄賂被欺負的兒子，對女兒說恐怖的魔鬼與地獄的故事，嚇得孩子半夜狂哭等等。這種正視現代社會三代同堂所帶來教養的衝突，卻是給了《女鐸小說集》第二集編輯前言所說的：「作者感覺到現時女子尚浮華，不顧實際，以致夫婦間、婆媳間、同事間，朋友間常發生種種問題和誤解，演成各方不安寧的現象。」〔註38〕另一種型態的說明，亦即在這一篇小說中女主角反而是「不尚浮華、很顧實際」地正面注目「家中老人」問題，而造成不安寧的現象。

其實，最引人注目的是兩代之間對孩子的「性教育」態度的差異：

> 關於性教育的問題，父親和我倆的意見，也不一致的。從我們子女幼小的時候，我和加爾便教他們，人身上各部分的正當名稱。但是父親一聽到他們提及那些名稱，反而大吃其驚，有時他還要責備約克，因為他從兒童的好奇性，偶然表示了一些兒懷疑。

在這裡，我們看到了女主角表現出一種都會女性的現代性，她們夫妻是會教導孩子性教育的，且其教導的方式是「人身上各部分的正當名稱」，換句話說，不用隱晦的方式，不用替代的方式，而是直接實際無誤的教導性知識，就這一點而言，與今天的醫師對幼兒在家庭中的性教育的態度是一致的〔註39〕，展現

〔註37〕《女鐸小說集》第三集，p.172。
〔註38〕《女鐸小說集》35篇小說中，只有三篇小說同時呈現出三大主題「愛情婚戀」、「親子家庭」、「基督宗教」。
〔註39〕《與2～12歲孩子輕鬆談性》羅莉‧伯金坎（Lauri Berkenkemp）、史帝文‧亞特金斯（Steven C. Atkins, Psy. D.），楊淑娟譯，台北新苗文化出版，2004。參考 p.34～35。

出一種相當具前瞻性與現代性的女性形象。

　　這一本《女鐸小說集》第三集出版於 1939 年，接近 80 年前的上海，由一位女性口中說出兒童性教育的課題，而且是自己家裡的兒女的性教育，無可諱言的，時至今日，在華人家庭裡這還是多多少少一個禁忌的話題。無論如何，《女鐸小說集》選譯此一小說是具有前衛性的，雖然在那個時代，當時最先驅性的城市上海已經有一些類似的出版品〔註 40〕，但數量、種類稱不上多，只能算是萌芽階段。而就在此時，《女鐸小說集》藉著一位都會女性說出如此大膽前衛的家庭性教育觀念，可謂是引領時代、挑戰中國傳統家庭文化的作品與性別觀。

五、結語

　　《女鐸小說集》編輯群們聚焦於呈現一種現代都會女性的愛情、婚姻、親職的家庭焦慮，其中第二集的〈各得其所〉與第三集的〈情天補恨〉講述女性在「愛情關係」中的患得患失；而婚姻方面，第一集的〈羅弟的藍布衫〉與第二集的〈婚後的創痕〉都講述「夫妻的吵架衝突與和好」；關於家庭緊張的主題，特別是「婆媳關係」，第二集的〈杜老太太〉與第三集的〈聖母像前〉具有信仰的好婆婆與懶惡驕傲的媳婦之間的問題；職場人際關係，第二集的〈被嫌疑〉敘述因為備妒忌，在工作場合被人誣陷、最後平反，也追回了愛情；而綜合性的現代女性困境，在第三集的〈一陣狂風〉可為代表，包含了婆媳失和、夫妻吵架與工作所代表的女性獨立自主等各方面的議題。

　　編輯們不止提出問題，也在這數十篇小說中，不斷的、隱含的指出解決

〔註 40〕1930～40s 年代上海的性醫學、性科學、性教育、性知識與技巧的傳授等的著作是有的，但是絕對稱不上繁多，例如 1.《婦女性科學知識》管思九編譯，上海女子書店，1935.02.01；2.《男女性病治療全書》奚惠民編輯，商業書局，1935.07；3.《男女性病中西自療法》沈石頑編纂，上海昌明醫藥學社出版，1934.07.25；4.《青春的性教育》汪誠品著，上海兄弟出版社，1939.07。5.《男女性交衛生論》上海衛生研究社編譯，上海公平書店，1930；6.《男女性的研究》（一名《性的研究》）生理學研究社，版權頁缺；7.《男女性庫》章康道編輯，上海健康書社，1937.06；8.《女性的性生活》袁佐臨編著，上海五洲書報社，1943.01。比較不一樣的有 9.《性教育的示兒編》美・桑格夫人著，趙蔭堂翻譯，上海北新書局，1929，專論兒童性教育，且以故事方式帶入，避免尷尬；10.《基督教的性道德》張仕章著，上海新文社發行，1931.08，不僅論述性道德的議題，且從基督教的角度，聖經的文本出發，是一個極有創發性的角度。

之道。很有意思的，在三集《女鐸小說集》的最後一篇名為〈聖誕禮物〉的小說，彷彿是一個宣告性的結局，這篇翻譯小說講述一對貧窮夫妻在聖誕節來臨時，女主角麗娜賣了頭髮買了錶鍊當聖誕禮物要送男主角欽，男主角賣了錶買了一把梳子要給麗娜，當兩人看到對方時都驚訝不已。夫妻雙方為了愛對方，為對方購置聖誕禮物，卻犧牲自己。相當有意思的是這更像一篇寓言故事，告訴讀者真正的愛是為了對方幸福，不惜犧牲自己。

在《女鐸小說集》裡，編輯群似乎想要降低「宗教性」的特質，但是一方面又想要警惕世人（女性），於是我們在文本中看到不斷地呈現出一個理想的女性形象，意即以耶穌基督上十字架「犧牲自我」作為典範，願意和所愛的人以基督的愛互動，創造出一個站在當時社會浮華、不務實際的女性形象的對立面的新形象，這應該是編輯群出版這三集小說背後想經營的以基督宗教包裝的新女性都會形象與文化。